捜し物屋まやま3

木原音瀬

集英社文庫

Contents

登場人物

間山白雄(27) まやま しお
捜し物屋スタッフ&マッサージ師。冷血な能力者。

間山和樹(27) まやま かずき
捜し物屋所長&小説家。白雄とは血の繋がらない兄弟。

徳広祐介(39) とくひろ ゆうすけ
ドルオタ弁護士。捜し物屋と同じビル内の法律事務所に勤務。

三井 走(37) みつい かける
捜し物屋の受付&法律事務所の事務担当。天涯孤独の元引きこもり。

松崎伊緒利 まつざき いおり……和樹の担当編集者。

松崎 光 まつざき ひかる…………松崎家の里子。小学六年生。

宝井広紀 たからい ひろき…………警察官。徳広たちのドルオタ仲間。

日野芽衣子 ひの めいこ………まやまマッサージ店受付。間山家に居候中。

捜し物屋まやま 3

第一章
日野芽衣子の失恋

黒いワンピース、画像の上に載った赤い極太のゴシック体「ＳＯＬＤ　ＯＵＴ」の文字に、日野芽衣子はスマホを握り締めたまま「あ、あ……」とカウンターテーブルに突っ伏した。

昨日、フリマサイトで見つけたスチームパンク系の黒ワンピース。一目で「欲しい！」と自分の中のマグマが噴き上がった。即、お買い物カートに突っ込んだものの「購入」マークをタップする寸前で、中古の割に送料込みで三千八百円と少し高い値段が気になった。

自分はお金がない。本当にない。三千八百円は、買おうと思えば買える。けどそうすると手持ちの残高は五百円。来週の水曜日にはビルの管理人、和樹に週の食費、二千円を払わないといけない。そしてお給料日は来週の土曜日だ。

ビルの三階、マッサージ店の中にある休憩室を兼ねた小さな部屋に、光熱費を除いて無料で住まわせてもらっているので、食費の支払いは死守しないとニンゲンとして終わる。

すぐには売れないかもしれないし……と様子見していたら、どこかの誰かに買われてしまった。もしこのワンピースが出品されたのが来週の土曜日、給料日の後だったらと思うと悔しさがふつふつと募る。後払いとか、分割とか他に手段はなかったかと頭の中を巡るも、もう終わってることだから手遅れ。考えること自体が無意味だ。

　奪われたワンピースに囚われていても鬱々とするばかりなので、スマホをわざと手許から遠ざける。

　あぁ、新しい服が欲しい。四月に入った途端、ぽかぽか暖かくなってきたし、かわいい服で外へ出たい。去年のお気に入りは、今年は微妙に色あせて見える。お金もないのにフリマサイトで延々と服を見てるとか、一種の自虐かもしれない。肉体&精神的に虐められるのは好きでも、コレは違う。そもそも虐めっていうのは、プレイじゃないと一切萌えない。

　気を紛らわせるために「仕事するかぁ」とタブレットで予約情報を確認した。午後の一件目で入っていた吉井さんの施術があと十分で終わる。吉井さんは七十過ぎには見えない細身でダンディなおじいちゃんだ。週一で定期的に予約を入れている。そして施術後は受付の芽衣子相手に三十分ぐらいお喋りして帰る。この話何回目だよ～ってリピート性に隠しきれない年齢を感じつつ、暇だし、これも接客のうちかぁと思って「はいはーい」と聞き流している。

「まやまマッサージ店」は去年の十一月、当初の予定から三ヶ月遅れで開店した、マッサージ師の間山白雄と受付のバイト・芽衣子の二人だけの店だ。客と客の間隔を調整すれば、マッサージ師本人だけでも十分に回せるが、敢えて受付を置いている。なぜなら会員制の上に、施術後に次回の予約を取るか、会員専用ダイヤルでの予約しか受け付けていないという、二十年ほど前から時が止まっているようなアナログ特化の受付システムだからだ。しかもマッサージ師の白雄が耳は聞こえるものの喋れないので、電話対応の人間が必須になる。

必ず人員が必要とはいえ、バイトの仕事は予約調整と会計と掃除程度。ただビルの三階のフロアをすべて使っているので、待合室、施術室、休憩室はやたらとスペースが取られていて掃除範囲は広い。それでも白雄の趣味で物がないから、ワイパー系の掃除用具でさーっと一回りするぐらいで、時間はそうかからない。よって八割方暇。暇、暇、暇が十二畳と無駄に広い受付兼待合室を闊歩している。白雄に『暇な時は好きなことをしていい』と言われていたので、日々お買い物サイトとメイク動画をエンドレスで見ている。

プルルと、カウンターの固定電話が鳴りはじめる。

「はーい、まやまマッサージ店です」

電話を掛けてきたのは、午後三時から予約を入れていた、六十代で白髪が綺麗な川田のばあちゃんで『膝が痛くて歩くのがしんどいから、今日のマッサージはやめたい』とのことだった。

「あーこの前も膝、痛いって言ってたもんね。はいはい、大丈夫。お大事に〜」

電話を切る。三時から四時の間が空いてしまったが、きっと白雄は気にしない。キャンセルが出たら、上の階にある住居に戻り、ソファでぐうぐう昼寝をする男だ。

ここは白雄と和樹の父親の持ちビルで、兄弟二人が管理している。三階のマッサージ店の経費も、家賃はなしで光熱費と消耗品とバイトの給料だけらしいから、必死になって働かなくても生活できるんだろう。

兄の和樹も、小説家だか捜し物屋だか、収入があるのかないのかわからない仕事をしている。間山兄弟はさほど自己主張することなく、ひっそりと楽に生きている。まぁ、その全方向にゆるい兄弟のおかげで、自分もこの店の休憩室に一年近く居候させてもらい、格安でご飯まで提供してもらっているわけだけれども。

マッサージ店の中にある休憩室、エアコンとソファベッド、シャワー&トイレ付きの部屋は、Sっ気を通り越し、DV気味になってきた彼氏を捨てて、友人宅やカプセルホテルを転々としていた芽衣子が見つけた安住の地。料理が嫌いな自分に食事付きとか、まるで天国。給料は安くても、仕事内容を考えれば破格だ。

お金がないなら、実家に帰ればいいだけのことかもしれない。家族仲は悪くない。学生時代に家を出てからも、連絡はまめにとっている。ただ芸術家一家に生まれて「美大を卒業しても就職をしなかった、何もしてない、何者でもない娘」と家族に思われるのが苦痛で、たとえそれが本当のことだとしても帰りたくない。

幼い頃は、親が「芸術家」なのは自慢だった。みんなに「お父さんは凄いね」「お母さん、展覧会してたね」と言われるのが嬉しかった。凄いのは「親」なのに、まるで自分まで尊敬される人になった気がしていた。

中学では美術部に入り、彫刻をやった。中学生にしては上手かったから、みんな褒めてくれた。「上手ね」「流石、先生の娘さんね」と言われて得意になっていた。その中学校では、美術部で彫刻をやっているのは自分だけだった。

高校に入学すると、現実の洗礼を受けた。あれ、この子って私より上手じゃない？と。中学校では一番でも、高校の美術部だと自分の上手さは部員の中で上から三番目ぐらい。そして褒められるだけだった作品に「もうちょっと頑張ろうか」と指導が入るようになった。

彫刻は自分にあってないかもしれないと、銅版を集中的にやったこともある。けれど母親の銅版教室には、自分より上手い年下の子が何人もいた。

美大に進学して銅版を続けたものの、指導教授からは駄目出しの日々。そこで自分より上の、圧倒的な才能を目の当たりにした。天才は、確かにいる。感性が普通じゃない。そしてその天才の横に並ぶと、自分の作品はファストフード店にある紙ナプキンみたいにありきたりで平凡、退屈だった。教授に「あなたが何を考えているかわからない」と何度も言われた。思いを込めて作っても、伝わらない。自分の思想は薄っぺらく、それを見透かされて落ち込んだ。

褒められない、才能がないという自覚。それらを無限ループしているうちに、段々と不真面目な学生になっていった。賞なんて無縁。自分と同じ「手先が器用ってだけで突き抜けられない」友人と、毎晩遊び、飲み歩いた。

仏師の兄も、世間的には殆ど名が知られていない。それでも何とか生活できているし、本人も自分の仕事を「好きだ」と公言している。父親からも「自分に仏は彫れない」「あいつはいつか評価される」とリスペクトされている。兄は、自分の世界で満足できている幸せな人だ。自分は、評価されないものに夢中になれる、続けていける情熱も強さもなかった。

就職を考える頃になると、友人は教師を目指したり、デザイン会社に就職したり、服飾美術にいったりとそれぞれ道を決めていった。そんな中、自分は就職のために動かなかった。他の道に進み、彫刻でも版画でも生きていけないと確信することが「負け」のトドメの一撃になりそうで怖かった。友達にも「芽衣子さぁ、卒業したらどうするの?」と何度も聞かれたが「まぁ、そのうちに」と誤魔化した。

どこかで飲んでいた時、同じ大学の学生で、顔は知ってたけどあまり関わりのない男に話しかけられた。こいつ私に気があるのかな、だるいなと思いながら話をしていると、そいつが「君さ、彫刻家の日野先生の娘なんだろ」とビール臭い息を吐いた。

「いいよな～制作過程を間近で見られるなんて、羨ましい」

その男は、父親のファンらしかった。父親を絡めて話をしてくる輩（やから）は、たまにいる。

「アトリエ、あんまり入ることないから」

「けどさ、親が偉大過ぎると大変だよね。ジャンルが違っても、この業界にいると比較されるだろ。君、勇気あるよね」

言葉が、驚くぐらい胸に刺さった。それまでも人の言葉がチクチクと刺さることはあっても、今回ほどのことはない。「勇気あるよね」の裏側にあるのは「その程度でよく美術の道に入ろうとしたね」だ。日野芽衣子という人間は、他人から客観的にそう見られているのだ。

顔色が変わっていたんだろう。相手の男は急に「あぁ、ごめん。そういうこと気にしてなさそうに見えたからさ」と謝ってきた。「別にいいよ」と言い残し、店を出た。それから当時付き合っていた彼氏の部屋に転がり込み、家に帰らなくなった。

卒業したあとは、バイトをしながら「美術」の世界から離れていろいろやった。自主制作の映画に関わったり、バンドのまねごとをしてみたものの、どれもパッとしない。そして中途半端に終わったことを、悔やむこともなかった。所詮、自分の気持ちはその程度だったってことだ。唯一、緊縛モデルだけは長く続いたけど、極めていけばいくほど、時間が経てば経つほどプロポーション的に終わっていくのを体感して、それを怖いと思う自分にうんざりして辞めた。

和樹と白雄は、自分の家のことや彼氏とのあれこれといった経緯を知らないはずだし、聞いてもこない。だからといって無視されているわけでもない。今、自分が見せている以上のものを見たいとか、見せろとか言わない。

日野芽衣子の前置詞として「お父さんが彫刻家の」「お母さんが銅版画家の」「お兄さんが仏師の」がつかない、この何もなさが、一緒にいて凄く楽だ。不思議な兄弟だなと思う。

兄の和樹はいつもゆるゆる軽いノリでも、基本は真面目だ。弟の白雄は和樹以外には無関心で強烈なブラコン。血が繋がってないらしいし、それでブラコンと言っていいのかわからないけれども。和樹は気にしてなさそうだけど、白雄のあの執着はちょっとキツいなと見ていて思う時がある。

川田のばあちゃんの予約にキャンセルを入れていて、ふと気付く。吉井さんの次の予約は宮本由香。あれ、今日由香が入ってたんだ、とタブレットの隅に表示された時刻を確かめる。由香は時間に正確な子で、いつも施術の十五分前にやってきて、二人でガールズトークをするのがお決まりだ。どうしたんだろ？　と少し気になる。

このマッサージ店の会員は、六十代以上の高齢者がほとんどだ。そんな中、由香はただ一人の二十代女子。なぜ若い客が少ないのか、それはすべて整い過ぎた白雄の顔面のせいだった。

白雄は背が高くてスタイルがよく、顔が猛烈にかっこいい。芸能人でも見ないぐらい完璧なパッケージだ。学生の時は歩けば磁石みたいにスカウトを引き寄せていたと和樹が話していた。それもまあ納得。自分的には白雄の顔は整い過ぎて、人間味が薄くてあまりそそられない。MだからもともとSっ気のある男は好きだけど、白雄みたいに情のないタイプは無理だ。

世間一般的に見て美形過ぎる白雄は、チェーンのマッサージ店で働いていた頃から、若い女性のお客さんに恋愛感情込みで好かれ、女性客同士でバトルが起こるなど大変だったらしい。なので自分で店を構え独立した後は「白雄のチェックの上、六十歳以上（会員規約にはないけど）の会員制」を導入した。おかげで今のところ、白雄を巡っての客同士の色恋沙汰もなく平和に運営されている。

前の店を辞める際、白雄は指名してくる客に独立の話をしなかった。色恋を含めて贔屓客をすべて切り捨ててきたのに、店名で検索したのか、前の店の客が「会員になりたい」と数人押しかけてきた。みんな若い女の子だったので「えーっ、ごめんね。うちは会員制で、マッサージ師の旦那さんの審査があるから～」と、『あんたのお気に入りは私と結婚しましたよ』風な嘘をついて追い払った。コレの威力は絶大で「旦那発言」を聞いた後に再訪してきた女の子はいない。

　由香は常連の宮本のおばあちゃんの孫だ。宮本のおばあちゃんに「うちの孫、若いのに肩こりが酷くて。ここの先生は上手だし、孫も会員になれないかしらねぇ」と相談された。常連だけに速攻でお断りもできず、一回ビジターで来てもらった。

　かわいい子だったし、これはお断り確実だなと思っていたら、予想外に白雄は『会員にする』と決めた。若い子は絶対に弾くのに、常連の孫とはいえいいんだろうか。気に入られたらどうするんだろ。それとも由香がめちゃくちゃタイプだったとか？　とあれこれ妄想するも、心配は無用だった。

　由香は白雄の手技は気に入っても、顔に関しては「先生、ハンサムだよね～」と言うだけで、全く興味がなさそうだった。年が同じなので雑談しているうちに、両親が海外赴任で祖父母に育てられた由香は絵に描いたような爺婆っ子だと判明した。理想の男性は五十過ぎの初老俳優。本人も「私、年上の男性が好きだから」と力説していたので、若いイケメンが眼中にないのも納得。由香が年上趣味で自分に興味を持たないと一回で見抜いた白雄も嗅覚するどいな、と変なところで感心した。

「じゃ先生、ありがとう」

　施術室から吉井さんが出てくる。支払いも終わり、さあこれから怒濤のトークがはじまるなと身構えていたら「来月に選挙があるだろ。僕、上新党の志村議員の後援会に入ってて、これから彼が応援してる議員の集会があるんだよ。志村議員は京都の人だけど、奥さんが東京出身で僕の同級生だったってご縁でね」とわーっと喋ってサッサと帰ってしまい、拍子抜けした。

次の予約の由香はまだ姿を見せてない。いつも十五分前に来る由香の準備がよすぎるだけで、遅刻してくる客もたまにいる。時間になってないのに「まだ来ないの？」と連絡するのもどうかと思うし、待合室にかけてある壁時計を見ながらジリジリしてたら、とうとう予約時間になった。施術室の扉が開いて、白雄がひょこっと顔を出してくる。首を傾げる様が『客は？』と聞いているみたいに見える。

「あ、ごめん。次の予約は由香なんだけどさ、まだ来てないの。ちょっと連絡して……」

言い終わらないうちに、バタンと勢いよく店のドアが開いた。由香が飛び込んでくる。

「おっ、遅くなってすみません」

胸元を押さえて、ハアハアと息も荒い。急いで来たのか、顔も真っ赤だ。

「出がけにちょっ、ちょっとトラブルがあって……」

額にうっすら汗が滲んでいる。芽衣子は浄水器の水を紙コップに汲んで「はいはい、落ち着いて」と由香に手渡した。白雄が右手を顔の横にもっていって、指を開いた。五のサインに見える。

「五分後からってことでＯＫ？」

確認すると、白雄が頷く。由香が少し落ち着いてから案内しろってことだ。

「了解。それから今日の予約だった川田さん、キャンセルだから。膝痛いって」

当日キャンセルの報告に、白雄は嬉しそうにニヤッと目を細め、施術室の中に戻っていった。

九十分後、由香と一緒に施術室を出てきた白雄は、そのまま廊下の奥に消えていった。四階の自宅に戻って、ソファで昼寝するんだろう。この店を作る際、天井を抜いて階段を作り、店の外へ出なくても三階から四階へ行けるメゾネットにしたらしい。これがすごく便利。ただ扉を閉め忘れると、四階で飼われている猫のミャーが三階まで散歩にやってくる。

「今日は遅刻してごめんね」

支払いをしながら、由香が謝ってくる。

「もう間に合わないってわかって、連絡しようとしたらスマホの充電も切れてて……最悪」

「あーあるよね。遅いから事故っててんじゃないかと思って心配したけど、そういうのじゃなくてよかった」

由香は「実は……」と喋りかけ、きょろきょろと左右を見渡した。「次のお客さんは？」と聞いてくる。

「当日キャンセルで時間空いちゃった。たまにあるんだよね」

「じゃあちょっと話していっていい？」

もちろん、と芽衣子はカウンターから出て待合室のソファに移動し、由香の隣に腰かけた。ふわっと爽やかな香りが鼻をくすぐる。やっぱり由香は綺麗だ。頭が小さく、色を入れたことがないっていう黒髪は癖のないストレート。真面目で清楚(せいそ)な印象だし、初見で嫌いって言う人間はいるのか？ってぐらい全年齢受けする美人顔。それなのに、いつも顔を隠すようにつばの広いキャップを深く被(かぶ)っている。

以前、話の流れで「何の仕事をしてるの？」と由香に聞いたことがある。一瞬押し黙り、そして硬い表情で「営業的な？」と曖昧に返してきた。雰囲気で「あ、何か言いたくない系のやつかな」と察して、それから仕事の話は振ってない。自分も「緊縛モデルやったことがある」と話すと興味のないタイプは引くので、敢えて言ったりしない。人それぞれ、いろいろと事情がある。

「ちょっと嫌なことがあって……」

早速、由香は話しはじめた。

「マッサージに行こうとして家を出たら、駐輪場に置いてた自転車がなくなってて。鍵とチェーンの両方かけてたんだけど、盗まれたんだと思う。近くを捜したけど見つからないし、そうしてるうちに予約の時間が迫ってきて、慌ててバスに乗ったんだけど、道が工事で渋滞してて、遅れちゃったからバス停から走って……」

由香の住んでいるマンションからこのマッサージ店まではちょっと離れている。生活圏内というわけではないけれど、自転車だといい運動になる距離だし、店の近くに大好きな祖父母の家があるので、マッサージを受けた帰りに様子を見られてちょうどいいの、と話をしていた。

由香は「帰ったら、盗難届出さないとなぁ」と肩を落とす。

「自転車、高校の入学祝いにおじいちゃんに買ってもらったやつで、大事にしてたのに」

昔、芽衣子も駅に置いていた自転車を盗まれ、警察に届を出したことがある。盗んでいった奴(やつ)が全面的に悪いけれど、自分も鍵をかけ忘れていたから、母親に「気をつけなさい」と怒られた。自転車は二ヶ月後に戻ってきた。ハンドルは曲がり、前輪はなくなった状態で。人の物をズタボロにした顔も知らない誰かに、猛烈な憎悪を抱いた。

「自転車を盗む奴はさぁ、みんなスマホをトイレに落として、修理代に何万もかかればいいのに」

由香が「それいい」と賛同する。こういう、他人からかけられる通り魔的な迷惑は、吐き気がするほど鬱陶しい。

ハアッとため息をついて「最近、嫌なことばっかり続くんだよなぁ」と由香は頬を押さえた。

そういえば、と芽衣子は思い出す。

「この前は頼んだ荷物が届かないとか言ってなかった?」

由香は「うん」と頷く。

「通販で買ったアクセサリー、送料が安いポスト投函にしてたらなかなか来なくて。通販会社に確認したら発送はしてますって言われた。届いた後に郵便受けから抜かれたのかもしれない」

それから……と続ける。

「最近、仕事の帰りに後をつけられてる気がするんだ。いつもじゃないけど、たまに」

聞いているだけで、背筋にゾワッと怖気が走る。

「もしかしてストーカーに狙われてるんじゃないの? 全部そいつの仕業だとしたら、小さい荷物から、今度は鍵かかってる自転車とかモノが大きくなって、どんどん近付いてきてる感じがして怖いんだけど」

とても他人事とは思えない。自分の元彼も執着が強いタイプで、友達のアパートに逃げ込んだら、共通の知り合いに聞きまくったらしく居場所を突き止めてきた。周囲をウロウロしているのが窓から見えて気持ち悪かったし、友達の部屋のドアに落書きされたこともあった。元彼だという証拠はないけどそうとしか考えられなくて、迷惑をかけてしまった友達に申し訳なくて「あんなクズ殺されろ」って本気で呪った。今の居場所は数人にしか伝えてないので、突き止められることもなく平和。自分が大変だったから、由香の状況も凄く気になる。

「ストーカーかもしれないけど、あまり大袈裟にしたくない。もうすぐ今の仕事辞めるし、そうしたら落ち着くと思う。ああ、でも自転車だけは返してもらいたいな」

営業的な仕事だと話していたから、相手は客だろうか。それなら事を大きくしたくないのもわかるけど、ストーカーは立派な犯罪。本人が本気で対応する気がないと、こちらがどれだけ心配しても「気をつけて」としか言えない。自転車もコレクションされて倉庫とか家の中に隠されてしまったら、盗難届を出してもきっと見つからない。もう泣き寝入りするしかないんだろうか。頭がへんな奴のせいで、こっちが一方的に迷惑をかけられるばっかりなのがハゲそうなぐらいムカつく。

自転車にもスマホみたいに追跡装置とかついてたらいいのに。そしたらどこにあるのかわかるから、捜して……捜す……捜す？　そういえばこの上の階は捜し物屋だった。しかも「凄くよく見つけられるって評判なんだよ」って、受付をやっている三井が自慢げに話してた。

「あのさ、本気で自転車を見つけたいと思ってる？」

由香が「うん」と勢いよく頷く。

「新しいのを買うぐらいだったら、同じ額のお金を出してもいいから古いのを返してもらいたい」

よし、これならいけそう、と確信する。

「このビルの四階がさ、捜し物屋なのは知ってる？」

知ってるよ〜、と由香が答える。

「おばあちゃんがね、話してたんだ。三階のマッサージ店と四階の捜し物屋の名前が同じ『まやま』だから気になって先生に『上の階のお店はご親戚ですか？』って聞いたら、兄弟だって筆談ボードに書いて教えてくれたって」

会員はみな老眼がきていてスマホの小さな字が読みづらいので、施術室ではA４サイズの筆談ボードで白雄は会話している。宮本のおばあちゃんが先に聞いていたことに驚きつつ切り出した。

「占いで捜し物をするらしいんだけど、けっこう見つかるんだってさ。お金がかかるのオッケーなら、一回頼んでみるのもアリだと思う。依頼する形だと、見つかった時もあんたが直接、犯人っていうかストーカーと向き合わなくてもいいし安全じゃん。今、時間あるしその気があるならすぐにでも紹介するよ」

由香の顔がパァアアッと明るくなり「自転車、返してもらいたいし、芽衣ちゃんのお勧めなら頼んでみる！」と人差し指を頰にあて、小首を傾げた。その顔が猛烈にキュートで『うっわ、死ぬほどかわいい！』とちょっとだけ嫉妬した。

内階段で繫がっているとはいえ、由香も一緒なので一旦マッサージ店を出て、外階段から四階にあがり、「捜し物屋まやま」の事務所の入り口にある呼び鈴を押した。

「はーい、どうぞ」

人がいるのを確認してから、中に入る。デスクの前にいた和樹が「あれ、芽衣子？」とパソコンから顔を上げた。

「忙しい？　何かしてた？」

「あーエッセイ書いてた。依頼あったの、忘れてて」

和樹から初めて小説家らしい言葉を聞いた。

「そうなんだ。今から時間ある？」

「あ〜うん」

自分の背後にいる由香に気付いたのか、和樹は「どーも」と頭を下げる。長袖のTシャツにジーンズ、昼を食べた時と同じ服装で、所長の威厳はない。

ソファに座っていた……服が皺になっているから、多分昼寝してたんだろう白雄が

『どうしてうちの会員をこっちまで連れてきた?』と言わんばかりの表情で眉を顰める。

「捜し物を依頼したいっていう知り合いを連れてきたんだけど、三井は?」

「三井っちは二階の法律事務所のほうにいるよ、どうして?」

和樹に問い返される。

「受付とか、三井を通したほうがいいのかなって」

「あぁ、俺がやるから大丈夫。下、何か忙しそうだったんだよな〜。とりあえず用件、聞こっか」

芽衣子と由香、和樹と白雄に分かれて、ソファで向かい合わせに腰かける。由香がマッサージの先生がなぜ同席しているのか問いたげにこちらに視線を向けてきたので「白雄はさ、マッサージ店もやってるけど捜し物屋のスタッフも兼ねてるから」と説明すると「そうなんだ、先生って働き者なんですね」と納得した。

自転車を盗まれました、だけじゃ深刻なところが伝わらないだろうと、犯人はストーカーっぽいってことも由香に話すよう促した。和樹は「ふーん」「へー」と緊張感のない相槌を量産しながら聞いている。そして由香が一通り話し終わると「そっか」と腕組みした。

「自転車捜すって依頼はオッケーだけどさ、そのストーカーって奴、話聞いてるだけでもかなりヤバめな雰囲気なんだけど」

由香がきゅっと唇を噛むのが見えた。

「自転車の盗難届を出す時に、そいつのことも警察に相談したほうがいい気がするんだよなぁ」

和樹と自分は同意見。由香は「けど、今の仕事をもうすぐ辞めるから、あんまり大騒ぎしたくなくて……」とあくまで警察は回避したそうだ。

黙って話を聞いていた白雄が、和樹にぴたっとくっついた。

「嫌な目に遭いたくないなら、早く引っ越せよ」

間延びしていた声が急に低く、冷たい感じになる。由香がハッとしたように和樹を見た。

「あー、ごめん。身を守るって意味でもさ……」

和樹の言葉が途切れた。少し間をおいて「そのうち直接、危害を加えられる」ときた。

由香の顔が一瞬で強張る。芽衣子が「ちょっと、そんな脅かすような言い方ってなくない！」と怒ると、和樹は白雄を突き放して「マジでごめん」と謝ってきた。

「最近、嫌な事件が多いじゃん。客観的に聞いて、何か危ない感じって思うからさ」

由香は「そう、ですね……」と両手を組み合わせた。

「あともうちょっとだって我慢してたけど、本当言うと怖かったんです。もともと引っ越しするつもりだったし、それを早めます。はっきり言ってくれて、ありがとうございます」

和樹の言い方は酷かったが、結果的に由香が納得したので、芽衣子はそれ以上、口を挟まなかった。

けっこうキツいことをズバッと言う癖に、和樹はどうにも落ち着きがない。白雄は隣で、そんな和樹を小馬鹿にした顔でうっすら笑っていた。

薄暗かった会場にパッと明かりがつき、淫靡な空気は煙みたいに消え失せる。味気ない会場にいる自分に気付き、客は夢から醒めて我に返る。すかさず終了を告げるアナウンスが入り、さっきまでが「特別な時間」だったんだと噛みしめながら、客はそそくさと帰っていく。縛師とモデルが作り上げた緊縛ショーの空気が、一瞬で安っぽくしらけた雰囲気に取って代わられる瞬間が、芽衣子は好きじゃない。

さっさとバックステージに戻り、黙々と衣装や道具の片づけをはじめる。そこに主催のＳＡＯＲＩさんがやってきて「芽衣子〜今日はありがとう。人手がなかったから、すっごく助かった」とハグしてきた。ポニーテールにしても腰のあたりまである赤くて長い髪が、ゆらゆら揺れる。

「夜は暇だし、声かけてくれたらいつでも裏方、手伝いますよ」

ＳＡＯＲＩさんは「あんた、天使か菩薩なの？」と更に強く抱き締めてくる。

「相変わらずスキンシップ濃い～あたし、彼女さんに嫉妬されたくないんだけど」

「大丈夫、私のタイプは筋肉女子って知ってるから。芽衣子、細身だし」

あっけらかんと笑うＳＡＯＲＩさんは元緊縛モデルで、三十歳を目前にして突如、縛師に転向した。業界でも数少ない女性縛師だ。彼女はレズビアンで、パートナーの女性との親密なプレイが大人気。小規模ながら定期的に緊縛ショーを主催している。

ＳＡＯＲＩさんは、芽衣子の全身を舐め回さんばかりにじろじろと見る。

「あいかわらずいい体のラインしてるわね。筋肉がちょっと足りないけど、縛りたくてウズウズしてくる。今度、うちのショーにゲストで出たりしない？」

芽衣子は右手をひらひら振った。

「もう引退してるから。私ぐらいの体形なんていくらでもいるし、若い子と比べられるのも嫌なんで～」

はあっ、とＳＡＯＲＩさんはため息をつく。

「芽衣子さぁ、あんたまだ二十代でしょ。十分若いのに」

「ううん、年取ったなぁって思うもん」

「そんなことないって。芽衣子のショーを見てた時さ、この子は凄く集中力があるなって思ったよ。けどその分っていうか、けっこう思い込みも激しくない？　もったいないよ。ほんともったいない」

ＳＡＯＲＩさんは繰り返す。

「引退したの後悔してないし」

それは本当。ＳＡＯＲＩさんがふっと険しい表情になった。

「芽衣子がモデルを辞めたのってさ、年だけじゃなくてあの彼氏の影響もあるの？」

頭の中に、元彼がモワッと浮かんでくる。背も高いし、細い目に尖った顎とか、顔もタイプだった。体の相性もよかったのに、プレイ中の関係性を日常生活にも持ち込んできたのが最悪だった。

している間の暴言や痛みは、好きだ。けど元彼はどんどん傲慢になって、プレイが終わった後も同じことをしてきた。望んでいない時に浴びせられる暴言や痛みは、ただの暴力だって理解しない。こっちが「嫌だ」ってはっきり言ってるのに「お前はこういうのが好きなんだろ」って聞きもしない。典型的なアホ男だった。

そんなアホと一緒にいて我慢するのも馬鹿らしくて「あんたなんか死ね」と捨て台詞を残して同棲していたアパートを飛び出した。

「クズのドＳが関係ないこともないけど、もういいかなって」

「私はさ、芽衣子はこの業界引っぱっていく逸材だと思うんだ」

ＳＡＯＲＩさんが、やけに持ち上げてくれる。

「そんな、全然大したことないし〜」

「けどあなた、この世界好きでしょ。もしかして新しい彼氏にショー的なものには出るなって言われたりした？」

頭にパッと出てきたのは、自分をバリバリに意識している田舎の地味な警察官だ。

「んーっ、カレシっていうか、いい関係になりそうな男はいるけど、そいつはこの業界、あまり好きそうじゃないかな〜」

ＳＡＯＲＩさんは「やっぱオトコか！」と頭を抱える。

「こっちはぱーっとココロの門戸を開いてるのに、めちゃくちゃシャイな男でガンガンこなくて、焦れ焦れしてる」

「シャイなタイプがエロエロになる瞬間のギャップってたまんないよね〜」

オッサンが乗り移ったみたいな口ぶりになっていたＳＡＯＲＩさんが、ふと真顔になった。

「そういや芽衣子の元彼、マジで気をつけたほうがいいよ」

急に体調が悪くなったスタッフがいて、ショーの人手が足りなくなったから手伝ってほしいとＳＡＯＲＩさんからメッセージアプリに連絡があったのは昨日の夜。時間は午後七時からだったし、マッサージ店の営業は午前九時から午後五時と高齢者仕様なので『行けますよ』と返事をした。バイト代も出るということでお金も欲しかったし、久しぶりにショーを見たい、関わりたいという気持ちもあった。

その際『裏方で表には出さないつもりだけど、元彼とか大丈夫？　ずっとあんたを捜し回ってるって聞いてるけど』と心配され『あいつのテリトリーに近寄ってないから、ここんとこずっと顔見てないな。まだあたしのこと捜してんのかあ、しつこい奴』と返していた。

ＳＡＯＲＩさんは「実は」と声をひそめ、顔を近付けてきた。

「芽衣子の元彼、何かヤバいことやってるんじゃないかって噂があるの。急に金遣いが荒くなって『ネットで、でかい仕事を請けて儲けた』とか言ってたみたい。普通に考えて、そんな美味しい話があるわけないいじゃん」

「あいつ、もともとグレーな仕事してたっぽいけど、マジで詐欺とか反社系の奴に関わってんのかな？」

ヤバい奴って、とことんヤバい案件に絡むよね、とＳＡＯＲＩさんは赤い髪をいじり、苦笑いしている。

「そういえば去年、京都で見つかった外国人の遺体が、緊縛モデルだったんじゃないかって業界が騒然としたことあったじゃない」

胸が、ザワッと騒ぐ。他殺が疑われて生前の顔写真がメディアに露出したことで「あの被害者、緊縛モデルだ」と気付いた人がいて、情報は仲間内のＳＮＳでワッと拡散し、それが芽衣子のもとにも届いた。

外国人緊縛モデルには、光という名前の子供がいた。光に関わることで、外国人モデルは話で聞くだけの会ったこともない存在から、アパートのお隣さんぐらいの心理的距離になった。

「モデルを殺した犯人は彼氏だった縛師で、指名手配されてたじゃん。その人、最近この辺で見かけたって噂があってさ」

芽衣子は思わず「えええっ」と声をあげ、SAORIさんに「声おっきい」と笑われた。

「あの蛇結とか言ってた奴？」

「そう。他の縛師と交流がなかったから情報が全然なかったのに、そういう話だけ回ってきたんだよね」

SAORIさんの彼女と他のスタッフがバックステージに入ってきて、縛師の話はそれきりになった。打ち上げに誘われたけど、スタッフが予約していた店がもろ元彼のテリトリーだったので飲み会はパスして、住処になっているマッサージ店に帰った。

シャワーを浴びて、ソファベッドに寝転がる。ぼんやりと猫動画を見ているうちに、ふと縛師の噂を思い出した。

母親を亡くした光。その件に関わっていたとして指名手配されていた縛師。パートナーを殺してしまったことに、良心が痛まないんだろうか。

あのモデルが亡くなったことで、子供の光が一人で残された。モデルと縛師は付き合ってたみたいだから、光の父親はそいつなんじゃないだろうか。そうだとしたら子供から母親を奪って、おまけに父親の自分は逃げ回ってるとか、身勝手過ぎる。

考えているうちに、どんどん腹が立ってきた。今度、光に会ったらすっごく優しくしたい。それって偽善？　けどいい、気にしない。偽善だろうと何だろうと、ちょっとでもあの子が救われた気持ちになるなら、それでいい。

みゃーっ、と鳴き声が聞こえた。あ、また来てる？　と急いで休憩室の外へ出る。暗い廊下に明かりをつけ、みゃーっ、みゃーっという猫の鳴き声のする方向に進む。

ミャーは待合室のソファの上にいて、時計のほうを向いて何度か鳴いた。

「あんた、どうしたの？」

ミャーが振り返る。「おいで」と手を差し出したら、近付いてきた。指先をクンクン嗅いでいる。柔らかい生き物を抱っこして、頬ずりする。ふわふわしてほんとかわいい。

休憩室のソファベッドに連れ込み、一緒に寝ようと画策するも、するりと抜けだされて「やっぱ帰りたいんですけど」と言わんばかり、これ見よがしにドアをカリカリと引っかかれた。

ここに猫トイレはないし、返しにいくかぁ……とミャーを抱っこして階段を上り、まやま兄弟の暮らしている家のリビングにずかずかと入る。

「あのさー」

テレビの前に座っていた白雄が振り返り、口に人差し指をあてる。何？ と思って見ると、和樹が白雄の足の間で……寝てた。その手許には、ゲームのコントローラーがある。どうやら弟を座椅子代わりに、ゲームしながら寝落ちしてしまったらしい。

「ミャー、下の階に来てたから」

猫を下ろすと、白雄は浅く頷いた。

「あんたたち、ほんと仲いいね」

白雄はニヤっと笑って、けれど「用が終わったなら帰れ」と言わんばかりに、右手をしっしっと振ってくる。

「はいはい、じゃーね」

ミャーが迷子にならぬよう、ちゃんとドアをしめて階段を下りる。白雄は人に無関心だ。そして居候兼アルバイトの自分の扱いもかなり雑。けど色恋が一切入らない、全く気を遣われない、お前に関心ないっていう距離感が自分には凄く心地いい。そんな相手には気を遣わなくていいし、こっちだって最初から何も期待しない。

白雄は真面目に仕事してる。ただ情熱を持ってこの道を極めるとか、そんな感じじゃない。強いて言うなら、退屈な学校に、義務教育だからって仕方なく通ってるって雰囲気。だから急なキャンセルとか、露骨に喜んでる。

そんな全方向に無関心で面倒くさがりの白雄が、和樹にだけ猫みたいに懐いている。猫ならいいけど、あれわりとでかいし人間だし。ブラコンって根が深そうと思いつつ、まあ人のことだしどーでもいいや、と芽衣子はソファベッドに倒れ込んだ。

「芽衣子、芽衣子」

休憩室のドアの向こうから、名前を呼ぶ声がする。シーツを頭から被って「お母さーん、あと五分」とモニョモニョと逃げを打つ。

「もしかしてお前、寝てんの？　メッセージ既読になんないの、それでかよ。いくら休みっても、もう昼になんだけど」

三メートルぐらい向こうにあるドアが、ドンドンと叩かれる。あれ、お母さんの声じゃない。ここはまやまマッサージ店の休憩室で、母親がいるわけもない。どんだけ状況記憶が後退してんだよと思いつつ、大きな欠伸をして、ベッド脇のスマホを鷲摑みにする。電源を入れたはずなのに、暗い。何回押してもつかない。充電が死亡している。

壁の時計を見上げると、十一時四十五分。……まだ午前中じゃん……ギリだけど……と思いつつ、のそりと起き上がった。

「和樹～なんの用？」

自分の声は、起き抜けで掠れている。

「やっと反応あった。死んでんのかと思ったじゃん。光が来てて、みんなでたこ焼きパーティするんだよ。昼飯も兼ねてるから食いに来いよ」

ドア越しの声に「はいはーい」と返事をすると「じゃっ」と和樹が行ってしまう気配がした。

「あ、そうだ。モンっているの？」

返事がない。沈黙に、もう上の部屋に戻ったのかと思っていたら「ポリさんだったら、来てるかな」と聞こえた。

「わかった〜」

和樹の足音が遠くなる。徳広や三井、このビルで働いている連中だけならすっぴんでもいいけど、自分のことが好きで意識しまくっている警察官（みんなにはポリって呼ばれていて、自分は個人的に門柱って呼んでたけど、段々とそれが短くなって最終形態がモンになった）がいるなら一応、化粧するかって気合いを入れる。顔を洗い、化粧水をたっぷり使って下地を整えてから、フルメイク。納得する雰囲気になるまで、三十分ぐらいかかった。

たこ焼きだしなぁ、と服は長袖のカットソーと黒いパンツにする。鏡で見て、かっこかわいくていい感じじゃって自分が納得してから、部屋を出た。

内階段で四階にあがり、住居と捜し物屋の事務所の間のドアを開ける……が、そこに人はいない。何か静かだなと思ったら、本当にいなかった。にゃーにゃーとミャーがすり寄ってくるだけ。ここじゃなければ多分、二階の法律事務所だ。このビルは、二階から四階の間で働く人間がずぶずぶの関係だ。

めんどくさ〜とぼやきながら三階に戻り、靴を履いて二階に下りる。法律事務所の入り口に鍵はかかってない。入ってみるも、事務所の中に人の姿はなし。ただたこ焼きの匂いがぷんと漂っていた。そして奥の控室から、ワイワイと話し声が聞こえてくる。

騒々しさが漏れ出しているドアを開けると、大人と子供を取りまぜた六人がローテーブルを囲んでいた。「あ、芽衣子ちゃん」と最初に三井が振り返る。捜し物屋と法律事務所の総合受付の三井は、気弱そうな眼鏡のオッサンで、ずぶずぶメンバーの中で一番人へのあたりが柔らかい。

「メチャ遅かったじゃーん」

和樹が頬を膨らませた、口の中に何か入ってますよって感じでモゴモゴ喋る。

「タコ入りのたこ焼き、ラストの分焼いてるよ。ギリ間に合ったね」

三十代後半ラストスパート、中年というレールの上を迷うことなく一直線に突き進んでいる小太りの弁護士、徳広が両手に持った金串を、戦隊物の決めポーズみたいに顔の前でシャキンと交差して見せる。

「タコの入ってないたこ焼きって、もうたこ焼きですらないし」

喋りながら芽衣子は位置確認する。テーブルの上のたこ焼き器を中心に、左右のソファに人が座っている。奥から和樹、徳広、三井、反対側が白雄、モン、光の順だ。

芽衣子は光の隣に座った。その横にいるモンがおどおどした表情で「どうも」と小さく頭を下げる。

「あんたさぁ、既読になるの遅くない？　三日後とか、信じられないんだけど。殉職したのかと思ったわ」

「す、すみません。忙しくて」

「田舎の交番ってさ、七十二時間もスマホのチェックできないぐらい忙しいの？」

「ついうっかりしていて……」

謝る顔は本当に申し訳なさそうだったので、それ以上の追及はやめた。初めて会った時にナンパしてきたし、こっちに気があるのはミエミエなのに、人を試すみたいに返事をしてくれない。焦らしてくる。こっちのM気質を理解してのプレイだったらと思うと、ゾクゾクすると同時に少しだけイラッとする。

隣に座る光を、強引に膝の上にのっけた。やせっぽちの小学六年生は、軽い。光の体からは、埃っぽさと汗臭さと、日向の匂いがする。ぎゅっと抱き締めて、その背中に顔をぐっと押しつけた。

「あー、子供の匂いがする～」

「だって僕、子供だもん」

光はスキンシップが大好きで、抱っこしたら嬉しそうな顔をする。色白の綺麗な顔、色素の薄い瞳も相まって、笑うと本当に天使みたいにかわいい。去年の夏頃、母親の死が判明したばかりの頃は元気がなかったけど、時間が経つにつれてちょっとずつ笑うようになった。

「芽衣子ちゃん、どうぞ」

三井がお皿にのせたたこ焼きを、爪楊枝が刺さった状態で差し出してくる。受け取ったものの、子供を抱っこしたままなので食べづらい。

「光、私にたこ焼き、食べさせてよ」

「えーっ」

「いいから、早く」

光は爪楊枝が刺さったたこ焼きに、ふうふうと息を吹きかけてさまし「はい、芽衣子ちゃん」と差し出してくる。パクリと半分食べると、あまりの高温に口の中がびっくりする。

「熱っ、熱っ」

呟きながらもふもふと咀嚼していると、子供が「ははっ」と笑う。「笑うな、こら〜」と脇をこしょこしょしたら、光は「くすぐったい」とぐねぐね体を動かす。次の一口、光は念入りにふうふうし、冷まして口にもってきてくれた。その優しさにジンとする。

「あんた、ほんといい子〜好き」

抱き締めてぎゅうぎゅうすると、光は「苦しい、お腹からたこ焼き出ちゃう」と悶えた。

モンの隣に座りたくて光を膝抱っこしたけど、この子メチャクチャかわいい。こういう子、産めるものなら産みたいと本気で思う。チラリと隣の地味な無自覚S男の横顔を見る。二十歳前後の頃は、とにかく刺激的な男がよかったのに、最終的にニンゲンって身の安全っていうか、安定を求めるのかもしれない。モンぐらいのSっ気でちょうどいいし、この男だったら「生活」において絶対に間違いはないと、まだ付き合ってもいないのに確信している。

「タコがなくなったので、次はかまぼこで作りますね〜」

三井が溶いた小麦粉をたこ焼き器に流し入れていく。

「何かタコからのギャップが凄くね？」

和樹が細切れになったかまぼこを摘まんで、口の中にポンと放り込む。

「お客さんからもらったんだけど、賞味期限が切れそうでさ〜」

徳広が頭の後ろをかく。

「えーっ、俺ら処理係なの？……んっ、けどこのかまぼこ、かなり美味いかも」

「総理大臣賞とかもらってるらしいですよ」

喋りながら、三井がぽんぽんと角切りのかまぼこを入れていく。和樹は「お前も食えよ〜うまいぞ〜」と白雄の口許に摘まんだかまぼこをもっていき、すごく嫌そうな顔をしてたのに白雄は仕方なくといった表情でぱくりと食べた。

「あれっ、そろそろ時間じゃないですか？　和樹さん、すみませんが、場所を交代してもらってもいいでしょうか？」

モンが中腰になる。和樹は「いいよー」と皿とコップを持って芽衣子の隣にやってきた。チッと思い自分も移動しようとするも、向かいのソファは三井、徳広、モンでギチギチになっている。自分の入れるスペースはない。

芽衣子の背後にある巨大テレビの電源が入った。

「あっ、ちょうどですね。和樹君、たこ焼き係、代わってもらっていいですか？」

「はいはーい」

和樹が三井から串を受け取り、そして芽衣子に「焼いてみる？」と聞いてきた。

「あたしはいい。面倒くさい。和樹、焼い……」

話し声をかき消すほど大きなドーンという爆発音がテレビから聞こえてくる。びっくりして飛び上がった。

「音、大き過ぎましたね。ちょっと絞ります」

三井がリモコンで音量を下げる。

『みんな、元気だった〜？』

テレビから聞こえてくるのは、鼻にかかった女の子の声。

『スペシャルライブ、みんなで盛り上がっていこ〜』

女の子の掛け声に合わせて、向かいの三人が「おーっ」とユニゾンで右手を上げる。

「すみません、アネモネ7（セブン）の限定ライブ配信がこの時間なもので……」

謝る三井に、和樹は「別にいーよ。俺ら、勝手に食ってるから」とたこ焼きをくるくる回す。

三人が音楽に合わせて小さく踊り出す。光が膝の上でごそごそしはじめて、トイレかなと思って手を離したら、ぴゅっと向かいに行って、三人と一緒に踊りはじめた。

芽衣子はちらりと画面を見た。女の子らしいかわいい衣装といい、弾む曲調といい、アネモネ7はガチのアイドル。モンがこのアイドルを、特に黄色のイメージカラーの子が好きなのは知っている。たまに送られてくる女の子の似顔絵っぽいスタンプが、服からリボンから、ことごとく黄色だからだ。そういうの、あんま面白くないから実物はちゃんと見てない。

楽しそうに踊る男どもを前に、この人たち、ホントにこういうの好きなんだな〜と急転直下で冷めた気持ちになる。自分はアイドルが好きじゃない。音楽ならお腹の底までじんじん響く、北欧のヘヴィメタルがいい。

横目で画面を見ていた芽衣子は、目の前を過ぎ去った黄色い残像に違和感を覚えた。知ってる顔がいた気がする。まさか、と思いながらじっと画面を見ていると、また横切った。そして一人の女の子にカメラがズームする。

「ゆかりんでーす。今日はみんな、来てくれてありがとう～」

息を呑む。あの子はマッサージ店の会員、由香だ。普段と化粧が違うものの、間違いない。仕事のことは詳しく聞かなかったけど、まさかアイドルだったなんて思わなかった。黄色い衣装に黄色いカチューシャ、ストレートロングの髪をなびかせる由香は、ラインスタンプのキャラ絵に似ていないこともない。

三日前、盗まれた自転車を捜してほしいと「捜し物屋まやま」に由香は依頼した。和樹にストーカー被害の相談を勧められても、最初は「もうすぐ今の仕事を辞めて引っ越すから」と消極的だった。アイドルをやっているなら、入れ込みすぎておかしくなったファンがストーカー化するのもありそうな話。辞めて普通の人になれば、被害がなくなるだろうって考えたのも納得する。芽衣子は和樹ににじり寄り「テレビ見て」と画面を指さした。「俺、アイドルにあんまキョーミないし～」という和樹の膝を叩いて「いいから見て！」とドスの利いた声で脅した。

面倒くさそうに和樹はテレビを見る。そして由香がアップになっても無反応。これで気付かないとか、超絶鈍い。本当にあんた、捜し物屋なの？　と聞きたくなる。仕方ないから「あのゆかりんて子、由香じゃない」とこそっと耳打ちした。ヒントを与えてようやく気付いたらしく、和樹は「あっ」と小さく声をあげた。

「ハイ、ハイ、ハイ！」

三人の大人と子供は、アイドルの掛け声に合わせて勢い良く右手をあげる。子供はともかく、三人が画面を見つめる眼差しは真剣だ。そのアイドルのメンバーのうち一人が、三階のマッサージ店の会員で、捜し物屋の依頼人だとは言わないほうがいい。三人は「会わせろ」とは言わないだろうけど、物陰に隠れて覗き見ぐらいはしそうだ。そういうことをされるのは由香も迷惑だろう。

「……あの三人に、由香のこと言わないから」

小声で話すと、和樹も「確かにそのほうがいいかもなぁ」と頷く。由香がセンターに出て来て、ソロのダンスを披露する。するとモンの壊れたロボットみたいなぎこちないダンスが激しくなった。

「ゆっかりーん」

モンの掛け声に、甘ったるい媚を感じる。もしかして、とその顔をじっと観察した。センターで踊る由香を見る目は、嬉しそうにトロトロしている。そういう目は、知っている。もしかして本気で恋愛してる？　と疑いたくなる。こっちに気を持たせておいて、他の女に夢中の姿を見せるとか、それって高度なプレイの一種？　事前にわかっていたらプレイとして楽しめるけど、不意打ちかつ未確定なのは面白くない。

　芽衣子はできあがった「かまぼこ焼き」を皿の上で四分割に惨殺した。ここは法律事務所で、徳広のテリトリー。自分はビジターだし、見るのをやめろとまでは言わないけど、このライブが早く終わればいいのにと思いながら、激熱のかまぼこ焼きに突風みたいな苛立ちの息をふきかけた。

「悪いな～芽衣子」

　和樹は、去年の秋から「それって制服デスカ？」って聞きたくなるほど毎日着ているモッズコートとジーンズ姿で、駅前にあるコンビニの横に立っていた。四月になって暖かくなり、ようやくモッズコートから脱皮したなと思っていたのに、少し肌寒くなったらまた着てる。人のことなんて放っておけだけど、他に服持ってないの？　と言いたくなる。

「別にいいけど。白雄は本業が忙しくて抜けらんないし、あたしは時間あるし～」

　頭から足許まで和樹の視線が自分を辿り「何でお前、いつも黒い服なの？」と聞いてきた。それ、あんたにだけは言われたくない。

「かっこいいじゃん」

黒いカットソーに黒いパンツ、黒い上着でオール黒。黒はどんな色も飲み込んで、神秘的に見せてくれる。そして絶大な虫除け効果がある。オールブラックで満員電車に乗って、痴漢にあったことは一度もない。

「白雄もいっつも黒なんだよな。ま、どーでもいいんだけどさ～」

和樹は腰に手をあて、フーッと息をついた。白雄は背が高くて百八十センチ以上ありそうだが、和樹は低い。百六十センチの自分がヒールを履いたら、余裕で飛び越す。ほんとちっちゃい男だな～と思っても、言わない。男の身長は、異性から見た女の胸と同じ。人によっては地雷を踏みぬくので、口にしないのが無難だ。

和樹から「ちょっと手伝ってほしいことがあんだけど」と連絡があったのは、一時間前。由香の自転車を見つけたので、盗んだ相手と交渉するのを、証拠保全のために隠し撮りしてほしいとのことだった。普段は白雄に頼むけど、マッサージの予約が詰まっていて余裕がないので、客の施術中は暇を持て余しているバイトの自分に声がかかった。電話の件さえなければ、あの店は一人で十分に回せるから、白雄のＯＫも出た。由香の自転車捜しは自分が紹介した案件だし、ストーカーってどんな奴だろうな、という興味もあった。

「じゃ行くか～。そいつの事務所、すぐそこなんだよ。建物の真ん前にバス停あるから、芽衣子はそこでバス待ちしてる振りして撮ってよ。外で話そうと思ってるけど、中だったらまぁ……仕方ないか」

よくよく考えたら隠し撮りで証拠保全とか、用心深過ぎる。もしかして……。

「事務所ってことはさ、相手ってヤクザとかヤバい奴だったりするの？」

和樹は両手を左右にブンブン振った。

「違う、違う。そんな怖い奴だったら芽衣子には危なくて頼めないし。でかくて鬼握力の白雄はともかくさ」

歩き出した和樹の隣についていきながら「そうだよね～」と納得する。

「ってかさ、どうやって自転車泥棒、見つけたの？」

由香が捜し物屋に依頼してから今日でちょうど一週間。ご飯の時、和樹に「由香の件、どーなってんの？」と進捗状況を聞いても「まあ、そこそこやってる」と曖昧な返事ばかりで、はっきりしたことは教えてもらえなかった。

「由香ちゃん、荷物が抜き取られるって話をしてたじゃん。だから囮（おとり）の荷物を郵便受けに入れといて、それを取ってった奴の後をつけてみた」

「ひいっ、やっぱガチの泥棒じゃん。引くわ」

和樹は「確かになぁ」と苦笑いする。

「で、そいつの働いてる職場っていうか、事務所の自転車置き場に由香ちゃんの自転車があった。車体番号も確認ずみ」

なーんだ、と芽衣子は唇を尖らせた。

「向こうは泥棒なんだからさ、もうサクッと取ってきちゃえばいいじゃん」

「自転車に鍵がかかってんだよ。三つぐらいガチガチに。で、事務所の周囲は防犯カメラも回ってるっぽい」

「うっわ、自分は盗んだ癖に、人には盗ませないように鍵かけるとか、歪んでる〜」

だよなぁ、と和樹も頷く。

「盗んだ奴ってさ、どんな奴？　顔見た？」

「五十過ぎぐらいのオッサン」

「その歳でさぁ、自分の娘ぐらいの子のモノを盗むとか、終わってない？　これからどうやって人生、更生すんの？」

和樹は「そいつの人生なんて、俺に関係ないし」と肩を竦める。

「自転車さえ返してもらえばそれで依頼完了だし。で由香ちゃんが引っ越して物理的距離をとって解決！　だと思うんだけどさ」

歩きながら、小さい男が「あの角曲がったとこにある三階建ての建物」と前方を指さす。

「俺が自転車を返してもらって建物から離れたらさ、録画終了していいから。さっきのコンビニで合流しようせ」

了解、と芽衣子は答える。角を曲がってすぐ、目的地らしき三階建ての建物が見えた。箱形で凹凸のないグレーの外観はシンプルで住宅というには殺風景。一階の入り口はガラスの引き戸で、安っぽく地味な雰囲気だ。業者の卸倉庫かなとじろじろと見ていて、気付いた。入り口の脇にある看板に「志村豊(ゆたか)事務所」とある。もしかして弁護士?と思ったが、それなら「弁護士事務所」と肩書が書いてあるだろう。

「ねえ、看板にある志村豊って何なの?」

和樹はちょっと押し黙ったあとで「国会議員」と小声で答えた。

「えええっ」

おののくと「声、でかい」と怒られた。国会議員が泥棒とか日本は終わってる……絶望してたら、心を読んだかのように「由香ちゃんのストーカーは議員本人じゃなくて、中で働いている人だから、多分」と補足説明があった。職員なら、まあ許容範囲……いやいや、許容範囲も何も、立派な泥棒に変わりはない。

建物の横の駐輪場には、黄色い自転車がある。由香が話していた、サドルが茶色で籠が白という特徴も同じなので、きっとアレ。鍵がかかってなかったらサクッと持ち帰れそうなので、監視カメラと鍵がほんと鬱陶しい。

事務所の前のバス停で、バス待ちの振りをして立つ。和樹は「じゃ、交渉してくるわ」と事務所の中に入っていった。その後ろ姿は……やっぱり高校生に見える。

五分ぐらいして、和樹が女の人と一緒に中から出てきた。泥棒って五十過ぎのオッサンじゃなかったっけ？　と疑問を抱きつつ録画をスタートする。女性は二十代後半ぐらい、白いシャツに紺色のスカートと服装は地味ながら、目鼻立ちは整っていてかなりの美人だ。

「さっきも話したけど、俺は捜し物屋なんですよね～。持ち主から依頼されて自転車を捜してて、それがこれなんだけど、持っていってもいいかな？」

女性は腕組みし、困った顔をしている。

「ここにあるということは、事務所のスタッフの自転車やと思いますけど、私も滅多に東京に出てくることはないので……」

イントネーションに、うっすら関西の訛りが出ている女性は「ちょっとここで待っていてくれます？」と事務所の中に戻っていった。探偵モノのドラマみたいに、しらばっくれる相手をじわじわ言い負かしていく感じを想像していたら、わりとストレートに「返せ」って迫ってたなと思っていると、和樹と目が合った。

録画継続中のサインで芽衣子がグッと親指を突き出したところで、事務所の中から男が出てきた。今度は五十過ぎぐらい、長袖のワイシャツにグレーのパンツと典型的なサラリーマンスタイルで体格がよく、下腹が出ている。生え際が薄いのと目が細いのはまあいいとしても、唇が厚くて、揚げ物でも食べた後のようにやけにテラテラ光っているのが個人的に、生理的に無理。

緊縛モデルをやっていた頃、あんな唇をしたおじいちゃんの常連客がいて、仲間内で「たらこちゃん」とあだ名で呼ばれていた。エロエロ目線で見られるのは慣れてたけど、たらこちゃんは「月三十万払うから、愛人にならないか」と持ちかけてきて丁重にお断りした。そういう勘違い客はたまにいて、殆どが中年以上の年寄り。その中でも、たらこちゃんは唇のインパクトで記憶に残っている。

「自転車の件で文句を言ってきてるって、君?」

男はカラスみたいに甲高い声、あからさまに不機嫌な表情で、背の低い和樹を見下ろす。

「俺、捜し物屋をやってます。盗まれたから捜してほしいって依頼のあった自転車を、そちらの事務所の駐輪場で見つけたんで、持っていってもいいですか?」

男は細い目を更に細めた。

「依頼されたとか、本当? そもそもこれが盗まれたものだって証拠はあるの?」

こいつが犯人だとしたら、完全に開き直ってる。和樹の見た目が若いってことで、舐めてかかってる感じがバリバリで、気分が悪い。

「依頼人が出した盗難届の写真があるよ。車体番号同じだから、間違いないし」

途端、男の表情が強張った。和樹が俯いてスマホの写真を捜してる間、その前頭部をかち割りそうな目で睨んでいる。全身からダダ漏れしている怒りに、こいつ絶対にやってる！　と確信した。

「あった、これこれ」

和樹がスマホの写真を差し出しても、男はろくすっぽ見もしないで「あ、そう」と短く答えただけ。和樹は相手の出方をじっと待っている。

「そんな写真を見せられてもね。君がネットにあった拾い画を表示してるのかもしれないし。信用できないな」

こいつ、往生際が悪い。和樹、どんな風に対応するんだろと思ってたら「あ、はいはい」とあっさり引いた。

「じゃ盗まれた自転車を見つけたって、近くの交番に行くんで」

男が「はあっ」と低く唸った。

「俺が自転車を持って帰らなくても、最終的に依頼人のもとに戻ればいいわけなんで。得体の知れない男が、捜し物屋でーすっていきなり来ても信用できないってのもまあ、わかるし」

男が口をぐっと引き結ぶ。その右足がタンタンと踏みならされて、辺りに苛立ちが響き渡る。

「……君の身分を証明するもの、何かあるの」

聞かれ、和樹は「ショップカードならあるけど」とポケットから名刺大の紙を取り出して渡した。男は乱暴に毟り取り、カードを表、裏と何度もひっくり返す。そうしてしばらく考える素振りを見せたあと、ふーっとため息をついた。

「あの自転車、ここにあるってことは、事務所のスタッフの誰かが乗ってきたやつだろうね。きっと自分のものと勘違いしたんじゃないかな。本人に話して、警察に持っていくよう伝えておくよ」

聞いていると、すごく腹が立ってくる。由香はアパートの駐輪場に置いてあった自転車が、鍵を壊され持っていかれたと話していた。どこの世界に「鍵を壊して」まで間違える奴がいるだろう。しかもさりげなくスタッフに責任転嫁してるけど、盗ってきたのは百パーセントお前だろうと、アソコを縛り上げて問い詰めたくなる。

「あーそれならさ、そのスタッフって人に今から交番に持っていってもらっていい？」

「悪いけどこちらも忙しいんだよ。出勤しているスタッフが全員、事務所にいるわけじゃない。該当者を捜し、事情を話して、それからになるからね」

和樹が腕組みして「うーん」と唸る。

「あのさ、俺のこと怪しいって警戒してるかもしれないけど、俺もそちらさんのこと信用できないんだよ。たとえ『間違った』んだとしても、人のものを持っていったわけだからさ。俺は今すぐにでも持ち主に返したい。だからここで俺に返すか、今すぐ交番に持っていくかどっちか選んでよ。両方嫌って言うなら、今から警察をここに呼ぶから」

男は和樹をギッと睨みつけた。そしてくるりと踵を返すと、無言のまま事務所の中に入っていく。もしかして逃げた？　和樹のことそのまま放置？　と呆れていたら、引き戸をダーンと音がするほど乱暴に開けて再登場した。自転車についていた三つの鍵をガチャガチャ乱暴に外して「どーぞ」と顎をしゃくり、サッサと事務所の中に戻っていく。

「じゃ、もらっていきまーす」

和樹は事務所の、男の消えた引き戸の向こうに声をかけて、鍵の外れた自転車を押して歩き出す。男はしらばくれたりごねたりしてたけど、無事に解決。そう判断して録画を止めた。和樹があの角を曲がったら、自分も追い掛けていこうとスマホを斜めがけしたバッグに入れたところで、事務所の引き戸が開いた。またあの男が出てくる。

自転車を押して歩く和樹の後ろ姿を、刺し殺さんばかりの目で見ている。追い掛けていって何かするんじゃないかって気配を感じて怖くなる。もしそういう行動に出そうになったら、このバッグを投げつけて……と考えてたら、男は事務所の脇の花壇からゴルフボールぐらいの石を拾い上げて、いきなり投げた。それは和樹の歩いていった方角に飛んでいったものの、右上に大きく外れて、街路樹にあたったのかコンと音をたてる。

和樹は気付かなかったようで、振り返ることなくひょいと角を曲がっていった。

男は「チッ」と憎々しげに舌打ちする。そして和樹が見えなくなった後も歩いていった方角を睨み続けている。帰りたいけど、帰れない。男を見ていたくないけど、見ていないと和樹に嫌がらせをするために追い掛けていくんじゃないかと不安で仕方ない。ようやく男が建物の中に引っ込む。ホッとしてたらスマホにメッセージが入った。

『今どこ？』

和樹からだ。

『クソ野郎の事務所の前』

ウンコのスタンプを追加しようとしたけど、それはやめておく。

『まだそこいんの？』

『もう離脱してオッケーだし』

『ひょっとしてバスで帰る？』

『俺はこのチャリ乗って帰るけど』

和樹から、ポンポンと続けてメッセージが入る。

『あいつ、帰ってるあんたの背中に向かって石を投げてた。変な方向に飛んでったからあたらなかったけど。泥棒な上にメンタルがクソだわ』

和樹からは『ｗｗｗ』のメッセージが入ってくる。こっちの心配がちっとも伝わってなくて、苛々しながら『適当に帰る』と返信し、スマホをしまった。人に石を投げるような泥棒クソ男なら、由香の郵便物を抜き取って、自転車の鍵を壊して盗んでも何の違和感もない。今回は「返してもらう」って形で穏便にすませたものの、ああいうのは一回逮捕されてがっちり叱られたほうが、本人にとってもいいんじゃないか？　って気持ちになる。

悶々（もんもん）と思考しているうちに、気付いた。クソ男のことを考えるとか、時間の無駄。ああいうのは、きっと放っておいても何かのタイミングで自滅するんだろう。

それにしてもあいつ、どうして由香に目をつけたんだろう。アネモネ7のファンの男なんだろうか。モンに聞いたら知っているかもしれない。気になるけれど、それを聞くのは絶対に嫌だった。

午後三時、施術を終えて支払いもすませたお喋り好きの吉井さんが「あのさぁ」と切り出した。はいはい、いつものトークタイムね～と身構えていたら「芽衣子ちゃんにお願いがあるんだけど」と新しいパターンできた。

「えーっ、何？」

「チラシをね、置かせてもらいたいんだよ」

ＯＫも出してないのに、吉井さんはバッグからごそごそと何か取り出そうとしている。

「あ、ごめんね。うちは白雄……間山先生がそういうお知らせ系のチラシ、置かないって方針で～」

ＮＧだと言っているのに、勝手にカウンターの上にチラシの束をドサリと置く。

「そこの端にね、ちょっとだけでいいんだよ」

「けど間山先生が～」

「ほんと、ちょっとだけだから」

長い無駄話と同じで、しつこい。前も「これ、置かせてくれない？」とチラシを持ってきたおばちゃんがいた。その日の仕事を終えた白雄がそれを見つけ『これ何？』とスマホで聞いてきたので「お客さんが勝手に置いていっちゃって～」と説明したら、チラシを鷲掴みにして速攻でゴミ箱に叩き込んだ。

意地になって断るのも面倒だし「持って帰ったほうがいいと思うけど」とやんわり抗（あらが）うも、「いいから」と何がいいのか意味がわからないまま、置いていかれた。

どうせ白雄に捨てられるのにね～と思いつつ、チラシを一枚手に取る。そこに「衆議院議員　志村豊　特別講演」と印刷されていてギョッとした。志村豊……由香の自転車泥棒が働いている議員の事務所だ。自転車を取り返したのは先週のこと。そういえば吉井さん、議員の後援会に入ってるとか何とか前に話してたっけ……と思い出す。

チラシは四つ折りになっていた。若手議員を応援する講演会らしい。ぺらっと開くと「志村豊」らしき議員の顔が印刷されている。七十代後半って感じのおじいちゃんだ。

……何かこの顔、覚えがある。特にこのぷっくりテラテラした唇……唇……思い出した。緊縛ショーの常連客だったたらこちゃんだ。チラシの写真はだいぶ加工されていて、肌色も綺麗で皺も少ない。たらこちゃんが議員、人に月三十万で愛人契約を持ちかけたじいちゃんが議員……業界を辞めたし、人に言ったりなんかしないけれど、心の底からうんざりする。吐きそう。

由香の自転車を盗んだ泥棒が五十代、たらこちゃんと同じタイプの唇だった。もしかして親戚か親子？　最悪のコンビネーションだ。

志村のプロフィールには、京都出身、京都大学卒業で、銀行で働いた後に、京都府議会議員を経て、衆議院議員になり……とあった。政治家のことはよくわからないけど、地方出身の国会議員でも東京に事務所があるっぽい。京都っていえば、光ママが殺されたのも、白雄のそっくりさんの市長がいるのも京都だった。嫌〜な感じで縁がある。

チラシをたたむ。たらこちゃんの顔を見たくないし、どうせ白雄は捨てる。わかってたから、吉井さんには悪いけどチラシをまとめてゴミ箱にそっと落とした。

バタンとドアが開く。吉井さんが戻ってきて「やっぱチラシ、持って帰るよ」と言われたらどうしようとドキドキしていたら、観葉植物の隙間からチラリと白髪が見えた。「こんにちは〜」とニコニコしながら近付いてくるのは、由香のおばあちゃんの宮本さん。ホッとすると同時にあれ、今日って予約が入ってたっけ？　とタブレットで確認したら、やっぱり名前はない。ひょっとして間違えたんだろうか。会員は軒並み高齢者なので、勘違いはよくある。

「今日は宮本さん、予約入ってないよ」

教えると「わかってるわよ〜」と笑った。

「うちの孫が芽衣子ちゃんに世話になったんでしょ。ありがとうね。これ、つまらないものだけど、受け取ってくれない？」

宮本のおばあちゃんが差し出したのは、近所にある大福屋の袋。美味しいと評判で行列ができる店だ。

「えっ、あたし何もしてないよ」

「芽衣子ちゃんが口利きしてくれたおかげで、盗まれた自転車が戻ってきたそうじゃない。アドバイスを受けて新しい家に引っ越してからは変なことも起こらなくなったし、今の仕事も今日で終わりだって、由香はすっきりした顔をしてたわ。私もあの子のことが心配だったから、芽衣子ちゃんに助けてもらって安心したのよ」

お願いだから、ほんの気持ちだから受け取ってちょうだい、と宮本のおばあちゃんは引く気配がないので、じゃあまあいっかぁと受け取った。実際に動いていたのは和樹だから、あとで四階に持っていってみんなでおやつに食べればいい。

それをカウンターに置いたら、ひょいと何か乗ってきた。ミャーだ。大福の紙袋をクンクン嗅いでいる。

「あら、かわいい猫ちゃん」

　宮本のおばあちゃんの声に応えるように、ミャーは「うにゃん」と鳴いた。

「あんたは食べられないの、ごめんね～」

　大福の袋をカウンターの下に隠すと、ミャーは『お裾分け、ちょうだいよ』と言わんばかりに「うにゃーん」と甘えた声で鳴いた。そうしてウロウロしていたかと思えばフッと動きを止め、壁の時計をじーっと見つめる。

「あんた、いつも時計を見てるよね。時間、わかんの？」

　ミャーを抱き寄せると、宮本のおばあちゃんが「あれは～」と何か言いかけ、慌てて右手で口許を押さえた。

「どうかしたんですか？」

　宮本のおばあちゃんは「ちょっと、ねぇ」と苦笑いする。

「えっ、何ですか？　気になる～教えてくださいよ」

　こちらをチラッと見て、宮本のおばあちゃんは「悪いものじゃないのよ」と前置きした。

「私、昔から時々、視(み)えちゃうの。ここに通いはじめた時から、あそこにおばあさんがいるなって気になってたのよね。あれって先生の身内の方じゃないかしら」

いきなりの、予想外のホラー案件。冷たい指でなぞられたように、背中がゾクゾクッとする。

「孫が心配で傍にいるんじゃないかしら。私と同じ」

芽衣子が震えているのに気付いたのか、宮本のおばあちゃんは「ごっ、ごめんなさい、気味の悪いこと言っちゃって」と謝ってきた。

「あ、大丈夫。大丈夫です！　あたしが教えてって言ったんだし、全然平気！」

そう言ったものの、明日から時計のほうを見ると意識してしまいそうで、聞かなきゃよかったと半泣きになりながら後悔した。

午後九時、芽衣子は宮本のおばあちゃんにもらった大福の袋を手に四階へ続く階段を上った。夕飯を食べる時に持っていこうとして、忘れていた。明日でもいいか〜と一旦は放置するも、消費期限が迫っていたし、生ものだし、けっこう量が多かったし、何より今日食べたほうが絶対に美味しいとジャッジした。

和樹は芽衣子がどこにいても気にしない。白雄は自室とリビングには勝手に入るな、という空気を出してくる。和樹と一緒の時はその空気を消すけど、二人きりだと何となくエリア分けを要求してくる。

面倒くさいなーと感じることはあっても、居候なので文句は言えない。それに白雄が醸し出すのは「ここに入るな」の空気だけ。それ以外の要求をされたことはない。

四階の住居に明かりはついているのに、和樹も白雄もいない。静かだ。そのかわり事務所部分、廊下の突き当たりのドアの向こうから人の話し声が聞こえてくる。依頼人？　と頭を過(よぎ)るも、時間的にそれはない、多分。

徳広か三井が来てるのかな？　と思いながらドアを開ける。すると事務所にある客用ソファに、和樹、白雄、三井、徳広、そしてモンとフルメンバーが揃(そろ)っていた。テーブルの上には、缶ビール、缶チューハイ、ワインが所狭しと置いてある。夕飯の時は何も言ってなかったのに、いつの間に集合したんだろう。

「あーっ、いいな飲み会。私も呼んでよ」

事務所に入ると、和樹が「俺らも何か、成り行きというか……」とどこか決まり悪そうにモゴモゴ喋る。

三井、徳広はピンク、モンは黄色のＴシャツを着ている。その胸元には共通デザインで「ＡＮＥＭＯＮＥ７」のロゴが入っていた。この時間だし、ライブ帰りだろうか。

その割には、みんなの表情が暗い。ライブで盛り上がって、そのままウェーイの飲み会という雰囲気ではない。

「これ、宮本のおばあちゃんがくれたやつ。自転車の件で孫がお世話になりましたって。大福みたい。食べようと思って持ってきたんだけど、ここで出しちゃっていい？」

和樹に聞いたら「つまみ足んなくなりそうだし、オッケー」とのことだったので、広げた。もらい物とはいえ人気の大福を提供したことで、何となくこの飲み会に参加する許可をもらえた気分で、芽衣子はテーブルの端にあった缶ビールを「これちょうだい」と手に取り、プルトップをあけた。お金がなくてあまり飲めないけど、酒は美味しい。臓腑に染みる。この世の正義だ。立ち飲みする芽衣子の斜め向かいで、モンがワインを勢いよく呷る。その顔はうっすら赤い。

「あんたさ、飲んで大丈夫なの？　車で来てんじゃないの？」

「ポリさんはね、大丈夫だよ。今日はここに泊めてもらうことになってるから」

徳広に説明されて「ふーん」と相槌を打つ。

「……酔えない」

ぽつりとモンが呟く。

「ワインを二本飲んだのに、酔えない。酔っ払って、前後不覚になりたいのに、酔えない……」

「無理に酔わなくてもいいんですよ。それにポリさん、肝臓が強くてザルだから……」

隣で三井に慰められても、モンは両手で頭を抱えこむ。ただ事ではない様子に、芽衣子は和樹に近付き「あれ、何なの？」と小声で聞いた。

「……ポリさんの推しが卒業したんだってさ」

モンの推しといえば由香。そういえば「孫は今の仕事が今日で終わり」的なことを宮本さんが話していた。多分、由香はアイドルを引退したのだ。諸々が繋がり、そういうことか～と納得する。

「ゆかりんには、ゆかりんの人生がある」

唐突にモンは喋りはじめた。

「引退するなってわけじゃないんです。ただ……ライブ終了間際にいきなり『今日で卒業します』宣言はない。ありえない。もっと、もっと心の準備をする時間が欲しかった。最後だと知っていれば、いろいろと準備できたんです。横断幕とか、プレゼントとか、華やかに送り出せたのに。こんな、こんな電撃引退なんて……」

「わかる、わかるよ」

徳広がモンの肩を抱く。

「俺だって、ライブに行っていきなりミイミイに『今日で卒業します』って言われたら卒倒するよ。正気を保っているだけ、ポリさんは理性的だよ」

「正気なんて保ててないです……」

「いやいや、十分に正気だよ」

「心に大きな穴がぽっかりあいた感じで、明日からどうやって生きていけばいいのかわからない……」

ぐすっと泣き声が聞こえる。モンの右隣の三井が、なぜか三井が泣いている。

「彼女が新しい道を歩み出したとしても、今日ぐらいは泣いてもいいと俺は思います」

三井とモンがガシッと抱き合う。予告なしの引退は、あの泥棒男の件が関係しているんじゃないだろうか。もしあいつが由香のファンだったら、引退の事前情報を知って怒り狂って何かやらかしたかもしれない。けど突然辞めるなら、泥棒男に嫌がらせの準備はできない。それで引っ越したとなれば、由香はすべてのしがらみを断ち切って安全、かつ自由になれる。

和樹が「ポリさんさぁ、寝るのってここのソファでいい？」と聞いている。

「お手数かけて申し訳ありません、和樹さん」

モンが深々と頭を下げる。

「別にいーよ。いつもポリさんには世話になってるからさ～。ほら、野菜もらったりとか」

「悪いね、和樹君。うちの事務所の控室に泊まってもらおうと思ってたんだけど、何かトイレの調子が悪くてさ」

徳広が頭を掻く。

「いやいや、ビルの設備管理は管理人の俺らの仕事だし。明日の朝一で業者が入るよう手配してるからさ～」

和樹が大福を摘まんで、半分だけむしゃっと食べる。

「俺か徳広さんの家に泊まってもらってもいいんですけど、ポリさんの車はビルの近くの駐車場に停めてるし、ポリさん自身も朝早く帰らないといけないってことだったので……」

恐縮する三井に、和樹が「いーっていーって」と右手をひらひらと振る。

「俺もただ酒に便乗させてもらってるし、気が済むまでうちでガンガン飲んでってよ」

ああっ、といきなりモンの呻き声が聞こえた。

「ゆかりんは、本当にこの世に実在していたんだろうか」

怖いことを言い出して、徳広に「ポリさん、しっかりして」と肩を摑まれる。

モンが「実在していたんだろうか」という由香は、明後日の午後に予約が入っていて、二時間コースの施術を受ける予定になっている。バリバリの実在だ。

由香の件は自分が直接和樹に掛け合ったから、受付の三井は知らない。白雄は全貌がわかっているだろうけど、それを伝えたり、人を慰めたりするタイプじゃない。

テーブルの周囲、事務所のソファは人でギチギチなので、芽衣子はデスクの上に腰かけて二本目の缶ビールを飲んだ。モンは何度もため息をつき、天井を見上げ、そして俯き、涙ぐむ。

「今日の卒業発言が俺の勘違いで、撤回してくれるという世界線はないんでしょうか」

聞かれた三井は、無言でスマホを開いた。

「今のところ、ないです……ね」

答えた三井も、モンも泣いている。そんな二人のやりとりを見ながら、芽衣子は『こいつ、あたしのこと好きなんだよね？』と自問自答した。初対面の時はこっちへの好意がダダ漏れだったのに、それ以降は何となく放置プレイの連続。そして極めつきが他の女への推し具合の見せつけ。心理的にじわじわ虐められるのは好きだけど、メリハリというか、あんまりこっちへのデレが感じられない。

気付けば、こんなジリジリ状態が十ヶ月近く続いてる。向こうのペースに合わせてたけど、はっきりいって待ちくたびれた。そろそろやりたい。

「ねえモン、あんたうちに泊まってけば」

白雄以外が、こちらを振り返る。みんな驚いた顔だ。「いや、いや、いや、そりゃまずいでしょ～道義的に」と徳広が止めてくる。

「別にいいよ。そんだけ飲んでたら勃たないだろうし。それに何かあっても、責任とってもらうし～」

変な駆け引きをするよりも、やっちゃったほうがいろいろとスッキリする。モンが顔を上げて「こんな時に、そんな冗談を言わないでください」と怒った声を出す。

「だから、慰めてあげるって言っててんじゃん」

「別に、あなたに慰めてもらわなくてもいいです」

言葉が、ガツンと胸にくる。これはプレイ中の辱めとかじゃない。顔が強張るのが自分でわかる。

「芽衣子、ポリさんさ、今メンタルがズタボロだから」

和樹が慌ててこっちをフォローしてくる。

「俺は破廉恥な女性は嫌いです。それに初めては、心の底から愛している女性と決めているので」

言葉が、グサ、グサと矢みたいに刺さってくる。モンの言葉の裏を返せば、自分は破廉恥な女で、心から愛されてないってことだ。

「ふーん」

破廉恥っていうのは、緊縛モデルだったことだろうか。人をエロい気持ちにさせることがあるのは否定しないけど、やってるほうは真剣だし、あれはアートなんですけど。ついでに言うなら自分の初めての相手は大学の同級生で、見た目は普通でも、やたらと雰囲気のある男だった。半年後にそいつの二股が判明し、往復ビンタして別れた。すぐ好きになっちゃうし、やった人数は多いかもしれないけど、好きな男か気に入った男としかしてない。

こいつ、あたしのこと好きじゃないのか。ふーん。こっちのこと意識してる感じだったのに。で、由香みたいな女がいいと。まあ、確かにメチャかわいいしね。けどあの子、重度のおじさん好きだから。リアルでもあんたに望みないし。ふーん、ふーん……と思っているうちに、胸にぐわっと何か込み上げてきた。こんな時に、ぶり返す。「君、勇気あるよね」って自分をブッ刺した他人の言葉が。

どうして自分は傷ついてるんだろう。どうしてこんな時、嫌な言葉を思い出すんだろう。あ、そうだ。自分はずっと欲しかった。特別な才能が。そういうものが手に入れられそうな環境にいたのに、そのギフトは自分には与えられなかった。それなら普通の家に生まれたかった。才能が欲しいなんて思わない、芸術一家じゃない家に。ああいうのは生まれ持った才能だからって、他人事になれる家に生まれたかった。

この男のこと、意識してた。向こうもこっちを好きなんだって、もう手に入ってると、好かれてると確信してた。それがナシとか、何なん？　ずっと勘違いしてたってこと？　あんた、思い込みが激しいって、言われたことはあるけどさぁ。確かに、メッセージアプリの返信遅かったし、プレイかと思ってたけど、あれはプレイじゃなくてガチで脈がないってフラグだった？

馬鹿にするなって、どこに言えばいい？　ずっと勘違いしてたアホな自分に？　才能はもう諦めてるし、自分は凡人ってわかってる。だけどこいつなら大丈夫かもって、自分のこと好きっぽいし、ちょっと面白いし、いいかもってロックオンしたのに。あたし、好きなんだけど。わりとけっこう好きなんだけど。こいつなら絶対に浮気しない、大事にしてくれるって思ったのに。才能ないけど、何もないけど……好きになった男ぐらい自分を好きになってくれてもいいじゃん。あたしのこと拒絶しなくてもいいじゃん。

胸の中がうわああっと膨らんで、涙腺が爆発した。ボタボタッと涙が落ちる。怒って冷たかったモンの顔が、ギョッとしたように強張った。

「あ、す……すみません。言葉が過ぎました……」

それが、崖から落ちそうだった体を押した。

「謝んな、クソボケェ!!」

芽衣子は飲みかけの缶ビールをモンに向かって投げつけた。怒りをこらえきれず、デスクの上にあったものを摑んで投げ飛ばす。

「あっ、俺のパソコン！」

和樹が床に吹っ飛んでいったノートパソコンに駆け寄る。

「もうみんな、みんな死んじゃえ！」

怒鳴り散らす。みんな嫌い。全員、この世から消えればいい。勝手なこと言う奴ら、自分を突き落とす奴ら、まとめて地獄に行けばいい。

けど、みんないなくなったりしない。消えたりしない。惨めな自分もまだ、ここにいる。じゃあ、自分が消えればいい。走って事務所を飛び出した。細い内廊下を走って、階段を駆け下りる。

「階段で走ったら、危ないです！」

背中から、聞こえてくる声。人を地獄に突き落とした、今、一番聞きたくない声。

転がる勢いで一階まで下りる。ビルの外へ出て十メートルほど走ったところで、がしっと右腕を掴まれた。

「芽衣子さん、あのっ……」

腕を掴む力が強い。痛い。

「その、あの……酔っ払っていて……」

こいつは言い訳で、人の傷口に塩を塗り込むタイプだ。しかも逃げられないように捕まえて。何これ生き地獄？　腕を振り回しても、離れない。よけいに掴む指の力が強くなるだけだ。

もう嫌だ……と正面の男から視線を逸らした先に、ビルに入っていく、パーカーのフードを被った男の後ろ姿が見えた。あそこは階段に続いている。一階の不動産屋はクローズしてるから、この時間だと二階から四階の関係者、知り合いしかいないはずだ。和樹の担当編集、松崎だろうか。それにしては体格がよくて……。

考えている間に、そいつはビルから出てきた。駅のほうに歩いていく。もしかして入る建物を間違った？　と思っていたら、ビルの入り口から「えええええっ」と和樹の奇声が聞こえた。

モンが何事？　とばかりに振り返る。

「なっ、何これ。郵便受けとかその辺、真っ赤なんだけど……血？　ペンキ？」

パーカーのそいつが、足を止めた。そして再び歩き出す。少し早足で。何か怪しい。

あいつ、怪しい！

「あの男、捕まえて！　パーカーの奴」

芽衣子が摑まれていないほうの手でパーカー男を指さすと、モンは「はっ？」と振り返った。ビルに背を向けて立っていたモンは、男がビルに入り、そしてすぐ出てきたのを見ていない。

「どうして……」

「いいから、あの男を追い掛けてよ」

「でも……」

「言うこと聞け！　捕まえて連れてこいっ!!」

芽衣子が怒鳴ると、モンは「はいいっ」と返事をして、走り出した。モンが追いつきそうになると、パーカー男が急に走り出し、角を曲がったところで二人の姿は見えなくなる。

芽衣子がビルに戻った途端、ぷんとペンキの臭いがした。捜し物屋の郵便受けに真っ赤なスプレーらしきものが吹き付けられていて、しかもそれだけじゃなくて壁に赤い字で「しね」「くそ」とか書かれている。徳広が壁に触れて「うわっ、まだ乾いてない」と赤くなった指先におろおろしている。

和樹が芽衣子を見て「その、お前の気持ちはわからないでもないし、そろそろ共有スペースのリフォームやったほうがいいかなって思ってたし」と呟いた。怒って、スプレーペンキ嫌がらせマンになったと思われている。この短時間でできるわけないだろ！と猛烈に腹が立った。

「あたしじゃないっての、クソばかっ」

和樹が「えっ、違うの？　ごめん」と謝ってくる。そうしているうちに、モンがうなだれて戻ってきた。そしてペンキまみれの郵便受けと壁を見て「何なんですか、これは」と目をむく。

「芽衣子さんに言われた男を追い掛けてたんですが、途中でタクシーに乗られて、ナンバーもよく見えなくて……取り逃がしました。途中でコレを投げつけられたんですが」

モンが手にしていたのは、赤いペンキのスプレー缶だ。

「ビルに入って、なんかすぐ出てった変な男がいたの。あんたが追い掛けてったのはそいつ。コレやったの、そいつで確定なんじゃないの」

芽衣子の証言でようやく事の全貌が見えたのか、モンが「器物損壊の現行犯だったんですか！　あぁ、ワインをあんなに飲んでなければ……」と悔しそうに歯噛みする。

「背中しか見えなかったので顔や年齢ははっきりわかりませんが、雰囲気的にそう若くもない男じゃないかと」

「フード被ってたし、あたしも顔は見てない」

和樹は真っ赤になっている郵便受けを見下ろし「うちに何か恨みでもあんのかな？」とぽそっと呟いた。

恨み……芽衣子の脳裏に、たらこ唇の男が浮かぶ。まさか、まさかねと思う。自転車を奪い返された恨みが募っての嫌がらせ？　由香が引退したのも関係しているんだろうか。

ビルに防犯カメラはついてないし、この近所にもつけてそうな家はない。和樹は「防犯カメラ、つけるかぁ。金かかるけど」とぼやいた。

それから六人全員で共有スペースのペンキ落としにかかった。和樹が「みんな、何かごめん」と謝っていて、三井は「和樹君のせいじゃないですよ」と慰めていた。油性ペンキぽかったけど、十分に乾いてなかったから、家庭用洗剤でわりとすっきり落ちた。

掃除が終わると、三井と徳広は帰っていった。芽衣子も服にペンキがついたので、早く着替えたくて部屋に戻ろうとしたら、モンに「すみません」と呼び止められた。

「……芽衣子さん、あの……このたびは本当に申し訳なく……」

　おどおどした顔で自分を見下ろしてくる。「惨めさ」と「怒り」の中に、いきなり「スプレー落書き」と「掃除」が入ってきて、一瞬頭の中から飛んでいた嫌な感情が、じわじわと戻ってくる。

「いいよ、別に。あたしが悪いんだし、多分」

　こちらの様子を窺う表情に、ちょっとだけ安堵が浮かぶ。

「けど今は、あんたの姿を見たくない」

　モンが傷ついた顔をする。ざまあみろという気持ちと、少しの後悔。「じゃ」とモンを置いて、階段を上がり三階の部屋に戻った。

　ソファベッドのシーツに潜り込む。服がペンキでよごれている。洗わないといけないってわかっていても、面倒くさい。何だか疲れた。しんどい。たかが失恋しただけ。付き合ってもなかったし、振られたからって別に死のうとも思わない。

なのに涙が出る。こんなぐちゃぐちゃの感情も、明日になればもうちょっと、もう少しだけマシになっているはずだった。

第二章 間山和樹の苦悩

原稿用紙のマス目を埋めないといけないのに、何もネタが浮かばない。そして空っぽの脳内をなぜか「お魚くわえたドラ猫～」のフレーズが回る。意味不明だ。

「捜し物屋まやま」の事務所、ソファの上に寝転がったまま、間山和樹は虫食い穴がぼこぼこあいているように見える天井の石膏ボードをぼーっと見上げていた。

「できないじゃない、やるんすよ！」という担当編集者、松崎の強い押しで、七月発売の文芸誌「わん」の初恋特集のラインナップにねじ込まれてしまった。初恋をテーマにした短編を七人の作家が書くことになっているらしい。

小説っていうのは、内から湧き上がってくるものであって、人に強制されて書くもんじゃないだろと思うものの、その湧き上がりを待ってはや数年……形になったものはゼロ。そもそも湧き上がるための原材料はあるのか？　という根本の問題になってきている。

テーマがテーマだし、実体験を書けばいいのかもしれないが、肝心の初恋がいつなのかわからないという体たらく。女の子をかわいいなと思うことはあれど、それが恋かと聞かれると自信はない。感情なんてあやふやで不確かなものに、名前をつけること自体がおかしいんじゃないかという疑問は、虚（むな）しくもこのテーマの全否定になる。

未確認物体のような恋愛事情だが、好きだと思った子と一度だけ付き合ったことがある。それも白雄に奪われて終了した。同じ家、隣の部屋の義弟に取られるとか、漫画かってぐらい最悪のパターンで絶縁レベルの大喧嘩（おおげんか）になった。それでも関係修復、仲直りできたのは、白雄が彼女をそれほど好きではなかったのと、彼女が自分に興味がなくなっていたのを薄々察知していたからだ。

白雄が義兄兼友人の自分に猫みたいに懐いているのはわかっている。ただ気に入っている人間に対してさえも、白雄は猫がネズミをいたぶるように、傷つくとわかっていながら面白半分に爪でちょいちょい引っかく。たまにがぶりと、致命傷を与えない程度に噛みついてくる。蓄積されていくダメージ。こっちはたまったもんじゃない。人を傷つけて反応を楽しむ、その心理が自分には理解できない。これは今にはじまったことじゃない。白雄は昔から、ずっとこうだ。

白雄のことを突き詰めて考えていくと、初恋どころか暗黒世界に迷い込みそうで、思考からシャットアウトする。床を這（は）いずりそうなほど低調なこのメンタルは、素材もなければストーリーも浮かばないことに加えて、地味に、断続的に続いている騒音も少なからず影響している。

五月の連休が明けてすぐ、近所の駐車場で工事がはじまった。一日で設備がすべて取り払われて、次は何ができるのかな、コンビニだといいな～と都合のいい妄想をしていたら翌日、工事関係者だという作業着姿の人がビルを訪ねてきて「駐車場の跡地にマンションを建てることになり、しばらく騒音が出ると思います。工事は九時から十七時の間で、近隣の皆様にはご迷惑をおかけして申し訳ありませんが、よろしくお願いします」と手土産を置いていった。店子（たなこ）である一階の不動産屋が賃貸物件として取り扱うことも決まっているらしい。

まぁ、仕方ないわなと納得はしていたものの、工事音は想像の五倍ぐらいうるさかった。工事開始からここ十日ほど、ランダムにガガガ、ガガガと細かい震動と共に響いてくる。いつかは終わるとわかっていても、流石にうんざりする。

昨日は雨だったので工事は中断していたが、今日は天気がいいので朝から元気いっぱい、フルスロットルでガガガ、ガガガ。こんな有り様なので窓も開けられない。カフェへ行こうにも、捜し物屋に客が来て自分がいなかったら三井が困るし、プロットを練ろうにもそもそも肝心のネタがない……結局、風薫る五月の心地よい日に、うす暗い事務所のソファで騒音にまみれて鬱々ゴロゴロしている。

うにゃん、うにゃんと飼い猫、ミャーの鳴き声が聞こえる。あー鳴いてるわーと耳が認識するだけだったが、ドアをカリカリと引っ掻く音に「開けて入れろや～」という意思だけはハッキリ伝わってきた。

のそりと起き上がり、ドアに少しばかり隙間を作ってやる。キジトラのミャーはするりと事務所に入ってきて、見回りとばかりに部屋の中を一周したあと、ソファに寝そべっていた飼い主様の腹の上で丸くなった。じわりとした生き物の熱と、加重。重い。最近、更に重くなった。

ミャーは自分たち兄弟の飼い猫だが、三階に住む芽衣子によく拉致されている。芽衣子はミャー用の猫トイレを三階にも準備し、夜も一緒に寝ている。おやつもふんだんにもらっているのか、ここのところ腹回りがとみにでかくなった。もう誰が飼い主様なのかわからなくなってきている。

腹の上のミャー布団が重温かくてうとうとしかけた頃に、事務所の外廊下に続くドアが開く音がした。客か？　と半身を起こす。重力に沿って膝までずり下がったミャーは不機嫌そうに「うみゃ」と鳴き、仕方ねーなといった緩慢さでトンと床に降りた。

「和樹君、いた」

観葉植物の陰からこちらを覗き込んでいたのは、捜し物屋と二階の法律事務所の事務受付を兼務している三井だ。こっちの捜し物屋は滅多に客が来ないので、三井は九割方法律事務所のほうにいる。

「何か用？」

三井は急ぎ足で近付いてくると、かつてない深刻な顔で「実は」と切り出した。

「昼休みに『捜し物屋まやま』でエゴサしてたんですけど……」

　十年以上自宅に引きこもった後、立派に社会復帰を果たした三井は、働いている弁護士事務所の評判が気になるのか、よくエゴサーチしている。以前、「徳広さんのこと、やり手の弁護士って雰囲気じゃないけど凄く親切だって書き込みがあったんですよ」と嬉しそうに話していたが、「捜し物屋まやま」でもエゴサしていたとは知らなかった。

「おかしな書き込みがあったんです。和樹君たちの仕事に対する評価は人それぞれ受け取り方があるし気にしないんだけど、それにしてもちょっと看過できないものが複数あって」

「そうなの？」

　ネット検索は日常だが、エゴサはしたことがない。所長が見た目高校生とか、頼りないとか自分の容姿への誹謗中傷かなと思っていたら「捜し物屋まやまは詐欺だと書かれていて」と予想外の方向からきた。

「詐欺？」

「人捜しだったり、ペット捜しだったり、なくした物を捜したりと仕事のバージョンは違ってるんだけど、お金を払ったのに仕事をしてないって点は同じ。昨日からSNSと掲示板式の書き込みサイトに、僕が気付いただけでも十四件」

　そのうちの一つがこれで、と見せられたスマホの画面を覗き込む。かわいいアニメ絵の女の子のアイコンで『捜し物屋まやまってとこにペット捜しを依頼したのに、捜してないっぽい。それなのに追加料金ばかり取られる。これって詐欺？』とあった。書き込まれた日付は昨日。だがしかし、ここ一ヶ月、ペット捜しの依頼は一件も来ていない。それは受付の三井も知っている。

「この人をチェックしたんですけど、アカウントの作成は今月で、呟きはこれを含めて二つだけ。怪しすぎて、文句を言うためだけに作ったんじゃないかと疑いたくもなります」

　三井は腰に手をあて、腹立たしげに足を踏み鳴らす。その足音が嫌だったのか、ミャーが机の下に入り込む。

「詐欺じゃないって本人に直接リプライしようかとも考えたんですが、徳広さんに『これ、同一人物の意図的な嫌がらせじゃないかな』って言われて。まずは和樹君に相談してから対応したほうがいいだろうってことになったんです。何か心当たりはありませんか？」

　書き込みをされるほど客とトラブった記憶はない。こっちが知らないだけで、向こうが内心、ムカついてたというのはあるかもしれないが、そこはわからない。トラブル、トラブル……考えているうちに、ある男の顔がもやっと浮かんできた。

　先月、自転車を盗まれたという地下アイドルの依頼を引き受けた。犯人は五十前後の男で、芽衣子に「あの泥棒野郎と衆議院議員の志村豊って、もしかして親子じゃない？顔がそっくり」と言われ、あれこれ検索したらまさにビンゴだった。志村は衆議院議員である父親の秘書で、事務所の駐輪場に盗んだ自転車を堂々と置いていた。自転車を返してほしいと本人に直接アタックするもはぐらかされ、「警察に行く」と最終カードを出したらようやく返却された。

百パーセントお前が盗んだんだよね〜とわかっていても証拠はない。なのでこれは「話し合い」で一応、円満解決したパターンだが、証拠保全のために志村とのやりとりの録画を頼んだ芽衣子が「話し合いが終わったあと、帰ってくあんたに向かって石を投げてた」と怒っていた。自転車を返すのをメチャクチャ渋ってたし、持っていかれたのが相当、口惜(くや)しかったんだろう。

自転車泥棒の事件が解決し、依頼者だった地下アイドルが卒業した当日、このビルの一階、共有スペースが落書き被害にあった。真っ赤なスプレーを壁と捜し物屋の郵便受けに吹き付けられ、掃除が大変だった。犯人らしき人物を追いかけた現職警察官ポリさんによると、後ろ姿だけで顔は見えなかったと言われた。ただ印象として「雰囲気的にそう若くもない男では」ということだった。

嫌がらせをされるほど恨まれる相手といえば、最近だとあの議員秘書、志村ぐらいしか思い浮かばない。過去、放火犯や殺人犯に関わったことはあるが、そいつらはみんな現在服役中だ。

嫌がらせは志村で確定だとして、問題なのは地下アイドルの案件は芽衣子が直接自分に話を持ってきたので、三井を通していないということだ。地下アイドルが所属するグループ、アネモネ7は徳広、三井、ポリさんが熱心に応援していて、中でもポリさんが最推しだったゆかりんというメンバーが依頼人だった。依頼人がアイドルだとわかった後も、あの三人には教えないほうがいいだろうと芽衣子と話し合い、口をつぐんだまま今に至る。

三井によると、ポリさんはまだ推し卒業のショックから抜けだせないらしく「ゆかりんがアネモネ7に戻ってきた夢を見ました」という切ないメッセージが送られてくると沈んだ声で話をしていた。志村もゆかりん引退ショックがこじれにこじれて、その怒りが「せっかく盗んだ自転車」を奪っていった捜し物屋に向かっているんだとしたら、まあそれなりに筋の通ったストーリーができる。こっちは大迷惑極まりないが。

器物損壊にあたるスプレーの落書きはあの日一度だけ、進行形の被害はSNSに散らばる偽の詐欺情報ということになる。

「捜し物屋自体がニッチだし、いくらSNSで悪口を拡散してもバズりでもしない限り限界があると思うんだよね。俺的にはもうちょっと様子見しててもいいかな～そのうち飽きてやめそうな気もするし」

三井は目を見開き「えっ、このままでいいんですか！」と念を押してくる。

「うん。客が来なくても、そんな困らないし」

捜し物屋は半ば趣味に近い。依頼がなくても、ビルの家賃収入が定期的にある。このセーフティネットがあるからこそ、ネタの浮かばない物書きをダラダラと続けていけるわけだが。三井は「和樹君がそれでいいなら」と言いつつも不完全燃焼の顔だ。

「わざわざ教えてくれたのにごめん」

「いいえ、確かにまだ昨日今日の話なので、急がなくていいのかもしれないです。ただこれ以上酷くなるようだったら早めに対処したほうがいいと思うので、俺は引き続きエゴサでチェックして……」

話の途中で、ピンポーンとインターフォンのチャイムが鳴り響く。今度こそ客だろうか。

「あっ、はーい」

三井がドアに駆け寄り、内側に開く。観葉植物の陰から「ここって、捜し物屋ですよね。入ってもいいですかぁ」と聞こえてきた。

三井に案内されて入ってきたのは、茶髪でアイメイクバッチリのかわいい女の子。服がやや派手で、歳は自分と同じぐらいだろうか。女の子は和樹と目が合うと、愛想良くにっこり微笑(ほほえ)みかけてきた。

「あ、かわいい～」

夕飯を食ったあと、ダイニングテーブルに突っ伏してスマホを見ていると、芽衣子が人の背中に手を置いて覗き込んできた。テーブルの縁と芽衣子の体重で圧迫され、食ったものが出そうになり「うげっ」と声が出る。

「その子、パルだよね～」

「そうなん？」

「わりと人気じゃん」

遠慮なく体重をかけられて、苦しい。

「お前、重……」

訴えると、芽衣子の加重がふっと消えて楽になった。ペット捜しの猫は圧倒的に雑種が多く、希に（まれ）ロシアンブルーやら毛の長いノルウェー何とかという猫種の依頼はあるが、パルとやらは初めてだ。ダックスフントみたいに、手足が短い胴長の猫がいるなんて知らなかった。仕事だから捜すし、ミャーは成り行きで飼いはじめたが、実はそれほど動物に詳しいわけじゃない。

昼間、三井に「ネットに詐欺って書き込みが……」と教えられた直後、客が来た。三井は受付を終えたところで二階の法律事務所から呼び出しがあってそちらに戻ってしまい、白雄は三階のマッサージ店で仕事中。自分と客である女の子、鈴木と二人きりになった。

タブレットの受付入力画面には「飼っている猫がいなくなったので捜してほしい」と書いてある。このタイミングで猫捜しかと思いつつ、詳しく話を聞いていくうちに「何か変じゃね？」と内心首を傾げることが多々あった。

いなくなった猫の特徴を聞いても「種類はわかんなくて、縞のやつで、普通の大きさで～」と曖昧なことしか言わない。「好物は何？」の質問にも「えーっ、やっぱ魚とか」と大雑把だ。これまで依頼してきた客だと、マグロです、ささみです、果てはお気に入りの猫缶メーカーはこれで～と細かかった。そして極めつきが「猫の写真、見せてもらえます？」の要望に対する「写真かぁ～そういうの撮ってなくて」だ。

これは動物捜しの依頼を受けるようになってから、初めてのパターンだった。

「人が行方不明になった時も、顔写真とか参考にして捜すでしょ。それと同じで写真がないと猫とか正直、難しいんだよね～」

説明すると鈴木は「あ、そっか」と頷き、ごそごそスマホを操作する。しばらく弄ったあと「これ」と画像を見せてきた。そこに映っていたのは、四肢の短い猫。見た目にめっちゃ特徴あるし、プロが撮ったみたいなライティングばっちりのやつ持ってんじゃんと思いつつ「その写真、俺のスマホに送ってもらえます？」と頼んで入手したのがこれだ。念のため「他の角度から撮ったやつとかない？」と聞いたが「これだけ～」という返事だった。

「こいつを捜してくれって依頼がきてさ」

芽衣子は「へーっ、有名人の猫捜しか」とぼそりと呟いた。

「有名人？」

「その猫、ペット系ユーチューバーのまゆたりが飼ってるパルでしょ？」

「えっ、パルって猫の種類じゃなくて名前なの？」

「何アホなこと言ってんの。種類はマンチカンじゃん」

芽衣子に教えてもらい、まゆたりというユーチューバーの番組を見たら、確かに写真と同じ猫が映っていた。そっくりだ。依頼された猫のきょうだい猫かもしれない。

猫なんて柄と体形が似ていたら、飼い主でもない限り見分けがつかない。事務所で王様のように寛（くつろ）いでいるミャーも、依頼された迷い猫にそっくりだったことで間違って捕獲し、最終的に飼うことになったという経緯がある。

「和樹の見てるその写真も、前に見たことあるし」

芽衣子の一言に猛烈に嫌な予感がしてまゆたりを検索する。彼女はSNSもやっていて、そこに依頼人、鈴木から提供を受けた画像と同じものが掲載されていた。まゆたりは顔出ししていて、鈴木とは顔面の骨格からして全然違う、別人だ。

鈴木は、人気ユーチューバーの飼っている猫を「捜してほしい」と人に依頼したことになる。無理くり好意的に解釈すれば、どんなに捜しても自分の飼い猫の写真が見当たらず、似ている猫の画像を「こんな感じ」というつもりでこちらに渡したのかもしれないが。

風呂から出てきた白雄が、リビングに入ってくる。それと入れ替わるように芽衣子はミャーを抱っこして三階に戻っていった。

白雄がタオルで髪を拭いながら、スマホに表示されている猫の画像を覗き込む。水滴がぴっと顔に散ってきて「お前、髪乾かしてこい」と文句を言うと『め・ん・ど・く・さ・い』と口が動いた。

『新規の依頼？』

そう聞かれる。動物捜しに白雄は基本、加わらない。人間以外、動物のリーディングはできないと本人は言っている。だから犬、猫の迷子は、いそうな場所にアタリをつけ、自分が足を使って地道に捜索している。

「若い女の子でさぁ猫捜してって依頼なんだけど、これまでと違って違和感バリバリで怪しいっていうか〜」

白雄の口が『その子が触ったもの、何かある？』と動く。

「触ったもの？　タブレットの入力はしてたな」

『持ってきて』

　事務所からタブレットを取ってくる。それに触れた白雄は、鈴木の入力画面を見ながら肩を震わせた。笑っている。白雄の口が、笑いの形に歪みながら『嘘』と動く。

『嘘、嘘、嘘』

　楽しげに、リズムをつけて繰り返す。

『名前も、住所も、猫を捜してるってのも、全部嘘。どうやってうちが駄目な捜し物屋だってネットに書き込もうか、そんなことばかり考えてる』

　昼間の、三井の話を思い出す。いろいろなSNSにあることないこと書き込んでいるのは、もしかしてあの子、鈴木か？　けど初対面だったし、そんな嫌がらせをされる覚えは……。

『その子、キャバ嬢かな。誰かに金で頼まれてる。お店によく来てる客、唇の厚い、中年の男だ』

　唇が厚い……真っ先に頭に浮かんだのは、志村。泥棒秘書があの子に頼んだってことか？　あいつなら、いかにもそういうことをやりそうなので秒で納得する。

　からくりがわかったのはいいが、途方に暮れる。依頼は受けたし、着手金はもらっている。けど嫌がらせ目的の偽の依頼なら、猫捜しの必要はない。依頼はキャンセルということで金を返してすっきりしたいが、白雄はタブレットに書き込まれた個人情報はすべて嘘だと言い切った。電話したら通じるんだろうか。ああ、写真を送ってもらったから、SNSだと繋がっている。多忙で捜せなくなったとか適当に理由をつけて返金したいとメッセージを送ろうか。ブロックされたらそこで終了だが。

このタイミングでスマホに着信があり、体がビクリと震えた。表示されている名前は三井。毎日顔を合わせているので、夜は殆どかかってくることはない。何だろうと不安になりつつ出ると『大変です。和樹君の顔写真がネットに出ていて』と三井は早口でまくしたてた。

「顔写真？」

『いつ撮られたものかわからないけど、和樹君はこういうのを許可してませんよね。隠し撮りみたいだし、それを勝手にアップロードするのも大問題で、何よりコメントが酷い』

三井がとにかく確認してくれと繰り返すので、教えられたSNSのアカウント「桜ＨＩＭＥ」を検索する。該当アカウントのツイートに、目も口も半開きで寝る寸前みたいにぼけーっとしている自分の顔写真が貼られていた。白雄のようなイケメンじゃないという自覚はあるが、それにしてもこの写真は加工したんじゃないかってぐらい、選りすぐりの不細工顔。明確な悪意が伝わってくる。

写真には「話題になってる『捜し物屋まやま』の所長で詐欺師ってこいつ？」とコメ

ントがついていた。

画像の服は、今日着ているものと同じ。この写真をアップしたのは、偽の猫捜しを依頼してきたあの子か？　スマホで猫の写真を捜すのにやたらと時間がかかっていたが、それはフェイクでこっそり写真を撮っていたんだろうか。

実名こそ出ていないものの、画像つきで全世界に配信されるのはキツい。これ、どうすりゃいいんだ？　と頭を抱えていたら、桜ＨＩＭＥの呟きにリプライがついた。見慣れた徳広のアカウントで「捜し物屋まやまの顧問弁護士をしております江原法律事務所の徳広と申します。代理人として、桜ＨＩＭＥさんのツイートに関して、その意図をお聞きしたく、改めて話し合いの場をもうけさせていただけませんでしょうか」とコメントが入った。

すると、写真つきのツイートが瞬く間にスッと消えた。徳広の「弁護士との話し合い」という援護射撃が猛烈に効いた。反論もなく逃げの一手なのは、本人も「悪いこと」だという自覚があるんだろう。ホッとしていたら三井から『写真消えましたね、よかった。徳広さんも気にしていたので、チェックしてたようですね』と速攻連絡がきた。

『マジ助かった。三井っちもサンキュー』

そう送ると『いえいえ』とミイミイの似顔絵スタンプが送られてきた。徳広にもお礼のメッセージを送る。すぐさま『相手が小物のへたれでよかったよ』と返信があった。

問題が数分で片づいたことに安堵し、ホッと息をつく。力の抜けた肩に何かが触れる感触。多分、白雄の指だ。

「『こらしめる？』」

自分の口から聞こえた声に、ギョッとする。

「『あ、視えた。女に依頼した男は自転車泥棒と一緒か。仕返し、する？』」

白雄の指を振り払い「しねぇよ。勝手に人のこと視んな！」と吐き捨てる。

「弁護士が味方についてるって知ったら、もう偽情報とか流してこないだろ、多分」

白雄の顔を見ないでいると、ダイニングテーブルに長い人差し指がトンと置かれた。

『依頼した男は悪い奴』

顔を見ない、体に触れさせない……こっちは具体的に「話したくない」という態度を取っているのに、どうしても伝えたいのか指でテーブルに字を書いてくる。

『俺よりも悪い。刑務所レベル』

悪いにも段階があるが、刑務所お勤めコースになると自転車泥棒程度じゃない、ガチの犯罪だ。

「……あの泥棒秘書、何したんだよ？」

思わず問い返してしまう。白雄は目を細め『ひみつ』と唇を動かした。わざわざ人に話を振っておいてそれか？　何がしたいんだこいつ、とイラついていたら肩に触れてきて『「面倒くさぁい」』と人の口を使ったあと、ニマリと笑った。

「すみません、下まで取りに来させてしまって。いつも置いてる駐車場が工事中で、周囲はどこも空いてなくて……」

路駐した車に乗ったまま、ポリさんは申し訳なさそうに頭を下げた。車のボンネットが、夕陽を反射してちょっとまぶしい。

「これぐらい何でもないし。ポリさんちの野菜でうちの食費、メチャクチャ助かってるから。そうそう、あの工事中の駐車場、マンションになるらしいよ」

車の後部座席に置かれている段ボールをドア付近まで引き寄せ「よっ」と抱えてドアを閉める。ポリさんの実家が青空マーケットで販売し売れ残った野菜は、いつも捜し物屋に回ってきて、白雄が残さず料理して食い尽くす。

今回は売れゆき良好だったのか、箱がやや軽い。それでも四、五キロはありそうだ。半開きになった蓋の隙間から覗いているキャベツやスナップエンドウ、その横にビニール包装された何かが見える。これはお菓子か？

「またクッキーっぽいのが入ってんだけど」

するとポリさんは「その、えっと」とハンドルを所在なげに叩いた。

「芽衣子さんに」

前回の時も、ポリさんは「俺からとは言わず、あの人に渡してもらえませんか」と残った野菜の隙間にクッキーを入れていた。青空マーケットに出店している他の店舗で購入しているらしい。

推し引退のショックに加えて酔っていたせいで芽衣子にきつい言葉を浴びせ傷つけてしまったことを、ポリさんはずっと後悔している。クッキーは贖罪だ。

「渡すのはいいけどさ、誰からなのかは言ったほうがよくね？」

何も言わずに渡すから、芽衣子は気付かないままポリさんの自己満足ばかりが積み上がっていく。こちらの意見に、現役警察官は『ご勘弁を』と言わんばかりにブルブルと首を横に振った。

「これはほんのお詫びの気持ちなので。もし芽衣子さんが好きじゃなさそうなら、和樹さんが食べてください」

ポリさんがそれでいいならいいけど～と一応、請け負う。昔、主人公に正体を知られないよう、玄関先にせっせと貢ぎ物を届ける健気な動物の話を読んだが、この状況はそれに何となく似ている。今はもう本のタイトルも思い出せないが。

「徳広さんに聞いたんですが……和樹さん、ネットで誹謗中傷を書かれた上に顔写真まで上げられていたんですか？」

「そうなんだよ。けど祐さんの弁護士を前面に押し出したリプライ一発で写真はスッと消えてさ、解決した～」

ポリさんは「それならよかった」と頷き「もしまた何か困ったことがあったら、俺にも相談してください。警察官の視点で、何かアドバイスできることがあるかもしれないので」と声をかけてくれた。みんな心配性で親切だ。

「もうそっちは大丈夫だと思うんだよね。そうだ、来週の日曜、光を呼んでポップコーンパーティするんだよ。ポリさんも時間あったら来ない？」

誘うと「楽しそうですね。けど来週の日曜は日勤なので」と残念そうに顎をさする。柔らかかったポリさんの表情が「そういえば」とふと真顔になった。

「光君のお母さんの事件なんですが」

そう口にしたあと、ポリさんは急に鋭い目になり、周囲を見回した。これは秘密事項だなと察して、顔を運転席に近付ける。

「犯人とされている縛師の男が亡くなっているのが見つかったんですが、自殺と他殺の両方で調べてます」

「ええっ」と声をあげると、ポリさんは「しっ」と人差し指を口にあてた。

「まだ可能性の段階で、俺も又聞きの又聞きなので内密に。あの事件、もしかしたら根が深い複雑なものかもしれないです」

ポリさんは「そろそろ道も混んでくるので」と早々に帰っていった。野菜入りの段ボールを抱えてビルの階段を上がりながら「マジか～」と自然と口から漏れ出てくる。終わったと思った事件が終わってないと聞かされ、もやもやする。もし犯人の縛師が自殺でないなら、いったい誰に殺されたというんだろう。そっちのなぞ解きは、捜し物屋の仕事の範疇を超えているし、自分は関わることはおろか、手や足を出すことはないだろうが……気にはなる。

カツカツと高く忙しない靴音が、背後から迫ってくる。振り返ると、黒ずくめの服を着た芽衣子が勢いよく階段を駆け上がってきていた。ちょうどいい。ここで贖罪のクッキーを渡そうと踊り場で足を止めたら、向かいにやってくるなりおもむろにスマホを取り出し、もの凄い勢いでタップすると「ちょっと、コレ見て！」と人の顔にスマホ画面を突きつけてくる。顔から五センチも離れてない。

「おま、それ近過ぎ。見えないし」

スマホがぐっと引かれ、二十センチぐらいのベストな位置にくる。画面に表示されていたのは「超ベテラン議員！　破廉恥エロエロ紀行」とタイトルのついた記事だった。議員も破廉恥もバナー広告レベルに興味がないので「へーっ」と適当に返事をしたら「これ、ちょっと酷くない？」と同意を求められた。

「いや、まだ見出ししか読んでないし、よくわかんないけど」

「たらこちゃんが緊縛趣味だってバラされてんの。バラしたの、絶対に業界の中の人間じゃん。信じられない」

たらこちゃん？　と記事を飛ばし読みすると、緊縛大好きな破廉恥エロエロ議員と名指しされているのは、衆議院議員の志村豊。先日、アイドルの自転車盗難で関わった犯人の父親だ。改めて見ると、ぷっくりした唇が流石親子、とてもよく似ている。

「私もさぁ、たらこちゃんに愛人にならないかって声をかけられたことあるけど」

えっ、そんなん初めて聞くぞ？　と逆にそっちのほうが気になる。

「緊縛が好きって、公にすることないじゃん。どの世界にだって、プライベートが守られてこそ、安心して楽しめるっていうのはあるんだよ。緊縛に限らずさ。確かにたらこちゃんは品性のないエロクズだったけど、断ればあっさり引いたし。別に犯罪をおかしたわけじゃないんだし、こういう風に暴露されたら業界の信頼が失墜するんだよ」

興奮した赤い顔で芽衣子はまくしたてる。今日の野菜量は少ないとはいえ、そこそこ重量のある段ボールを長いこと持っていると、腕がじんじんしてくる。肘や指先を細かく動かして重さによる痺れを分散させながら「まぁまぁ」と宥める。五分ぐらいワーッと喋ると気が済んだのか、怒りの芽衣子はフッと静かになった。

「私はモデルも辞めちゃったし、今更緊縛業界のことを語るなって思われるかもしれないけど、それでも……あの世界に愛着はあるし、まだちょこちょこ関わったりもしてるからさ」

俯いた芽衣子が「和樹、何持ってるの？」とようやく抱えている段ボール箱の存在に気付いた。ポリさんにもらった野菜〜と脳内には表示されていたが、口にはしない。芽衣子はポリさんに振られてから、元気がない……ように見える。だからその原因であろう名前は出さないほうがいい、多分。

「近くの八百屋で買ってきた。安売りしてたから」

「そうなんだ〜」

近所に八百屋などないが、料理をしない芽衣子は関心がないのか、そのことに気付いていない。

「箱ん中に手作りクッキー的なのあるからさ、やるよ」

「えっ、いいの？」と芽衣子の声が跳ねる。

「八百屋のおばちゃんがサービスってくれたやつ。俺、昼に菓子食ったからもういいや」

じゃあ遠慮なくいっただき〜と芽衣子は段ボールからクッキーを取り出す。そして

「前も同じのくれたよね。これ、美味しいんだ〜」と嬉しそうにニヤニヤした。

「じゃあまた晩飯の時にな。飯前にそれ食ったら、夕飯入んなくなるぞ」

芽衣子が唇を尖らせ「人の心を読むな」と眉を顰める。

「読んでねーし。行動パターンの分析」

ムカつく！　と芽衣子にバシンと背中を叩かれる。それはゲホッとむせ返るほどきつい一撃だった。

志村豊議員の緊縛趣味の件は、有名週刊誌にも掲載された。大きな事件もなかったことで、連日ワイドショーで面白おかしく取り上げられ「上新党のエロ番長」という恥ずべきレッテルまで貼られた。しかし続報もなく次第に飽きられ、テレビで見ることもなくなった。

ＳＮＳの嫌がらせも徳広の威嚇を境にぴたりと止まり、そうこうしているうちに七月へ突入した。夏の衆議院の選挙運動がはじまると、ほとぼりが冷めたと読んだのか、志村は京都の小選挙区からしれっと出馬した。が、選挙運動の序盤にまるで狙いすましたかのように、志村が愛人と倒錯的なプレイに耽溺していたというスキャンダルが週刊誌に出た。

その後、元愛人の女性が、顔を隠した状態で記者のインタビューに答えている動画をテレビやネットで頻繁に見た。政治家の女性絡みのスキャンダルはよく聞くが、志村にとって致命的だったのは、その愛人と浮気している期間が大病を患った妻の闘病期間と重なっていたことだった。

今は志村の妻も回復しており、選挙でも「志村豊をお願いします」と痩せた体で必死に応援していたが、『夫に尽くす妻を裏切る』という構図が、市民感情的に最悪だった。
最初、志村は「あれは出鱈目だ」と全否定していたが、恥ずかしい写真がネットに流出してからはピタリと口を閉ざした。しかも一度ではなく二度、三度と、局部にぼかしを入れないといけないような酷いものまで出てきて、その頃を境に志村の妻は体調不良を理由に表に出てこなくなった。

政治評論家のサイトをチェックしてみると、地盤は強固で選挙運動などせずとも余裕で当確、敵なしとされていた志村は、段々と情勢があやしくなり、野党候補が票を伸ばしていると分析されていた。

その志村の対抗馬、野党である先民党の新人が西根晴郎……白雄の二十年後じゃ？ってほどそっくりな、京都府のとある市の元市長だった。五十五歳と志村議員よりも二十歳以上は若く、雰囲気のあるかっこいいおじさんだ。若い頃はモテモテだったんだろうなーと想像できる。

衆議院選、それも京都の小選挙区なんて興味もなかったのに、芽衣子の話と白雄似の元市長が気になってゆるっと状況を観察する。最終的に選挙期間中のスキャンダルがトドメになって志村は票が伸びず、志村への失望票と浮動票を集めた野党の西根が初当選した。上新党の大物が大差で敗れて比例復活もなしということで、当選した新人、西根が「ありがとうございます」と涼しげな笑顔で支援者にお礼を述べている映像は、全国ネットのテレビ番組でも少し流れた。

西根晴郎は京都の大学を出て東京の大手商社に就職。そこを辞めて京都府のとある市で市議会議員になり、市長を経て今回衆議院選挙で初当選した。二十七歳の時に結婚し、子供はいない。

白雄は自分と同じ二十七歳。もし西根が父親だとしたら、結婚後にできた子供ということになる。白雄の母親は、西根と不倫してたんだろうか。そういや白雄の戸籍はどうなってるんだろうという疑問がまたぶり返す。

触れたらリーディングできる白雄が、光の母親捜しで京都の天保旅館、西根の元実家に行くのを嫌がったこと。親子ですか？　ってぐらい西根と顔が似てること……二人が本当に親子である可能性は高い気がするも、親子だったらどうなの？　というところに行き着く。白雄本人の気持ちが重要で、外野が口出ししても仕方がない。白雄のことは白雄に任せておけばいいとわかっていても、気になるし考えてしまう。この世に確かなことは何一つない。今日は元気でも、明日には死んでしまうかもしれない。白雄の母親は事故死だったし、自分が望まなくても明日がなくなってしまうことは、ある。

本当の父親と触れ合うことなく人生が終わっても、白雄は後悔しないだろうか。白雄が父親に会うというアクションを起こすどころか避けていることで、ある程度の答えは出ている気はするが……。

ただ西根のほうはどうなんだろう。今の奥さんとの間に子供はいない。もし自分の血を分けた子供がいると知ったら、会いたがるだろうか。政治家をやろうってぐらいだし、目標というか野心はあるだろうから、不倫相手を妊娠させた！　となったら大スキャンダルで、その存在は迷惑になるだろうか。

西根は白雄のようなクール系かもしれないし、逆に義父みたいに愛情溢れるタイプで単純に息子の存在を喜ぶかもしれない。どうなるかはわからない。自分は西根の、ネットで調べられる範囲のプロフィールしか知らない。

選挙の終わったタイミングで、松崎から電話があった。短編の掲載誌はまだ発売になっていないが『センセの小説、編集部内でわりと評判いいんすよ』とのことだった。何を書いていいかわからず悩みに悩み、けれど結局、自分が経験したことしか書けず、最終的に白雄に彼女を取られたあの件を、かなり脚色して書いた。そして書き上げた後はしばらく落ち込んだ。昔の嫌な記憶を、忘れていた黒い感情をまざまざと思い出したからだ。自分で自分にムチ打つとはまさにこのことか？　と頭を抱えた。

『センセ、プロットとか書けないって言うし、出たとこ勝負でどんなんができるか楽しみにしてたんすよ。初恋だし、もっとピュアな話が来るかなって思ってたらドス黒オーラなのが来て意外でしたけど、まあ面白かったからオッケーす』

で、と松崎は続けた。

『今度の「幼なじみ」特集のラインナップにもセンセをブッ込んどいたんでよろしくっす』

思わず「はあっ？」と問い返していた。初恋の話はしんどかった。あれだけで半年分ぐらいのエネルギーを吸い取られた。

『あ、他社の仕事とかぶってます？』

それを言われて口ごもる。現状で掲載は一回だけ、一冊も本を出していない作家に、溢れ出しそうな才能でもない限り他社から声がかかるのは奇跡。まずもって自分は存在からして認知されてない、多分。

『俺はセンセの小説いいと思うんすけど、読者の反応はわかんないすからね～。アンケが悪かったらやりにくいんで、雑誌が出る前に予定入れました。思ったんすけど、センセは予定ビシバシ入れて原稿取ったほうがいいタイプっすね』

一作書き上げて、そのダメージも回復しないまま次を書けときてうんざりするが「編集部内で評判がいい」という話は、聞いていて嫌な感じはしない。

『あ、そうそう。センセに言っとかないと。光なんすけど、正式にうちの子になったんで～』

「えっ、養子ってこと？」

『里子っすよ。前にそう言ったじゃないすか』

母親が亡くなり、児童養護施設にいた光を松崎の両親が気にかけていて、いずれ里子にと考えているという話は聞いていたが、想像以上に展開が早い。光は甘えん坊の寂しがり屋なので、構ってくれる人が傍にいたほうがいい気がしていたから、これはこれでよかったんだろう。守ってくれる人の傍にいられる状況になったのなら、遠くから見守ってきた自分も安心する。

『もうね、パパが光にメロメロなんすよ～。あの子、父親を知らないじゃないすか。だから俺のママのことは「伊緒利ちゃんのママ」呼びなのに、パパには「パパって呼んでいいですか？」って言ってきたらしくて、ママが嫉妬しても～大変すよ』

松崎のとりとめのない話を聞き、通話を切った後は変に脱力していた。やっと終わったと思ったのに、再び締め切りが迫ってくる。また何もないところからネタを絞り出さないといけない。

幼なじみと言われ、最初に頭に浮かぶのは白雄だ。幼い頃から、何やかんやありつつずっと一緒にいる。だがしかし、白雄で完結し、そのまま寝ていてもネタは浮かんでこない。他に何かなかったか、恥ずべき過去を掘り起こすべく久々に実家に帰り、自分の部屋のクローゼットから古い文集や写真を引っ張り出した。

自宅マンションにある自分と白雄の部屋は、家を出て行った時のまま。それは母親の感傷でもなんでもなく「自分のものは、自分で片づけてよ」と言われていたのを数年放置した結果だ。

学生時代に使っていたベッドに座り、図書館の隅っこみたいな匂いのする文集を見ていたら夢中になり、気付けば頬をつうっと汗が伝っていた。

トントン、と足音が聞こえ「ねぇ、和樹」と母親がノックもせずに部屋に入ってくる。

「ちょっと何この部屋、ムンムンしてるじゃない。あなた、冷房入れてないの？」

「クローゼットが埃っぽかったから、窓開けてた」

「すごい汗よ。水分はこまめに取りなさい。家の中でも熱中症になるわよ」

うん、まぁと適当に相槌を打っていたら、母親は「もう」と腰に手をあてため息をついた。

「和樹、今晩のご飯はどうする？　昨日から白雄が何か下ごしらえしてたし」

「あー向こうに帰る。」

「あぁ、そう」と頷き「父さんと二人なら楽でいいわ」と目を細めて笑った。自分の母親は割り切りが早く、サバサバしている。義父のほうが世話焼きなタイプだ。

本当の父親は細身で背が高かったと聞いているが、母親は低い。百五十センチギリギリ。自分のこの背は、完全に母親の遺伝子の支配下にある。

母親はベッドに散らばる文集たちを見て「急に家に帰ってきたと思ったら、何してるの？」と聞いてきた。

「……次の話のネタ探し」

「あら、何だか小説家らしいわね」

こちらを小馬鹿にしているように聞こえ「もう出てってよ」と不機嫌に返すと「はいはい」と肩を竦めた。部屋を出て行きかけた母親の背中を見ているうちに、ふと思い出す。

「なぁ、白雄の母さんってさ……」

母親が足を止め、振り返る。

「どんな人だった？」

「あなたも知ってるでしょ？」

「小学生だったから、もうあんま記憶にないんだよ。それに白雄がうちに来ることが多かったし。痩せてて、髪が長かったぐらいしか覚えてない」

そうねえ、と母親は頰に手をあてた。

「美人で、話上手な人だったかな」

どうしよう、と迷った手が中学時代の文集を閉じたり開いたりする。

「白雄の本当の父親ってさ、どうなってんの？　小さい頃は白雄がうちの子になんのが当然みたいに思ってたけど、よくよく考えるとそんな簡単な話でもなかったのかなって気がしてさ」

母親は「今まで聞いてきたこともなかったくせに、急にどうしたのよ？」と首を傾げる。言おうかどうしようか、少し迷う。けれどまあいっか、と思えた。十代ならともかく、自分たちは成人して一応、独立している。

「白雄にメチャクチャ似てる人を見つけたんだよ。ちょうど父親っていってもいいぐらいの年代でさ。それで白雄の戸籍、どうなってんのかなって」

母親は一瞬、押し黙ったあと「そう」と短く呟いた。

「白雄の母親の和佳さん、生前は旦那さんの話をあまりしたがらなかったのよ。何か事情があるのかなと思って私も深くは聞かなかった。和佳さんが亡くなって、白雄を養子にしようってなった時に、和佳さんの従姉妹に話を聞いたけど誰も父親のことを知らなかった。戸籍に記載もないし、認知もされてなかったわね。二十歳になった時にこの話を白雄にもしたけど、そんな感じだと思ってたって、わかってた風だったわ」

認知しなかった、ということは「意図的に認知しなかった」「知らなかった」の二通りのルートがある。

「白雄に似てるって、最近たまにテレビで見かける議員の人？　白雄は何か言ってるの？」

去年、誘っても天保旅館に行くことを渋っていた。あれは多分……。

「何も言ってないけど、まあ知ってるかな～って感じ」

「それなら白雄に任せておけばいいんじゃないの？」

「えっ、けどさ……」

「その似てるって人が白雄の本当のお父さんかどうかわからないけど、知りたければ白雄本人が行動するでしょ。白雄が血の繋がった父親と関わらなくていいと考えてるなら、それでもいいと思うの。すべて白雄本人が決めることよ。白雄があなたに相談してきたり、何か手伝ってほしいと言ってきたら、その時に手を貸してあげればいいんじゃないの？」

母親の言う通りで、一言も反論できなかった。自分でもわかっていたことだ。それなのに帰りの電車でまた、悶々と考える。気になるのは白雄の父親が「何も知らない」でいる可能性と、白雄の性格だ。

人と馴れ合う性格じゃない白雄。けれど血の繋がった父親なら、そこに何らかの感情が生まれるんじゃないだろうか。いや、父親らしき人のいた場所を避けたところに、既に白雄の感情の断片は見えている。会いたがらない、その理由はなんだろう。母親との関係に幻滅したとか、認知もしなかったことに対する怒りとか？　白雄本人に聞けないから、妄想ばかりが膨れあがっていく。

夕飯に登場した、白雄の作ったシチューをぶっかけるタイプのロールキャベツがメチャクチャ美味しくて、芽衣子は『もうおかわりはない』と白雄に怒られるぐらいがっついていた。

夕飯の後、いつもはリビングのソファに寝転がってテレビを見たりゲームをしたりとしばらくごろごろするが、今晩はすぐに自分の部屋へ戻った。ベッドで横になり、スマホで西根晴郎を検索する。

西根がどういう人間か知りたいが、今のところ直接の接点はない。どうすれば国会議員に会うことができるんだろう。地元の祭や式典に来るイメージはあるが、西根の地元は京都だ。遠いし、金もない。原稿料が入るのは……再来月だ。国会の会期中は東京にいそうなので、チャンスがあるとしたらその時だろうか。「国会議員　会うには」で検索してみると、そこに「陳情」と出て来た。あぁ、そうか。国民の声を聞くのが国会議員なんだから「ああして欲しい」「こうして欲しい」とお願いに行けばいいのだ。しかし現時点で、国会議員に面と向かってわざわざ言いたいことはない。税金が高いとか……それぐらい。困った。そもそも個人で陳情なんてできるんだろうか？

西根のホームページがあったので開いてみる。「本人からのメッセージ」を見ると「世界平和」や「個人が尊重される世界」とやたらと世界が連呼され、スケールがでかすぎてどうにも漠然としている。

野党の「先民党」が政権をとっていた時の元総理や元大臣経験者から西根への激励メッセージも出ているが、「すばらしい」とか「やる気がある」と上っ面な美辞麗句が並び、人となりはどうにも浮かんでこない。誰かのバイアスがかかった意見や、作り込まれた激励メッセージよりも、実際に本人を傍で見るなり、話をするなりしたほうが、きっと判断できる。

ダラダラ西根のホームページを巡っているうちに「みんなで西根議員を応援しよう」という項目を見つけた。「ボランティア」「インターンシップ」「寄付」と様々な募集がある。ボランティアなら、そこで働く人に議員の人となりを聞けそうだし、本人と話をする機会もあるかもしれない。陳情よりも現実的だ。

ボランティアの申し込みページにぽちぽちと入力する。母親は白雄に任せろと言っていたし、自分もそれでいいと思うが、西根晴郎という男のことを自分の目で確かめてみたくなった。白雄が生まれたことを知らなくて、息子の存在を喜びそうな感じの人なら、二人は会ったほうがいいんだろう、多分。

白雄の家庭のベースは間山家にガッチリあって、本当の親とも繋がり、時折交流を持ちながら、どちらとも関係を続けていく。それがきっと、誰もが納得するハッピーエンドだ。そうなることで、自分の中にある引っかかりやもやもやも消えそうな気がしていた。

ボランティアの登録フォームに入力し送信したら、翌日には西根の東京事務所のスタッフ、友沢という人物から『面接したいのですが、七月十九日の午後二時に東京事務所までお越しいただけますか？』とメールがきたので、即『行きます』と返事をした。

西根の東京事務所は、新宿駅から北に徒歩十五分ぐらいの場所にあったものの、スマホナビのトラップに嵌まり、道に迷って到着するのに三十分ぐらいかかった。東京は日中の気温が三十度を超えていて、脇ぐっしょりのレベルで汗をかいた。

事務所は古いマンションの三階、２ＬＤＫの一室だった。志村の事務所は倉庫みたいな三階建てだったので、地方に選挙区がある国会議員の東京事務所はどこもこういった風に簡易的なものなのかもしれない。

議員事務所のスタッフというと、地味で真面目な学校の先生風のイメージがあったが、友沢は三十代後半、グレーのパンツスーツに身を包んだ、モデル並みにスタイルのいい眼鏡美女だった。

部屋の隅に段ボールが無造作に積み上げられた、いかにも引っ越ししたてという様相のリビングで、ソファに向かい合って腰かけ、アイスコーヒーを飲む。何とも雑然としたアットホームな雰囲気で面接ははじまった。

「京都事務所は地元だしボランティアも多くいるけど、東京事務所は開設したばかりでまだ人が集まらなくて」

友沢は先日和樹が申請したフォームをプリントアウトしていて、それを見ながらいろいろと聞いてくる。

「間山君、職業は不動産業なのね」

捜し物屋兼作家という肩書もあるが、作家を名乗るには本が出てないレベルだし、捜し物屋はレアな存在で深掘りされると面倒くさいので省いた。

「その若さでビル管理って珍しいわね」

「あ、もとは父親の持ちビルだったのを譲り受けてって感じで」

瞬間、友沢の眼鏡の奥の目がわっと見開かれた。義父の名前と職業、自分の学歴を聞かれたので答える。すると友沢は「ボランティアじゃなくて、インターンシップはどう？ 勉強会にも参加できるし、将来的に議員秘書なんかの可能性もあるわよ」と薦められた。

「まだこの業界のこと何も知らないんで、お試しでボランティアがいいかなって〜」

そう、と友沢は残念そうに息をついた。

「もしインターンシップのほうに移行したいなら言ってね」

念をおされた。事務所で知り得たことは口外しないという念書にサインをして、正式にボランティアとして登録される。友沢曰く、選挙も終わったのでこれからは支援者へのお礼状の宛名書き、封入作業など雑務が回ってくることが多いかもとのことだった。

「間山君、その気負ってないゆるっとした雰囲気が新鮮でいいわね〜」

ゆるっと？　と思いつつ「そうですか」と合わせて笑っておく。

「間山君の前にもボランティアの希望が何人か来ていて、登録はしたんだけど、実際に仕事をお願いすることはないだろうなって感じだったから」

人手不足だと漏らしていたし、ボランティアは大歓迎なのかと思いきや、何か含みのある言い方をしてくる。「どうしてですか？」と問い返すと、その反応を待っていたとばかりに喋りだした。

「西根先生って、かっこいいじゃない。志村先生のスキャンダルで選挙区が注目されて、開票速報でテレビに何度も顔が出てしまった影響で、先生の見た目に惹かれた女性が、お近づきになりたい雰囲気ダダ漏れで来ちゃって。そういう人は後々問題になりそうだから、手伝ってもらえないのよ。残念だけど」

五十を過ぎてもあの外見だ。それもまぁ、ありそうだよなと納得しつつあれっ？　と気付く。西根は結婚している。不倫上等でお近づきになりたいとやってくる猛者がそんなにわらわらいるんだろうか。

「西根先生がイケメンなのはわかるんだけど、既婚者でもそんなにもてるんですか？」

友沢は目を細め「ははははっ」と声をあげて笑った。

「間山君は男だから、先生の色気にはやられないんだな。背が高くて、声も甘くてハスキーで子宮に響く感じ。耳許で囁かれたら妊娠しそうになっちゃう」

友沢の言葉、表現の生々しさに違和感はあるが、まあそれだけかっこいいってことなんだろうと強引に脳内処理した。

「俺はテレビでしか西根先生を見たことないんですよね。どんな性格の人なんですか？」

話の流れ的にいけそうだったので、探りを入れる。友沢は「そうだなぁ」と首を傾げ、うっとりした表情で目を細めた。

「思慮深くて穏やかなんだけど、たまに切れ味の良すぎるナイフみたいな喋り方をすることもあるかな。とても魅力的な人よ」

穏やかさとナイフ。相反する言葉が並ぶ。よくわからない。

「実際に会ってみたいですね〜西根先生」

友沢は「本物を見たら、素敵すぎてびっくりするかも」と嬉しそうだ。

「そうだ間山君、これから何か用事ある？」

「家に帰るだけですけど」

「もしよかったらボランティアの初仕事、西根事務所の片づけとかやってみない？」

ニコッと笑う友沢に、もの凄く嫌な予感がした。

深く突き詰めて考えてはいけない。無の心でバリバリと細長い段ボール箱の梱包(こんぽう)を解き、黙々とスティール棚を組み立てる。一つ目、二つ目……まだあと三つ、同じ形状の段ボール箱が待ち受けている。

「やっぱり男手あると助かるな。ありがとう、間山君」

友沢は喜んでいるが、こちらの心は「そろそろ勘弁して」と泣いている。

「届いたばかりの棚が重たくて一人じゃなかなか組み立てられないの。お願いできないかな」

両手を合わせて頼まれ「いいですよ」と軽く引き受けたものの、そんな棚が五つもあるなんて聞いてない。

労働奉仕するなら、少しでも情報収集をしようと西根の話を振るも、友沢はあちらの部屋、こちらの部屋と小さな荷物を片づけながら歩き回り、ろくに話が続かない。

冷房が効いているにもかかわらず、汗ばみながら五つの棚をすべて組み立て、友沢の指示する場所に設置し、梱包していた段ボールや緩衝材をまとめて紐で縛り上げる頃には、窓から夕陽が差し込んでいた。

議員事務所のボランティアは、どこもこんな風にこき使われるんだろうか。しかも無償で。これは西根の人物像が知れたら早々に抜けないと、搾取される感じが猛烈にキツい。

「間山君のおかげで、すごく助かっちゃった。お礼に夕飯をご馳走させて」

一応、友沢にも申し訳ないという気持ちはある気配だ。一緒に飯を食ったら、雑談の中で西根の話が聞けるかもと期待が胸を過るも、現在時刻は午後六時三十分。夕飯の連絡時間を過ぎている。連絡もなしに夕飯をパスすると、白雄は猛烈に機嫌が悪くなる。そして翌日の食事はこれ見よがしに自分の嫌いな椎茸とか椎茸とか椎茸ばかり出してくる。あと疲れた。ものすごく疲れたから、一分でも早く家に帰りたい。

「ありがとうございます。けど弟が飯作って待ってると思うんで〜」

友沢は「そうなの？」と残念そうな顔をする。ほぼ同時に電話の着信音らしきものが響き、友沢は「あ、ちょっとごめんね」とスマホを摑んで隣の部屋に移動していった。

もう帰ろ……と棚がひしめき合う部屋からリビングに出たところで、ガチャリと玄関ドアが開いた。スーツ姿、背の高い男が入ってくる。そしてリビングにいる自分に気付くと「んっ？　君は誰かな？」と喋りながら近付いてきた。

二十年後の白雄がタイムスリップしてきたような錯覚をおこす。テレビや写真で見て、似ていると頭ではわかっていたが、リアルでここまでそっくりだとは思わなかった。まだ何も証拠はないのに「こいつ絶対に白雄の父ちゃんだろ」という確信しかない。

西根晴郎は百八十センチぐらい、細身でスタイルがよく、紺色のスーツがメチャクチャ似合っていた。長めの前髪を斜めに流したスタイルは、テレビで見たそのまんま。目の形も白雄と同じだが、西根のほうが少し目尻が下がり気味かもしれない。

西根は「友沢さんの知り合い？」と聞いてくる。喋るトーンはゆっくりで、声は低く語尾は柔らかい。イメージ的に、ほろ苦いチョコみたいな声だ。もし白雄が自らの口で喋ることができたら、こんな風な声色なんだろうか。

「……えっと、ボランティアです」

緊張しながら答える。西根は「ふうん」と首を傾げ、思い出したようにポンと手を叩いた。

「今日、ボランティアの面接をするって聞いてたけど、もしかして君かな？」

「そうかもしれないです。ボランティア登録したついでに、頼まれて事務所の棚を組み立ててました」

西根は「早速手伝ってくれたんだね。ありがとう」と微笑む。笑い顔まで白雄をトレースしたようにそっくり。顔が似ていると、笑う時に使う頬の筋肉の動きまで同じなんだろうか。ただ西根は白雄より百倍ぐらい愛想がよさそうだ。それとも議員はこういう親しみやすさがデフォルトなんだろうか。

「友沢は信頼しない人間には仕事を任せないから、きっと君は気に入られたんだね」

自尊心をくすぐる言葉が出てくる。もし自分が西根に憧れてボランティアに応募していたなら、その言葉にズドンと心を射貫かれたかもしれない。

「あっ、先生〜！」

友沢がリビングに入ってくる。その一声に、並々ならぬピンク色が弾けた。自分に対するサバサバした口調ではなく、どことなく甘ったるい空気を醸し出している。

「こちらに来られるなら、事前にご連絡くだされればよかったのに」

友沢と西根の距離が……近い。メチャクチャ近い。そして友沢は西根のスーツの肘のあたりを摑んだ。

「今日はお忙しいって聞いてたから、会えないとばかり」

くるりと振り返った友沢が「間山君、今日はありがとう。もう帰っていいわよ。また何か協力してもらいたいことがあれば、連絡させてもらうわね」と右手をひらひらと振った。

この空気に、この台詞。もしかしなくても自分は邪魔なのだ。けどボランティア登録の目的だった西根が目の前にいる。雑談でもいいから少しでも話をしたくて「あーいやー」とぐずぐずしていると、友沢がこれ見よがし、鬱陶しそうに目を細めた。

「これから先生と大事な話があるから」

事実上、もう帰れの追い打ち。このチャンスは惜しいが、ボランティアをやっていれば、またこの先西根と話す機会もあるだろう。ここでゴネて友沢の機嫌を損ねたら、今後ボランティアに呼ばれなくなるかもしれない。

「んじゃ、失礼しま〜す」

頭を下げ、おとなしくマンションを出る。緊張していたつもりはなかったのに、一人になると肩からフッと力が抜けた。

「白雄にそっくりじゃん」

エレベーターの中、自然と口をついて出てくる。遺伝子って裏切らねーんだなと思いつつ、中身はどうなんだろうなと考える。愛想はよさそうで、そこは白雄と違う。白雄は表面上でも愛想はない。言い換えれば裏表がない。

スマホがポロンと鳴った。白雄から『どこにいるの？』というメッセージが届く。場所は教えず『すぐ帰る』とだけ返してポケットにしまう。バスのほうが早いかな、電車とどっちにしようと迷いながらマンションのエントランスまで来て、足がぴたりと止まる。雨だ。ついさっきまで夕焼けも見えていたのに、ザガザガと降っている。変わり身がえぐい。

地下鉄の駅までそう距離はないが、水道蛇口全開、滝みたいに降っている雨の中、ノーガードで出て行くのは勇気がいる。傘が欲しい。近くにコンビニがなかったかなとスマホで検索していると「すごい雨だね」と背後からいい声が聞こえてきた。

振り向くと後ろに西根が立っていた。隣に友沢もいる。

「天気予報でも雨なんて言ってなかったのにね。夕立かな」

話しかけられ「そうですね」と相槌を打つ。友沢は話があると言っていたし、もっと部屋でゆっくりしていきそうだったのに、これからまたどこかに出掛けるんだろうか。

一台のタクシーがやってきて、マンションの前で止まる。友沢がスッと傘を差し出し、それを受け取った西根が「君、これから家に帰るの？」と聞いてきた。

「はい」

「どっちの方角かな？」

自宅の住所を告げたら「途中だし、一緒に乗っていくといいよ」と言ってくれた。凄く助かるけど、本当にいいのか？　と戸惑っていると、さっきは人を追い払った友沢も「西根先生がそうおっしゃってるんだから」と薦めてくる。雨に濡れずにすむし、二人きりになれる大チャンス。この機を逃すつもりもなく「あ、すみません。ありがとうございます～」と遠慮なく同乗させてもらった。

後部座席に並んで座る。帰宅する車のラッシュと足許の悪さが重なったせいなのか、道は混み合ってタクシーもなかなか進まない。

もしかしたら西根はメチャクチャいい人なのかもしれない。友沢の人の使い方からして、ボランティアなどまともに人扱いされないんじゃ……とも思ったが、そうでもない。困っていたら助けてくれる、普通に親切なおじさんだ。自分の事務所のボランティアってことを差し引いても、プラスな印象が上積みされる。

せっかくの機会なのでいろいろと話を聞きたいのに、どう切り出せばいいのかわからない。こんなに早く本人と二人きりになる機会があるとは予想していなかったので、まだ自分の中でアプローチする段取りがついていない。

　チラリと横顔を盗み見る。白雄に似てるのに白雄じゃない人間が傍にいる違和感。そしてさっきから、ふわふわといい香りが漂ってくる。西根は香水でもつけているんだろうか。主張しすぎない、どことなく甘い香り。少し疲れていそうな、気だるげな横顔に男の自分でも色気を感じた。

　ゆっくりと足を組み、腕組みをしたまま窓の外に視線を向けた西根が「東京は人が多くて、猥雑（わいざつ）だね」とぽつりと呟いた。

「君は、生まれも育ちも東京なの？」

　向こうから話しかけてきた。この人は語尾がいちいち吐息混じりで甘い。

「そうです。西根先生は京都が地元なんですよね。俺、前に京都の天保旅館ってとこに友達何人かと泊まったことがあって……」

　西根が二度瞬（まばた）きして、こちらを振り向く。

「そこ、僕の元実家だよ」

「俺も後で知りました」

「縁って不思議なものだね」

　西根は普通に見えた。こちらのことをしつこく聞いてこないし、自分のことを話しまくるわけでもない。西根がゆるく髪をかき上げると、またふわっと香ってくる。いい香りに、その仕草。すべて様になっていて、まるで芸能人のようなオーラがある。男の自分がそう感じるんだから、おじさん好きの女の人は一目で夢中になりそうだ。

「……先生って、ほんとにかっこいいですね」

ありがとう、と西根は微笑む。柔らかい笑みには、そういうことを言われ慣れてるんだろうなと思わせる余裕が垣間見えた。

「若い頃とか、あ、今もメチャクチャもてそうですね」

西根はハハッと笑い「君、若い女の子みたいなこと言うね」と楽しげに目を細める。

「昔から女の子にはよく告白されてたね。けど僕自身がわりとポンコツだから、すぐに振られちゃってたけど」

視線が合うと、優しげな笑顔が向けられる。

「君、どうしてうちの事務所に登録してくれたの？　ボランティアで応援してもらえるのはありがたいけど、僕は全国的な知名度も実績もまだないから、政治家を目指すならもっと有名な先生の後ろ盾のあるところが有利だと思うよ」

「俺はその、ちょっとした社会勉強というか～」

「ふむ」と西根は親指で顎を押さえた。

「確かに、政治の世界は社会の縮図かもしれないね」

車は渋滞にはまり、なかなか動かない。西根はスマホを取り出し見ていたが、小さく欠伸をして背広のポケットに入れた。

西根は親切だ。政治家を目指すなら他の事務所がいいと、裏事情も教えてくれる。今のところ気にかかる要素はない。少しでも人間性に引っかかりがあるならやめるが「いい人そうだ」を前提に、少しだけカマをかけてみることにした。

「俺には弟がいるんですけど～」

そうなんだね、と相槌を打ってくるものの、西根はさほど興味はなさそうだ。

「血は繋がってないんです。母親が死んで、天涯孤独になったからうちで引き取ったって感じで。その弟があなたにすっごく似ててですね……」

どこか気だるげだった西根の頬が急にピクピクと痙攣(けいれん)する。ゆっくりと振り返り、こちらを見る。怒りの圧のようなものが伝わってきて、何か怖い。心当たりがなければ「ふうん」と受け流せる話題。そうならないということは……。

はあっと西根がため息をつき「そういえば君、編集者だっけ」と聞いてきた。

「いいえ。えっと、作家はしています。あんま書けてないけど……」

微妙にニアミスしている。ボランティアの登録フォームに作家だと書いていて、それを編集者と勘違いしたんだろうか。いや、作家と書いたけど書き直した。……いや、消したような気がしただけで、書いていただろうか。何度か書き直したから、消し忘れていたのかもしれない。

「運転手さん、やっぱり先にホテルへお願いします」

西根がそう指示する。自宅のビルのほうから回ると言ってくれていたのに、早々に逃げられそうな雰囲気。この態度はどう考えてもクロだろう。

話を振って相手の出方を見たものの、当初予想していた、驚きや戸惑いといった反応はない。それよりも、怒りの気配を強く感じる。だから「もし自分に子供がいたらどう思いますか」という本丸の質問ができない。いい人に見えても、そういう事実はやっぱり気まずいというか、迷惑だったんだろう。多分。

ホテルのファサードにタクシーが入る。西根が支払いをすませ、そして「君も降りて」と声をかけてきた。

「えっ」

「ホテルで、ゆっくり話をしよう」

タクシーの中で話してもよかったんじゃ？　と胸を過るも、冷静に考えたら、不倫相手との間に子供ができてたかもしれないとか、タクシーの中、運転手という第三者がいるところで話す内容じゃない。一緒にタクシーを降りると、西根は和樹をロビーで待たせ、受付で何か手続きをはじめた。

小説やドラマによく出てくる、高級ホテルの代名詞に使われる老舗。スーツの人が多く、Tシャツにジーンズ姿の自分は異世界にタイムスリップしてきたぐらい違和感がある。

「こっちに来て」

西根に呼ばれて、後をついていく。一階の奥はレストランやショップの表示がある。レストランの個室で話？　そうなったら白雄の夕飯どうしよ……と思っていたら、西根が向かったのはスポーツジムだった。入り口の前で、唐突に「君、サウナ好き？」と聞かれる。

「好きとか嫌いとか考えたこともないっていうか」

「僕は好きなんだよ。少し付き合ってくれる？」

なぜにサウナ？　という疑問。よくよく考えたらそこも人がいなければ防音の個室だ。

西根は……怪しいボランティアをホテルの部屋に入れたくないのかもしれない。

夕飯時のせいかスポーツジムの中に人は殆どおらず「Private」と書かれた黒いドアに西根はカードをかざす。「こっちに」と呼ばれて入ったそこは右手に更衣室とシャワー室、左にサウナが三つあった。

「ここ、貸し切りのサウナなんだ。人が来ると煩わしいから、僕はいつもここでね」

サウナは裸でという注意書きがあったので、受付でタオルを借りて股間だけ隠し、真っ裸で一番手前のサウナに入る。もちろん西根も真っ裸。五十半ばのおじさんだが、細身で引き締まった体は、年齢を感じさせない。白雄も一緒に風呂に入ると「こいつ、手足なげーな」と嫌になるが、それは西根も同じだ。

二畳ほどの狭いサウナで、五十センチぐらいの距離をあけて並んで座る。サウナの中は、当たり前だが温度と湿度が高くムワムワしている。昼間クソ暑かったので、その延長線上みたいなサウナは正直、キツい。まだ入って一分も経ってないのにもう出たい。

突然「君、ちょっと立って」と命じられる。何だろうと思いつつ立ち上がると、いきなり腰に巻いていたタオルを摑んで剝ぎ取られた。ふりちんにされて「はあっ？」と声をあげると「交換しよう」と西根のタオルを差し出された。なぜに互いの使っていたモノを交換する？という疑問はあれど、絶対に自分のがいいと言い張るだけのこだわりもないので仕方なく西根のタオルを受け取る。西根が自分の股間を見ていることに気付き、まさかこんなトコでマウントとるとかないよな？と考えつつ早々にタオルで隠した。

このおっさん、かなり薄気味悪いかも……と警戒していると、西根が両手で顔を覆って「ふううっ」と大きな息をついた。

「サウナはやっぱりいいねぇ」

喋りながら背筋を反り返らせ、後ろにもたれ掛かる。

「……で、君が僕の事務所に忍び込んだ目的は何なの？」

声優の演技みたいに、雰囲気ががらりと変わった。氷のように冷たい、突き放した声がぶつけられる。これが西根の本性かと、ゴクリと唾を飲み込む。

「情報を出版社にたれ込もうとしてる？」

編集者や作家は出版社にほぼほぼ直通。西根は子供の存在はとりあえず把握した上で、そっち方面を心配していたんだとようやく気付いた。けれど議員なら警戒して当然だろう。どういうスキャンダルで足を引っぱられるかわからない。緊縛趣味と浮気の発覚で、有権者にそっぽを向かれて落選した志村のように。

もしかしてサウナに連れてこられたのは、服を脱いで裸になるからか？　タオル以外何も持ち込めないから、録音機器やスマホは無理。音声か動画の証拠がないと、喋ったことなんていくらでもなかったことにできる。タオル交換は、唯一見えなかったソコに何も隠していないという最終確認？　だとしたら自分はバリバリ警戒されている。

子供の存在なんてデリケートな質問をするのは、早すぎたのだ。二度とこんな機会はないかもしれないと焦ってしまった。そして今更、やり直しはきかない。

「スキャンダルを売るとか、そういうんじゃないです。金はないけど、なくてもそこそこ生活していけてるんで。本当に弟がもう半端なくあなたに似てて、それで気になっただけっていうか。俺と弟、というかうちは家族あんま血が繋がってないけど、みんな仲いいんで。……あの、もし……もしもなんですけど、自分に子供がいたとしたら、どう思います？」

「そんな仮定の話をされてもね」

西根はスパッと切れるような語尾で言い放った。タクシーの中の色気ダダ漏れの声はもうどこにもなく、こちらへのアタリもきつい。聞こうかどうしようか迷う。けど自分はそれを知りたくて、西根に近付いたのだ。

「じゃ仮定の話でいーんで、そういう状況になったとしたら、その子に会ってみたいですか？」

「会いたくないね」

即答だった。白雄でもないのに、まるで自分が突き放されたみたいに感じて、胸がギリッと痛くなる。

「じゃあ昔の彼女が、僕の子供を産んだと仮定しよう。それって凄く気持ち悪いことだよね」

自分がそう言われているようで、頬がヒクつく。

「どうして産んだんだろうって疑問に思うよ。血縁を作ることで、将来的に西根の財産をかすめ取ろうとしてるんじゃないかってね」

金が目的で、それがさも当然といった風に西根の口から出てくる。実家だったという あの宿は確かに敷地も広く、建物も立派。昔から金持ちだったんだろうというのは想像できるが……。

　そこで浮かぶ謎。なぜ白雄の母親は、一人で子供を育てていたんだろう。妊娠したと西根に伝え、西根を離婚させて自分と結婚してもらおうとはしなかったんだろうか。旦那はいらなくても子供は欲しかったとか、そういうパターンだろうか。それとも本当に金が……わからない。死んだ人が何を考えていたかなんてわかるわけがない。

「僕が把握してない、イレギュラーな事態は迷惑なんだよ。勝手に産んで、こちらに責任だけ押しつけられてもね」

「けっ、けど責任は男にもあんじゃん」

「セックスは互いに楽しむものだから、責任も五分五分だね。もしそれで子供ができたら、僕は責任を取って堕胎費用は出したよ。話し合いからも逃げて勝手に産んだとしたら、もう僕には関係ないと思うんだ」

　何となくわかった。こういう考え方の男だから、白雄の母親は「責任を取らせなかった」のだ。この男に責任を取らせたら、白雄は生まれていない。

　この男は、人を人と思っていない。

「もし仮に昔の彼女との間に僕の子供がいたとしても、会うことはないね。僕の奥さん、子供ができなかったんだ。頑張ったんだけど無理でね。奥さんは僕のことをとても愛してるから、あなたの子供を産めなくてごめんなさいって泣いてた。それなのに、別の相手との間に子供がいたとしたら、まるでホラーじゃないか」

西根が頰に指をあて、フフッと笑う。どうしてこのタイミングで笑えるのかわからない。笑う西根のほうが、自分にとってはホラーだ。

「じゃ、産まなけりゃよかったってことですね」

投げやりに言い放つ。西根は「君は意地が悪いなぁ」といきなり距離を詰めてきた。間近にある白雄みたいな顔。反射的に体を引くが、狭いからドンッと背中が壁に当たった。

「どうしてそんな、人を悩ませるようなことを言うのかなぁ？」

突き放す口調から一転、語尾が甘くなる。汗と香水の混ざった独特の香りが鼻腔に忍び込んできて、気持ち悪い。

「だって……」

「人にはね、一生知らなくてもいいことがあるんだよ。どうして遥か昔の射精一発に、そこまで責任を取らないといけないの？　僕の精子も、君の精子も価値は同等だよ。君が自慰してゴミ箱に捨てたものを、どうして僕は責任、責任って責められるのかな？」

柔らかい笑顔で、毒々しい言葉を吐きながら人のことをゴリゴリ責めてくる。怖いほど伝わってくる。西根にとって、子供の存在は「いい迷惑」で「己に責任はない」のだ。欲しいのは妻との間にできる望まれた子だけ。不倫相手との間にできた子は存在なんてどうでもよくて、そこには自分の遺伝子を分けた子だから、という情もない。

白雄も己が興味のないモノはどうでもいいし、邪魔なモノは徹底的に排除する。この男も同じだ。ああこいつ、マジで似てる。嫌なとこが、ほんと白雄に……。

自分の父親が「こういう男」だと白雄は知っていたんじゃないだろうか。だから何もアクションを起こさず、逆に距離をとろうとしていたのかもしれない。

膝の上の両手を、グッと握り込んだ。失望と後悔が、波のようにザバザバ押し寄せてくる。この男に失望している。そしてこの男がいた場所に、白雄を近付けてしまったことを心の底から悔いている。

無理矢理京都に連れて行ったことで、実の父親を視せてしまったんじゃないかという罪悪感。自分はその罪悪感から逃れたかった。だからこそ白雄の父親が息子を認識し「自分の子がいるなら、妻には言えないが、どうしても会ってみたい」という人情味溢れる展開を期待し、たまに連絡をとり合って飯を食う、そんな「いい関係」になる結末を望んでいた。

けどもう、そうはならないとわかってしまった。白雄は父親に会おうとしていないし、西根も会うつもりはない。

母親の言葉が、脳内を過る。白雄に任せておけと。確かにその通りだ。実父を捜す、捜さない、会う、会わない、それらはすべて、白雄が決めることだ。自分の罪悪感も、希望もそこに絡んでくる余地はない。

「……熱くなってきたんで、俺もう出ます」

立ち上がると「僕もそうしようかな」と西根はついてきた。シャワーを浴び、無言のまま服を着て、ジムのプライベートエリアを出る。少し後ろから、西根の足音らしきものは聞こえてくるが、振り返らない。沈黙のままホテルのロビー、エレベーターの手前まで来たところで「あ、そうだ」と隣から声が聞こえた。

背の高い西根が背中を丸め、こちらの顔を覗き込んでくる。その仕草が白雄にそっくりで、似た顔も相まってゾワッとする。

「君のボランティア登録、抹消しておくね。もう僕に用はないだろう」

呼ばれても行かないつもりでいたが、そういう抜け目のない部分に、微かに苛立つ。

「あ〜そうですね、どうぞご自由に」

投げやりに言い放つ。DNA鑑定でもしないかぎり、永遠に親子とは証明されないだろうが、どうでもいい。もうお前は関係ない。白雄は間山の家族だ。今までも、これからも。

何がおかしいのか「ふふっ」と笑った西根が「あれ？」と首を傾げた。

「志村君じゃないか、久しぶりだね」

西根の声につられて振り返る。ホテルのフロントの傍にあるソファ、そこに志村豊とその息子の泥棒野郎が座っていてギョッとした。志村の脇には黒スーツ、体格のいい秘書らしき風貌の男も一人、控えている。

　カツカツと足音を響かせながら西根は彼らに近付き、志村豊に向かって満面の笑みを見せた。

「おじさんと直接お話しするのは、僕が中学生の時以来ですね」

　西根はそう挨拶する。選挙戦で戦ったのは知っているが、プライベートで西根と志村親子が知り合いだったなんて初耳だ。親戚……ではないはずだ。こいつら、どういう関係なんだろう。

「先生と真っ向から勝負して勝てたことは、僕の誇りになります。政党は違いますが、尊敬していた元議員の志村先生からバトンを受け取った者として恥ずかしくないよう、国会でも精進してゆきます」

　終始にこやかな西根と異なり、志村の息子は金剛力士像みたいな凄い眼つきで選挙の勝者を睨みつけている。その視線の断片が、こっちにまで飛んできた。

「……あそこにいる捜し物屋のチビはお前の知り合いか」

　志村の息子が、威嚇する犬のような低音で西根に聞く。

「捜し物屋？　知らない人だよ。たまたまサウナで一緒になったから、少しお喋りしたけどね」

西根はするりと嘘をつく。

「それにしても、志村先生は大変でしたね。選挙期間中にあんな醜聞が世に出てしまうなんて」

相手に同情している素振りで、西根は爆弾を投下する。その一撃で、志村親子の表情が更に硬く強張った。

「あのスキャンダルのせいで、心労の重なった奥様は倒れたと人伝(ひとづて)に聞いています。その後、お加減はいかがですか？」

志村豊は「まあ……」と曖昧に言葉を濁す。

「大変な病気からようやく回復したと思ったら、夫と愛人の卑猥な写真を見せられるなんて、奥様にとっては耐えがたい地獄だったでしょうね」

聞いているほうがギョッとするほど強烈に西根はディスる。その瞬間、志村の息子が前に飛び出てきて、西根の胸ぐらを掴むと顔を殴りつけた。

西根は大きく後ずさりする。志村の息子は二発目も構えていたが、それは秘書らしき男が背後からはがいじめにして止めた。

「やれやれ、本当のことを言われたら逆切れか」

殴られ、赤くなった頬を摩(さす)りながらも、西根は楽しそうだ。

「仕方ないな。じゃ傷害事件として警察を呼びますね」

志村の息子が、ハッとした表情になる。

「そっ、それはやめてくれ」

志村豊が懇願する。

「息子は血の気が多くて。今回は見逃してやってくれないか」

西根は「そうですね」と優しげな声を添えて志村豊を見下ろした。

「志村君は同級生だし、元議員先生のたってのお願いだから今回だけは大目にみましょうか。そのかわり僕に、土下座して謝ってください」

志村豊が目を大きく見開く。

「あれ、聞こえませんでした？　先生、耳まで遠くなられたんですか。そういえばけっこうなお年ですもんね。もう一度言いますよ。僕に土下座して謝ってください。ここで、その脂ぎった額を床につけて『できの悪い息子がごめんなさい』っておっしゃってください」

「ふざけんなっ！　こうなったのも、全部、全部お前が仕組んだことだろうがっ」

志村の息子が両脇を抱えられたまま吠える。西根は「何のこと？」と首を傾げ「大声を出すとホテルの人に迷惑だよ」と肩を竦めた。

互いが互いにクソを投げ合っている集団からじわじわと距離をとり、和樹はそっとホテルを出た。雨は弱まっていたので、そのまま駅へと走る。途中からまた雨脚が強くなってずぶ濡れになり、それを電車の冷房でガンガン冷やされた。

　最寄り駅を出ても、やっぱり降っている。やけくそになって猛ダッシュで帰ったが、冷たさが二乗三乗になって、家に帰り着く頃にはガタガタ震えていた。

「メシは風呂入ってから食う！」

　白雄にそう言い残し、バスルームに飛び込んで頭からシャワーを浴びた。これほど湯を救世主だと思ったことは未だかつてない。

　段々寒さが薄まっていくにつれ、嫌な感情が戻ってくる。西根の言葉、語尾の甘いあの声が、頭の中で反響する。

　間山の義父は、メチャクチャ優しい。和樹は「元気いいのにのんびりしててかわいい」、白雄は「かっこよくてマッサージが上手くてかわいい」だ。あの人の頭の中で、義理の息子二人は「かわいい」しかない。とても愛情豊かな人だ。二人で家を出ると決めた時も「急に二人がいなくなるなんて寂しいよ」と落ち込んでいた。

　白雄も間山の義父の言うことは基本ちゃんと聞く。逆らったのは、大学進学を薦められても頑として「手に職をつける」と突っぱねた時ぐらいだ。

　自分たち家族は、この形になって正解だった。多分、なるべくして、自分たちで選んで、そうなっている。

　もう忘れる。そう決めた。白雄の父親かもしれない西根のことも、何もかも。普通に生きてたら、国会議員なんて関わることはない。白雄は間山の家の次男として、間山の義父と母の息子になる。永遠に。

涙みたいに頬を伝うシャワーの湯を拭いながら「血の繋がりって何だろな」とぼそりと呟いた。

第三章 間山白雄の幸福 1

前日まで秋晴れのいい天気が続いていたのに、今日は「台風接近中」の天気予報通り、朝からどんよりと曇っている。冷房を入れるとやや肌寒く、しかしないと汗ばむという微妙な気温。客の服装も、Tシャツ一枚かと思えば、長袖に厚めの上着だったりとバラバラだ。

施術室に入ってきた時から、その男は顔全体が黒いもやに覆われていて、間山白雄は「ごついのが来たな」と少々うんざりした。体の中で調子の悪い部位、例えば腰や肩にもやのかかった客は日常茶飯事なので気にも留めないが、その男は目鼻立ちがわからないほど顔が真っ黒になっている。

「あぁ、ここに寝ればいいですか？」

黒い顔から、聞こえてくる声。人の中にあるネガティブの集合体、それが黒いもやになって自分には視えるが、いくら何でもこれは酷過ぎる。もしかして、の可能性を予測しつつ、施術用のベッドに俯せ(うつぶ)になった男の背中、凝っていそうな肩に指先で触れた。ポロシャツ越し、痩せた筋肉の質感から視えてくる不穏なもの。疲れるので普段はしないが、興味本位でそこを深掘りする。

……あぁやっぱりそうだ。この男は人を殺してる。

顧客情報だと、男は六十三歳になっていた。けれど殺したのはもう少し前。立ち姿や顔の感じだと、四十代の頃じゃないだろうか。スーツ姿の男に怒られ、うなだれている姿が視える。仕事で何か失敗したのかもしれない。それで苛々し、目の前にいた若い男の背中を押した。薄暗い駅のホーム、イヤホンから漏れてくる音が五月蠅かった、それだけの理由で。

人が電車に轢かれるバンッという衝撃と、空気を切り裂く電車のブレーキ音。急に自分のしたことが怖くなり、その場から逃げ出した。二十年近く経ってもその光景を忘れられず、かといって自首することもできないまま、罪悪感に苛まれている。

「あ、もうちょっと強い力でお願いします」

要望があったので、指先にぐっと力を込める。ホームに突き落とされた若い男は即死確定だが、この男には取り憑いていない。自分が誰に殺されたのか見ていなかったんだろう。

けれど男の「殺してしまった」という罪悪感に引き寄せられて、近くを浮遊している悪い霊が男の中に入ってしまい、そいつらに寿命を食われている。この体の感じだと、先は長くない。これほど自業自得という言葉を体現するタイプもそうはいない。

九十分の施術を終えると「あぁ、気持ちよかった。先生、お上手ですね」と男の声が嬉しそうに弾んだ。

男が使ったタオルを取り替え、軽く掃除をして施術室を出る。受付で事務員の芽衣子がタブレットで作業をしていたが、足音で気付いたのか顔を上げ「あ、白雄」と声をかけてきた。

「さっきのビジターのお客さん、どうする？」

自分の店「まやまマッサージ店」は会員制で、完全予約制になっている。基本は六十歳以上で、会員の紹介がないと入会審査もしていない。常連客から紹介されると、まずはビジターとして本人に一度店に来てもらい、実際に施術をしてから会員にするかどうかを自分で判断している。

両方の人差し指を立て、胸の前でクロスする。「不可」のサインに、芽衣子は「いけると思ってたのに、ダメなんだ。意外～」と語尾をのばす。

「あんたの施術、気に入ってたみたいだけど。ま、合わないなら仕方ないか。会員数が上限なので、ごめんなさいって連絡しとく」

この後に入っていた予約は今朝、キャンセルの連絡があった。そして現在時刻は午後三時。台風が近付いているせいで、次第に雨風が強くなってきている。閉店時間にはまだ少し早いし、気が向けば常連客の飛び込みの施術も受けるが、今日は働く気分じゃない。

待合室の窓際にある壁時計の下には、亡くなった母方の祖母、イタコだった白髪の婆(ばあ)さんがいる。前は四階の自宅のほうで気配を感じることが多かったが、いつの間にかマッサージ店の時計の下がホームポジションになった。いるのは感じるが、鬱陶しいので普段は視える感覚をブロックしている。今日は人殺しの爺(じい)さんを深読みした余波で感覚が冴(さ)えていたのか、うっかり視線が合ってしまった。

相変わらずガラス玉に似た無機質な目で、人のことをじっと見ている。死んだのは随分と前だしさっさと成仏すればいいのに、この世に残っている。「お前の存在は悪だ」と言い切り、孫の「声」を奪った鬼畜の婆さんは、無言のまま、遺伝子の繋がった悪人を執念深く監視している。

婆さんの視線に背を向け、芽衣子の前で右手を縦にしてトントンと切る素振りを見せる。「本日はお仕事終了ってことね。オッケー」と芽衣子は顔の横、右手で丸い輪っかを作った。

笑顔を見せる芽衣子の背後には、頬がこけたスキンヘッドの男がぴたりとくっついている。芽衣子と同い年ぐらいに見えるその男は、鬼の形相で「コロス、コロス、コロス」と常時、ぶつぶつ呟いている。

最初に出会った時から、芽衣子の肩にはその男——別れ話がこじれた元彼——の念が、明確な殺意と共に乗っていた。それを和樹に伝えたら、世話焼きの義兄は芽衣子を自社ビルの三階、まやまマッサージ店の休憩室に住まわせる形で匿った。自分たち二人の生活に他人が紛れ込んでくるとは予想しておらず、教えてしまったことを後悔したが、時既に遅しだった。

無職でホームレス状態だった芽衣子は、去年の六月から休憩室に住みはじめ、今月で一年三ヶ月が経過した。マッサージ店が開店してからは受付のバイトになり、電話対応など諸々の事務作業をこなしている。自分が発する「邪魔」という空気を読んでか必要以上にこちらに踏み込んではこないし、否が応でもその存在に慣らされてきたが、鬱陶しさに変わりはない。

受付のバイトは継続したままでいいから、そろそろ外へ部屋を借りて出て行ってほしいが、いつまで経ってもスキンヘッドの念はなくならない上に強過ぎる。自分は視えても祓えないし、祓える人にお願いして祓ってもらったところで、元彼が再び念を飛ばしてくれれば、同じことになる。恋愛絡みの念は、新しい恋人ができることで薄まることもあるが、その気配もない。猛烈に芽衣子に執着している。愛情が裏返った怒りはタチが悪い。

休憩室を追い出した後に芽衣子と元彼の間に何かあったとしても、それは関係をこじらせた芽衣子のせいで、自分には何の責任もない。けれどそうやって突き放すには、芽衣子は和樹たちと仲良くなりすぎている。

待合室にある窓ガラスが、強風の圧を受けとめてブワッと鳴る。普段はあまり聞かない不穏な音だ。

「風、強くなってきたな。本格的に荒れる前に、コンビニでお菓子を買い込んどこうかと思ったのに、出てくの嫌だなぁ」

頬杖(ほおづえ)をついてぼやく芽衣子を残し、内階段を使って四階にある捜し物屋兼自宅に戻る。リビングにも自室にも和樹はいない。捜し物屋の事務所かと思ったが、そこにも姿はなし。キジトラ猫のミャーが行く先々についてきて、うみゃあ、うみゃあと足許に絡んでくる。鬱陶しいので、ドライ系の猫のおやつを取り出し、ポンと遠くに放り投げると、ミャーは目当てのブツに向かって猛ダッシュした。

施術用の服を脱ぎ、Tシャツに着替えてリビングのソファで横になる。今日の晩ご飯はカレーの予定で、昼にある程度の下ごしらえをしているからあとは煮込むだけ。時間はかからない。

料理には全く興味はなかったが、家を出て二人暮らしになってから、仕方なく作りはじめた。和樹には料理の適性が一ミリもなかったのと、外食ばかりでは生活費がかさむからだ。

自分が作った食事を和樹が「美味い、美味い」と唸りながら食っている姿を見るのは好きだし、作るのも嫌じゃない。が、献立を考え、下準備をして……と調理にはとにかく手間暇がかかるし、それが毎日三食となるとダルい。なので和樹に連絡もなく夕飯をキャンセルされると、猛烈にイラッとする。

イラッとするといえば少し前、常連客の数人に「西根議員って先生によく似てるわよね～」と言われて鬱陶しかった。

西根晴郎は夏の衆議院選、京都で与党のベテラン議員、志村を破って初当選した国会議員だ。志村が不倫で支持率を爆下げした上に、対抗馬の西根の見た目がよかったことから、世間でも少し注目された。

西根は生物学上の父親になるが、その存在は煩わしさしかない。顔さえ似ていなければ客に騒がれることもなかったので余計に。

小学生の時に亡くなった実の母親は、子供の父親である西根の写真を一枚も持っていなかった。撮っていたのかもしれないけれど、見せてはもらえなかった。それでも、自分は父親の顔を知っていた。

触れた人の口を使って話ができる能力のことは母親も承知していたが、それに加えて接触することでその人や物にまつわる記憶が視えることは知らなかったはずだ。自分も話していない。子供の頃は視えるものをコントロールできなかったので、頭の中にランダムな映像が浮かんでは消えていく現象は、みんな同じなんだろうと思っていた。

母親に触れていると、たまに浮かんでくる男の顔。それが自分の父親、西根だと最初はわからなかった。

「そんなのわざわざ相談しに来なくても、勝手に堕ろせばよかったのに。僕ら最初から不倫なんだし。あ、お金が欲しかった？」

未だに記憶も鮮明なその映像。今の自分と双子かと言いたくなるほどそっくりな顔の西根が放つ言葉と、春風のように爽やかな笑顔。小さかった自分は「堕ろす」と「不倫」を悪い言葉だと気付かなかった。

　成長するにつれ、自分の顔は母親を通して視たあの男にどんどん似てくる。遺伝子の影響は疑いようもなく、加えて言葉の意味がわかりはじめると改めて西根の言葉のエグさを知った。わかったところで、嫌悪はなかった。母親の記憶を通して視るだけの父親は清々しいまでのド屑で、アニメに出てくる悪役と同じ。会うことも話すこともない、自分に何の害も及ぼさない、ただ名前がついただけの存在だった。

　京都の天保旅館、そこに泊まりに行こうと和樹に誘われた時は、気乗りしなかった。旅館の名前もどこかで聞いたことがあり、調べてみると案の定、母親を通して視たことがある旅館だった。天保旅館を見る母親の視線にはどす黒いものが籠もっていて、そこが気になり深掘りしていくうちに、元は西根家の持ち物で、その西根の次男、西根晴郎は市長になっていることを知った。ネットに出ていた西根の顔は多少老けてはいるが母親に堕胎を勧めた男と同じ、そして自分にもそっくりで、あそこは実父の実家かと、諸々が繋がって納得した。

自分は間山家の、血の繋がりのない「寄せ集め家族」で十分に満足していたので、今更そこに本物は必要なかった。ただ自分の顔は呆れるほど西根に似ていたので、旅館に西根を知っている人がいれば、「旅館の元持ち主に似た顔の男」の登場に、ゲスな勘ぐりをされるかもしれない。奴に近付き、関わってもろくなことにはならないだろうというのは簡単に予測がついた。

何も知らない和樹は執拗に京都に行こうと誘ってきて、光の母親を捜すためのリーディングをさせたがる。和樹に諦めるという選択肢がない以上、光の母親が見つからないといつまでもずるずるとこの件を引っぱることになると気付き、仕方ないなと重い腰を上げて出向くことにした。

天保旅館は京都市の外れに位置し、敷地面積が異常に広く、裏は「散策コース」のある山になっていた。笑ってしまったのが、宿の周囲にある古めかしい土塀を、十数人の女性の念が取り囲んでいたことだ。全員が西根と肉体関係があり、その中には自分の母親もいた。十七年前に事故で死んでいるのに「妊娠したのに邪険にされた」というマイナスの念だけが、亡くなった後も、薄く消えそうになりながらも漂っていた。こんなところで母親の残留思念に再会するとは思わなかった。

外でこの有り様なら、中に入ると大変なことになりそうだなとため息をついたが、意外にも敷地内に西根のセフレの念はなかった。池の傍に小さな社があったので、それが弾いていそうだった。

彼女たちのかわりに、あちらこちらに西根のネガティブな念が散らばっていた。視ないつもりだったのに、興味本位で覗いてしまう。西根は三人兄弟の次男で、歳の離れた兄と姉がいた。文武両道を絵に描いたような兄と姉で、特に剣道で全国大会に出場した長男は剣道の道場を開いていた祖父の自慢だった。

西根は喋り上手だが嘘つきで、祖父の厳しい剣道指導を嫌っていた。祖父は息を吐くが如くくだらない嘘をつく西根を嫌い、口答えするとすぐに手を上げた。

祖父はことあるごとに西根と兄姉を比較し「お前はできない奴だ」と言葉の呪いを吐いた。西根はそんな祖父を恨み、腹いせに鯉のいる池に除草剤を流し込み、大量死した鯉を前に祖父が嘆き悲しむのを見て溜飲を下げていた。そんな西根のネガティブな思念が最も強かったのは十代後半ぐらいで、それ以降は殆どみられなかった。

ガシャンとドアが開閉される音で、ふっと我に返る。ドタドタと足音を響かせ、和樹が「寒ぃ、寒ぃ」とぼやきながら廊下を走る。そろそろ晩メシを仕上げるか、とのそりと起き上がりキッチンに向かう。廊下には、水滴がぽつぽつ……それはバスルームまで続いていた。ザアザアと、雨は分刻みで強さを増してきている。

和樹がシャワーを浴びて出てくる頃には、チキンカレーができあがった。すると夕飯の匂いを嗅ぎつけたのか、芽衣子もキッチンにやってくる。

普段はつけないが、台風の動向が気になるのでテレビを流しながら食事をはじめる。

和樹は出版社で担当編集の松崎と打ち合わせをし、その帰りに傘を差していたにもかかわらずびしょ濡れになったと、憤慨しながらカレーをバクバク食っている。そういえば先々月も夕飯の時間を随分とオーバーした上に、濡れ鼠になって帰ってきたことがあった。怒った表情で口数が少なく、様子もおかしい。何があったのかと、うたた寝する和樹に触れてリーディングすると、西根に会っていたので驚いた。みんなで仲良くと、小学校のお歌の時間のような理想を掲げていた和樹は、西根の言葉に酷く傷ついていて、かわいそうで可愛かった。あんなのいらないよと教えてやりたかったが、勝手にリーディングしたと知られたら怒られるので、黙っている。

雨はどんどん酷くなり、ゴゴゴと地響きに似た風の音がする。テレビでは「関東は台風が今晩から明日の午前中にかけて最接近する予定です。皆さん、強い雨や風に十分にご注意ください。増水した川や海のそばには近付かないでください。危険を感じたら、早め早めの避難をしてください」としつこく繰り返している。

芽衣子が「そういえば～」と明日の午前中、予約が二件キャンセルになったと報告してきた。土曜日は午前中だけの半日営業なので、これで予約はゼロ。和樹が自分を見ていたので『面倒くさいから明日は休業にする』と唇で喋ると、それを読んで「白雄がさ、だりぃから明日休みだって」と適当なアレンジを加えて芽衣子に伝えてくれる。

「やった、休みだ～。けど出掛けらんないし、ネットでドラマでも見よっかな～」

芽衣子がサラダのミニトマトをフォークで転がす。和樹は「今回の台風、雨風けっこうえぐいよなぁ」とテレビに映し出された雨雲レーダーを見ている。

「畑とか大変そうだよな。ポ……っと農家の人とか、大丈夫かなぁ」

和樹の躓（つまず）きかけた呟きに、芽衣子の動きが一瞬止まり、そして「どうだろうね」と不自然に顔を俯けた。

「大変だよ、和樹くん！」

翌朝、予報よりも早く駆け足で過ぎ去った台風がUターンしたかのような騒々しさで、二階の法律事務所に勤める徳広が捜し物屋に飛び込んできた。和樹は「事務所のほうがさ、何か集中できんだよね」とパソコンでぽちぽち小説を書き、自分は来客用のくたびれたソファに寝そべり、ミャーの座布団と化していた。

「ポリさんの実家が、床上浸水だって」

「えええっ」

和樹の叫び声に驚いて、ミャーが腹の上で飛び上がった。徳広が和樹にスマホを見せている。起き上がり、和樹の背中越しに覗き込むと、手ブレする薄暗い画面の中、水浸しになった倉庫や、車の屋根だけが水の上にちらっと出ている光景が映し出されていた。

「これで床上一メートルだって。上流のダムが放流したせいで一気に水が出て、逃げる間もなかったらしい。おじいさんとおばあさん、お姉さん夫婦と子供ちゃん二人は納屋の二階に上がって無事だったけど、平屋の母屋と農業機械が水浸しだって。隣の地区は川の近くの家が流されて、ガンガン報道されてるらしい」

　和樹が急いで事務所のテレビをつけ、ニュースをやっているチャンネルに合わせる。するとヘリコプターで湖を上空から撮影している画像が出た。よく見ると湖に見えたのは決壊した土手の内側にある集落で、辺り一面が茶色の泥水に沈んでいる。

「今朝からここがよくテレビで映ってるけど、ポリさんちはもっと東のほうの山側だって。水はすぐに引いたし、村で亡くなった人はいないけど、片づけが大変そうだから、今から手伝いに行こうと思ってるのよ」

　徳広の雰囲気がいつもと違うなと感じたのは、お決まりのスーツやポロシャツではなく、上下とも中高生のような緑色のジャージだったからだ。しかも腹回りを中心に全体がぱつぱつで、下に着ている白いアンダーシャツがチラ見えしている。

「俺も行きたいけど、そういうのって勝手に馳せ参じていーの？　よく言われるじゃん。災害があった時、ボランティアの手伝いが勝手に押しかけても迷惑だから、町とか村の役所みたいなの通せってさ」

椅子の上で和樹がモゾモゾと体を揺らす。徳広は「大丈夫」と胸を張った。

「ポリさんに連絡したら、実家に駆けつけたいけど勤務があるから無理って泣きそうでさ。俺らで片づけの手伝いに行きたいって言ったら、最初は恐縮してたんだけど、お姉さんに聞いてみてくれたんだ。そしたら『もし手が空いていたら是非』ってことだったらしくて、俺らはポリさんの『知り合い枠』ってことで個人的に行くことにしたんだ」

「そういうことなら俺も参加する」

和樹が前のめりになって右手を挙げる。話の流れ的に自分も行くという嫌なパターンになりそうだなと危惧していたら、予想通り「白雄、お前も来るよな。車出してよ」ときた。この状況で断っても和樹にごねられるのは必至。それが面倒で仕方なく頷く。あと三十分したら三井も来るとのことで「俺もジャージに着替えてこよ」と和樹が住居のほうに戻ろうとしたタイミングで、先にドアがガチャリと開いた。

「ミャー、こっちに来てない？」

芽衣子がドアを半開きのまま顔を覗かせ、その視線が事務所内をぐるりと一周する。

「祐さん、何しに来てんの？　あとどうでもいいけどその緑のジャージ、クソダサなんだけど」

言いたい放題のまま、ふわあっと欠伸する。ノーメイクなので、芽衣子の顔は普段よりものっぺりして亀みたいに見える。

徳広はチラリと和樹に目配せし「ボランティアに行こうと思ってさ」と、誰の所という部分を外して答えた。ポリさんに振られた芽衣子を気遣っている、多分。

「ふうん、どこに？」

芽衣子が突っこんできたので「知り合いの家が昨日の台風で浸水しちゃったから、片づけを手伝いにね」と徳広はここでもぼかす。芽衣子は「そうなんだ」と相槌を打った。

「もしかして今テレビでずっとやってるとこ？　ＳＮＳとかでも朝から凄い映像が流れてきてたな。そっかあ……私も手伝いに行くよ。どうせ今日は仕事も休みで暇だし」

喋れる男二人は、返事をしない。芽衣子は「ボランティアとか久しぶり～」とヨレヨレのＴシャツと短パン、数秒前まで寝てましたみたいな格好で事務所に入ってきた。

「学生の時はよく行ってたんだ。こういうのって人が多いほど分業できるから楽なんだよね。何時に出るの？」

徳広は「えっと……」と言い淀む。仕方がないので、自分がスマホのメモに入力して、芽衣子に画面を見せた。

『行くのは床上浸水したポリさんの実家。本人は仕事でいない』

それを目にした途端、芽衣子の顔が強張った。「あっ、そう」と声のトーンが下がる。和樹と徳広は「行こう」とも「行くな」とも言わない。そのチリチリした空気の中、芽衣子が「あのさ」と声を荒らげた。

「変な気とか遣わないでくれる？」

物言わぬ二人を、芽衣子が睨む。

「私、もう全っ然気にしてないし。そういう風に腫れ物に触る感じでこられると、すっごく気持ち悪いんだけど」

とても「気にしてない」風には見えないが、本人がそう主張しているので、徳広は「ごめん」と謝っている。

「手伝い、行くし。和樹、何か汚れてもいい服貸してよ」

芽衣子も加わって最終的にボランティアは総勢五名になり、三井が来るのを待って出発した。コンビニで自分たちの分も含めた食料や水、ホームセンターで片づけに使えそうな手袋やスコップ類を買い込んでいくのも忘れなかった。

和樹に借りた、胸のところに「間山」と名前の入った紺色のジャージを着て助手席に座った芽衣子は最初、ふて腐れた表情で無言だった。がしかし、後部座席の三人の飲むわ食べるわの宴会ノリに乗せられたのか、そのうち助手席から身を乗り出して話に参加し、三井のオチのない話に「キャハハ」とうるさい声をあげて笑った。

ナビに入力したポリさんの実家の住所まで、家から一時間半ほどの距離になる。高速を降りて一般道に入ると、道路脇に寄せられている折れた木の枝や、ビニールの切れっ端がかかったガードレールなど台風の通りすぎた痕跡はそこかしこにあるものの、道には障害物もなく走れていた。けれどナビが村に入ったのを示すと同時に様相が一変した。二車線道路は濁流の影響か赤土におおわれて中央線が見えず、車で走るとビチャーッという泥をはねる音がする。空き地にある車が泥だらけで横倒しになっていたり、倉庫らしき簡易な建物が潰れていたりと、走りながら目にする範囲だけでも、相当な被害の様子が窺えた。

ナビが示すポリさんの実家は、山側の少し開けた場所にぽつんと建っていた。他に家は見当たらないので、ここで間違いないだろう。道からやや奥まった場所に、平屋の母屋、その横に母屋よりも背の高い二階建ての納屋がある。

普段なら何の変哲もない田舎の一軒家の風景だろうが、今日に映るそれは泥に浸食された世界だった。地面と地面にあるものすべてが黒茶の泥色で覆われ、背後にある対照的な山の緑が虚無感を際立たせ、一瞬だけ世紀末を思わせた。

母屋の前には泥にまみれた畳や家財道具が運び出されていたので、少し手前に車をとめた。車を降りた途端、ぷんと生臭い泥の匂いが鼻腔を突く。

母屋の一階は掃き出し窓や襖(ふすま)が一つ残らずなくなって柱だけになっていた。裏庭が見えるほどスカスカした縁側の前に立っていた老婆と目が合う。その隣にいた、ライトグレーのスウェットを着た女性が足早にこちらに近付いてきた。歳は三十過ぎ、細身で背が高く、顔が小さい。そして切れ長の目は赤く充血している。

下は長靴、ジャージの上にカッパと完全防備の徳広が前に進み出て「こんにちは、広紀君の知り合いで徳広といいます」と女性に挨拶する。

「広紀の姉の香里です。普段から広紀と仲良くしてくださっているそうで」

徳広は「いやいや〜」と頭を掻いた。

「こちらこそポリ……いや、広紀君には、いつもお世話になっているので。昨日は大変でしたね」

ポリさんの姉は「本当に、あっという間に水かさが増してしまって。家族が全員、助かったのがせめてもの救いです」と疲れた表情で苦笑いする。

「何から手をつけていいのかもわからなくて、とりあえず駄目になった家財道具を外へ出してます」

ポリさんの姉はため息をつく。徳広の横にいた和樹が「いつも美味しい野菜のお裾分け、ありがとうございます。メチャクチャ助かってます」と礼を言う。

「あ、いえ。あの子が持っていくのは、余り物と規格外ばかりで申し訳ないです」

恐縮するポリさんの姉に「過去に食った野菜の分、あと最近運動不足で体も動かしたいんで、何でも言ってください」と和樹はガッツポーズを見せる。おどけた仕草に、ポリさんの姉は僅かに微笑んだ。

「香里、そちらはどなた様？」

縁側にいた、背が一五〇センチぐらいの小さな老婆がひょこひょこと歩きながらこちらにやってくる。

「朝に少し話したでしょ。広紀のお友達が、うちが大変だからって片づけの手伝いに来てくれたの」

老婆は「それはそれは」と頷き「ほんと、申し訳ない。どうもありがとうございます」と兎みたいに背を丸め頭を下げた。ポリさんの姉同様、その声に生気はない。

「おかーさーん」

納屋の横から、泥の中をビチャビチャと走りながら小学校二、三年生ぐらいの男の子が駆け寄ってきた。

「長池橋がね、ぜーんぶなくなってた。水がね、道のとこまで流れてきてたよ」

ポリさんの姉に勢いよく抱きつく。

「水がたくさん出てるから、川に近付いちゃダメって言ったでしょ！」

叱られて、子供は拗ねた顔をする。そして「おーなーかーすーいーたー」とツバメの雛のように大きく口を開けた。

「台所に泥が入って、すぐに食べられるものがないの。車もエンジンがかからないから出て行けないのよ。そのうち配給があると思うから、それまで……」

「お弁当ありますよ」

芽衣子の声に、ポリさんの姉がこちらに振り返った。

「山ほどお弁当買ってきたんで。何にも食べてないならとりあえずご飯にしません？食べないと力、出ないし」

ニコッと笑う芽衣子に、子供が「お弁当、やったぁ」と両手を上げた。

行きの賑やかさから一転、帰りの車中は全員がぐったりと座席に沈み込んでいる。ポリさんの実家を後にしたのは午後六時前で、高速を走っている間に真っ暗になっていた。自分も疲れたが、蒸し暑い中、水を含んで重たい家財道具の運搬や、濡れながらの家や農業機械の洗浄など、動き回っていた和樹、徳広、三井とは多分、疲労の種類が違う。ポリさんの実家が所有している三台の車はすべて水没し、エンジンが死亡。一番近いスーパーは車で二十分かかる上に、近くにはコンビニもない。街の川沿いの被害が甚大でそちらに集中したのか、外れの小さな集落まで支援物資は届かず、朝から何も食べていなかったというポリさんの実家の人々は、差し入れのお弁当を喜んでいた。

食べ終えた後は、和樹、徳広、三井、芽衣子は家の片づけ、自分はポリさんの姉の足になった。後部座席を倒して荷物を積み込めるスペースを広げ、指示されるまま複合型のスーパーや家電量販店を車で巡る。配達だと日数がかかるので、荷物は基本、持ち帰り。家族六人分となると、敷き布団を人数分購入しただけで車は容量オーバーになる。

パンパンで積めなくなると家に帰って荷物を下ろし、再び買い物に出掛けた。

家電も全滅だったので、車に乗せられる大きさの小さな冷蔵庫、炊飯器、電子レンジをポリさんの姉は次々に購入する。購入品を運ぶのは手伝うが、基本は買い物が終わるまで待機。泥まみれになりたくなかったので、車の運転だけしていればいいというのは楽だった。ポリさんの姉は車の免許を持っていたので車ごと貸してもよかったのだが、前日からの寝不足のまま他人の車を運転するのを彼女の夫が心配したのと、自分は帰りの運転もあるので体力温存のため、運転手に徹することになった。

買い物が終わるとラインで知らせてくれるので、スーパーの中にあるラウンジ的なスペースで待っていると、備え付けの大きなテレビから台風の影響を受けた場所の映像が流れてきた。各地で被害が出ているが、ポリさんの実家から西、提防が決壊した地域の状態が特に酷い。

家が流されたという中年女性が、テレビ局のインタビューに答えていて「避難所にいたら、西根議員が差し入れをくださったんです。今もボランティアでいろいろと手伝ってくださってるようで」と喋りだした。場面が切り替わり、作業着姿の西根の顔が大きく映し出される。

「昨日のニュースを見て、いてもたってもいられなくて駆けつけました。今は知り合いの家の片づけを手伝わせてもらっています。これは議員ではなく、個人としての活動です」

テレビカメラの前、西根は真剣な顔で語る。頬は泥で汚れているが、それすらも「市民に寄り添う」アピールになっている。

「みなさん、お辛いでしょうがしっかりとした気持ちをもってください。政治も頑張って対応しますので」

庶民と政治家、どちらの目線で語っているのかわからないコメントも、深く考えなければ気にならない。西根の行為はどう考えても露骨な人気取りだが、それに騙される人間も一定数いるんだろう。

頻繁にテレビに出られると、また客から「西根議員に似てるねぇ」と言われるので、悪戯に目立つなとテレビに向かって舌打ちする。人を殺したり、殺していなくても悪意が肥大すると人の顔に黒いもやがかかる。西根は明確に悪人で嘘つきだと思うが、画面越しに顔がはっきりと見える。真っ黒でもおかしくなさそうなタイプなのに、不思議ともやは見えない。前から気になっていたが、理由はわからない。体質的に出ないとか？　それとも親ということが関係しているんだろうか。いや、実母の顔には黒いもやが見えていた。父親の西根だけないというのはおかしい。

ポリさんの姉からラインが入ったので、スーパーの入り口まで車を回し、荷物を積み込む。買い物は五往復、四時間程かかった。マンパワーのおかげか、その間にポリさんの実家の片づけはどんどん進んでいった。

最初の買い物の往路で、軽トラックを貸してくれるという友人宅にポリさんの義兄を落としていった。そのトラックでダメになった家財道具を運び出したので家の前はスッキリしていたし、水道は生きていたので、ガンガン水洗いした家の中と庭は泥の気配が随分と薄まっていた。

母屋の隣にある、納屋と呼ぶには大きく、都心だと二階建て一軒家レベルの建物の二階は十二畳ほどあり、畳が敷かれてしっかりしたスペースになっていた。そこが一時的な生活の場になるということで、買ったものを運び込む。一番重たかったのは小型とはいえ冷蔵庫で、三井に手伝ってもらって二階にあげた。緊急時の、必要最低限の生活用品が揃ったことで、ようやくポリさんの姉の顔に安堵の表情が浮かんだ。

足としての役目が終わり、ここから暑くて臭くてビチャビチャの泥落としに参戦か……と内心うんざりしていたところで「いいからこっちに来て」の声に重なり、タンタンと木製の階段を上ってくる音が聞こえた。芽衣子が階段に繋がる廊下から、ひょこりと顔を出す。

「あ、やっぱここにいた。白雄、おばあちゃんにさぁ、マッサージお願いできない？」

「いや、私は本当に……今、みなさんが手伝ってくれている時に、一人だけこんな……」

芽衣子の背後から、老婆の声が聞こえる。

「じゃあさ、休憩を兼ねて十五分だけやってもらってみたら」

芽衣子はやや強引に老婆の手を引く。「でも、マッサージなんてしてもらったこともないしねえ」と戸惑う老婆に、ポリさんの姉が「おばあちゃん、十分だけでもいいから少し休んで」と声をかけた。

「昨日も殆ど寝てなかったでしょ」

「私、昼寝はできないのよ」

「横になるだけでもいいの」

自分はするともしないとも言っていない。こちらに確認もしないままやる流れになっていることにイラッとしたが、よくよく考えると下で泥流しをするより、ここで適当にマッサージしていたほうが楽だなと気付いた。

孫娘と芽衣子に薦められて、老婆は仕方なくといった風に購入したばかりの布団の上で横になる。芽衣子が「白雄は喋れないけど耳は聞こえるから、気になることは何でも言って」と説明する。

筋肉も脂肪も少ない老人には、それほど力はいらない。最初のうち芽衣子は傍にいたが、老婆が「気持ちいいねぇ」と漏らしてからは、一階へ下りていった。五分もせぬうちに老婆はスウスウと寝息をたてはじめた。淡々と全身を優しく揉みほぐす。老婆は時折目を開けるものの、眠気に勝てないようですぐ閉じる。三十分ほどの施術が終わると同時に目覚めた老婆は、半身を起こし「……体が軽いわ。何だか腰も楽になったみたい」と目を大きく見開いた。そして「ありがとう、ありがとうございます」と人を仏様の如く拝んできた。スマホに『マッサージをするので、ほかの人を呼んでください』と入力して見せる。老婆は「それは、申し訳ないので……」と言っていたが、その後に爺さんが「十分だけいいですかね」とやってきた。爺さんも五分もせぬうちに寝落ちしたので、三十分かけてじっくり揉みほぐした。

「初めてプロの人にやってもらったが、これは気持ちいい。マッサージ椅子より効く、凄いなぁ」

爺さんは「凄い、凄い」を連発する。それを聞いていたのか、二階の片づけをしていたポリさんの姉が「私、昔から肩こりが酷くて。お代はお支払いするので、少しだけお願いできますか」とおずおずと申し出てきた。

本人の自己申告どおり、ポリさんの姉の肩はガチガチに凝っていた。少し長めに、四十分かけて凝りをとっていく。終了すると、ポリさんの姉は「気持ちよくて寝ちゃいました」と微笑み「祖父母の分もお支払いします。おいくらですか？」と聞いてきた。

『いつも野菜をいただいているお礼なので、いいです』とスマホに入力して見せる。

「けどそれでは……」

『ここからもらう野菜は本当に美味しいので』

金を取ると面倒だし、野菜が新鮮で美味しいのは事実だ。食費も助かっている。スマホの文字をじっと見ていたポリさんの姉の、少し赤くなった目からぶわっと涙が溢れた。

「あっ、ごめんなさい」

拭う先から、ぽろぽろと涙がこぼれ落ちる。

「家がこんなことになって、畑も半分ぐらい駄目になって何とかしなくちゃいけなくて……おじいちゃんもおばあちゃんもショックを受けているけど、私が泣き言なんて言えなくて、けどどうしていいかわからなくて……そしたら何人も手伝いにきてくれて、助けてくれて、頑張らなくちゃって気持ちにさせてもらって……」

ポリさんの姉が、涙を拭って少し笑った。

「広紀の友達が、こんなに親切でいい人たちばかりだなんて……もう感謝しかありません。ありがとう」

自分は和樹が行くから仕方なく来た。外で汚れるのが嫌だから、マッサージしただけ。そこには何もプラスの感情はないのに、ポリさんの姉からは感謝ばかりされる。面倒になって『気にしないでください。下を手伝ってきます』と入力して見せる。そして階段を下りようとしたところで、上がってくる芽衣子と鉢合わせした。

「あ、白雄。もう遅くなったし、そろそろ帰ろうかって話をしてるんだけど」

だとすると、自分は泥作業から上手く逃れられた計算になる。

「みんなドロドロだから、下で着替えてる。私も一緒でよかったけど、お前は二階で着替えさせてもらえって和樹が言うからさ～」

狭い階段ですれ違う。芽衣子は「あ、お姉さん。私、ここでちょっと着替えていい？」と話しかける。

「ええどうぞ、芽衣子さん」

返事をする声は明るい。下へ行くと、男はみんな着替えを終えたところだった。三人とも、一日で二、三キロの減量を課せられたような、疲れ果てた顔をしている。芽衣子も秒速で着替えて二階から下りてきた。

「みなさん、芽衣子ちゃん、今日は本当にありがとうねぇ」

芽衣子の名前だけは覚えたらしい老婆が、車の傍まできて深々と頭を下げる。

「一日でこれだけ片づくなんて、本当に本当にありがとうございます。助かりました」

ポリさんの義兄も礼を言ってくる。

「畑のほうはこれからですよね。人手がいる時は遠慮なく声をかけてください。俺なんかちょっと動いたほうがダイエットにもいいんで」

徳広がぽっちゃり目の自分の体形を引き合いに出して喋る。

「祐さん、マジで成人病ヤバいって言ってたしね」

和樹が真面目にツッコんで「マジじゃない、まだ予備軍ぐらいだよ」と徳広が否定し、

「何にせよ、健康第一ですよね」と三井がのんびりと締める。

ポリさんの実家の人々に感謝され尽くして帰路につき、一分も経たぬうちに車内は静かになった。

「濡れた家具って、バチクソ重いね……」

和樹が漏らす。

「水分加算で、一・五倍ぐらいの重量になってたんじゃないですかね。腕が死ぬかと思いました」

三井がため息交じりの声で相槌を打ち、両手をブラブラさせる。

「俺、明日は確実に筋肉痛だわ」

徳広が軽く伸びをしながら、呆(ほう)けた顔で車の天井を見上げる。

「あれ？　年取ってくると、筋肉痛って翌々日ぐらいにくるんじゃないの？」

芽衣子にツッこまれ「俺まだ三十代だから！」とややむきになって言い返していた。

そのうち後部座席の三人は折り重なって寝はじめた。助手席の芽衣子は、ポチポチとスマホを弄っている。

最初、芽衣子の顔のピアスにポリさんの実家の面々は明らかに戸惑っていた。耳のピアスはともかく、顔ピアスなど田舎の人々は見慣れていないだろう。けれど芽衣子が人懐っこい上に、マッサージ店の受付で老人の相手に慣れていたので、すぐに爺さん、婆さんを含めたみんなと打ち解けた。

母屋にあった仏壇も流され、家の横にある畑で見つけたものの扉が壊れ、中の位牌や仏像等々はなくなっていた。それを嘆く婆さんを「亡くなったお父さんとお母さんが身代わりになってくれたのよ」とポリさんの姉が慰め、芽衣子も「そうだよ」と同調していた。ポリさんの姉はサバサバした性格で、メイクは濃くても女らしさとはどこかずれている芽衣子と気があったようだった。

天保旅館の裏山に行った時、何となくポリさんと芽衣子の縁が見えた。今日の感じだと、本人たち以上に周囲が、そういう関係を望むことになりそうだ。

予知とも言い切れない、ぼんやりと感じるもの。それが具体化していく感触。じゃあやっぱりアレも、昔から繰り返し見ているアレも現実になるということだろうか。……まぁ、仕方ないし、覚悟はしている。

芽衣子まで寝落ちしたので、車内に寝息といびきがランダムなコーラスになって響く。高速道路のトンネルに入る。そこにはいろいろなものが溜まっていて、自分が視えるとわかると寄ってきて鬱陶しいので、そいつらを無視してスピードをあげた。

高速を降りた時点で午後七時十分。夕飯をまだ食べていなかったので、途中にあったファミレスへ適当に入る。駐車場に車をとめても、誰も起きない。後部座席を振り返り、徳広と三井に挟まれて真ん中でカーッと寝息をたてている和樹の膝に触れ「おーきろー」」と大声で叫ばせた。「うおほっ」とサルのように鳴いて徳広が飛び起き、「ひっ」と反対側の三井は体を震わせる。芽衣子は「何よ、うるさい」と助手席で欠伸の二連発。和樹は自分で自分の声に驚いて、口も半開きのままぽかんとした顔をしていたが、叫ばされたと気付いたのか、こちらを睨んできた。

『腹減ったから、ファミレスで食う』

顔を見ているとわかったから、唇で喋る。和樹は眉間にぐっと皺を寄せて不機嫌な表情のまま「白雄が、ここで飯食っていきたいって」と伝えた。

「あ、もうこんな時間か。ちょうどいいかも」

徳広がスマホで時刻を確認し、三井も「そうですね」と同意する。芽衣子が車窓から周囲を見渡し「あっ」と小さく声をあげた。

「何か別のモンがいい？」

和樹に問われ、芽衣子は一瞬押し黙ったものの「ここでもいーよ」と浅く頷いた。

ファミレスは時間も時間なので混雑していたが、回転は速かったのですぐに席が空いた。これだけ集まれば普段はもう少し雑談が飛び交うが、重労働で腹が減っていたのか、みな無言のまま夕飯を黙々と咀嚼していく。食べている最中、ポリさんから徳広に電話が入り、今日のボランティア×五人にポリさんの家の人たちがひれ伏さんばかりに感謝していると伝えられた。

「あと、白雄くんのマッサージが最高って言ってたってさ。やっぱプロは違うねぇ」

感心する徳広に向かって、自慢気にフフンと鼻を鳴らすと、隣の和樹が「あ、こいつマジでマッサージ上手いけど、あんま褒めすぎると調子に乗るからこの辺で」となぜか止めてきた。もっと賞賛させろと思ったが……車の中で大声をあげさせたことを根に持っているのかもしれない。

芽衣子が「デザートも食べたい」と言うので、何となく流れでみんなパフェやらパンケーキやらを頼む。自分は和パフェを頼んだが、ふと和樹の視線を感じた。和パフェにのった栗(くり)をじっと見ている。和樹が頼んだのはプリンとソフトクリームとブラウニーが山盛りになったパフェだが、栗は入っていない。自分はそれほど好きでもないので、匙(さじ)ですくって和樹のパフェにぽんと乗せる。

「えっ、何？　くれるの？」

まるで小学生みたいに聞いてくる。頷くと「やった」と笑顔になって真っ先に食べた。この程度で機嫌がよくなるので、和樹は単純だ。数秒前まで引きずっていた怒りの余韻は完全に消え、「へへっ」と笑いながらぐてっとこちらに寄りかかってくる。家にいる時と変わらない「日常」がここにはある。

全員がデザートまで食べ終わる。ファミレスのレジ付近は狭いので、まとめて会計をしてくれるという徳広と、化粧室に行くという芽衣子の二人を残して先に店を出た。五分ほどで徳広が戻ってきて「レジが混んでてさぁ」とぼやきながら後部座席に乗り込む。芽衣子が遅いなと思いながら待っていると、徳広に数分遅れて助手席に飛び込んできた。

「白雄、早く車を出して」

ドアロックをかけて前屈（まえかが）みになり、芽衣子が低く唸る。何事かと訝（いぶか）しみつつ、とりあえずエンジンをかける。

「お前、急にどうしたの？」

和樹が前に身を乗り出すと同時に、ガンッと助手席の窓ガラスを叩く音が聞こえた。サイドガラス越しに見える黒い人影。夜だから陰になっているのかと思ったが、違う。あれはもや、黒いもやだ。黒い顔の誰かは人を殺している。スカジャンと体格からして男か？　殺しても捕まっていないか、それとも罪を償って出所したのか、どちらのパターンなのかはわからない。もやで顔は見えないのに、全身から殺気が漏れ出している。

この嫌な雰囲気を、自分はよく知っている……。

黒い顔の男は、ドンドンとサイドガラスを激しく叩き、ガチャガチャとドアを開こうとする。「こいつ、気持ち悪い。いったい何なの？」と徳広が声をひそめる。面倒くさいことに関わりたくないので、周囲に他の人の気配がないのを確かめてから急発進する。

男は追いかけてきて、車道に出る前の一旦停止で追いつかれた。が、道路に滑り出すと同時にアクセルを踏んでスピードを上げると、あっという間にその姿は遠くなった。

「スキンヘッドの自称ラッパーみたいな雰囲気の兄ちゃん、お前の知り合い？」

和樹に聞かれ、芽衣子が「あれ、元彼。化粧室のところですれ違っちゃってさ」と答える。やっぱりそうだ。芽衣子の背後で吐き出す殺気と、顔が真っ黒な男の殺気は同じだった。芽衣子の背後にいる男、思念のほうは顔も視えるが、本体である男の顔は見えない。芽衣子を殺しかねない雰囲気の元彼はおそらく、もう「誰か」を殺している。

和樹は「元彼……」と反芻し、芽衣子を呪っているという話を思い出したのか「マジか」と呟く。

「この辺、あいつのテリトリーだから」

芽衣子の告白に「ええっ」と和樹がのけぞる。

「お前、それ先に言えよ。別の店にしてもよかったのに」

「だってもう駐車場に入ってたし。それに元彼が絶対に来るって決まってるわけでもないしさぁ」

芽衣子はブチブチと文句を言う。

「その元彼って、ヤバいって噂の人ですか？」

三井がおそるおそる聞いてくる。芽衣子は「もとからちょっと頭イカれてる系で、今は反社的なのにも関わってるみたいだから、もう一生話したくない感じ」と吐き捨て、後ろを確認する。

「追いかけてきてないから、居場所は特定されないだろうけど」

芽衣子はふうっとため息をつく。

「お前、どうしてそんな激ヤバ男と付き合ってたんだよ」

和樹の疑問に「最初はよく見えちゃったんだから、仕方ないじゃん」と唇を尖らせる。

「俺がその話を聞いたのって、一年以上前の気がするんだけど。もしかして、今もつきまとわれたりしてるの？　それって警察に相談したほうがいいんじゃないの？」

徳広が心配そうに眉間に皺を寄せる。

「んーっ、私を捜してるっていうのは人伝に聞いてるけど、連絡ぶったぎってるし居場所は知られてないから。あいつのテリトリーに入らなきゃ、基本大丈夫」

芽衣子はケラケラ笑って右手を振るが、元彼の念は強い。もう既に人を殺しているし、一度、その線を越えた人間は、次のステップが軽い。何をするかわからない。偶然でも、芽衣子は元彼と会わないよう……例えば隣県に越すとかそれぐらい物理的な距離が取れない限り、根本的な解決にはならないのかもしれなかった。

十月も半ばを過ぎ、秋空は澄みきって、雲一つなく青い。時折吹く風は、海に近いせいなのか潮の匂いがきつい。だ円形の広いプールを半周する形で作られた野外の客席は、休日ということもありほぼ隙間なく埋まっている。

助走をつけるようにぐるりとプールを一周した二頭のイルカが、水中から大きく飛び上がった。水面から二メートルほど高い場所にある赤いゴムボールを口の先でツンと押し上げ、そして水中へバシャンと潜り込む。水しぶきが盛大に飛び散り、前方の客はずぶ濡れになる。水を浴びた子供たちは、キャアキャアと大声を響かせて喜んでいる。

そして後方座席のいい大人たちも「凄え！」「おおっ！」と奇声をあげる。白雄は両手を挙げて喜ぶ和樹といつものメンバーを最後尾の席から頬杖をついたまま眺めていた。みんなから離れた場所にいるのは、屋根があり日陰になっているからだ。ここより下は確実に日焼けする。

三週間ほど前、浸水被害にあったポリさんの実家を片づけたお礼として、「中で働いている知り合いからもらったもので申し訳ないけど、よかったら」とポリさんの義兄から水族館の招待チケットが十枚送られてきた。

水族館に興味はない。行かなくてもよかったが、和樹は「タダ券ラッキー」と喜んでいた。場所が海岸沿いにあり交通の便が悪く「お前、運転してよ」と言われ、仕方なくドライブついでに車を出してやった。

他のボランティアメンバーは水族館に行く気満々で、チケットが余ったからと光と松崎にまで声をかけ、そうすると自分の車一台では人数オーバーになってしまった。その日、ポリさんが休みなのは知っていたが、芽衣子の件があるので徳広は誘うのを迷っていた。がしかし、振られたのが気まずいからといって付き合いが切れるわけでもなく、慣れも必要だろうと最終的に召還し、車二台、総勢八名の団体で水族館に向かうことになった。

芽衣子はポリさんの車には乗らなかった。移動時も二人には常に一定の距離があるが、その辺の微妙さに気付かない振りで、大人も子供も概ね水族館を楽しんでいる。

水族館のメイン展示である巨大水槽を回っていると、和樹が「あれ、白雄みたいじゃね？」と指さした。その先にいるのは、古典的なパニック映画を彷彿させるでかいサメだ。

「涼しい顔してすいすい泳いでさ、しれっと人のこと食いそう」

芽衣子が「わかる～」と同意したのにイラッとする。それから水槽の前を通るたび、この魚や動物が誰彼に似ているという小学生レベルの話題で、集団はやけに盛り上がっていた。

昼はメインの水槽の下、潜ってくるイルカが見られるという半地下になったフードコートで、小さなテーブルを寄せ集めてみんなで食事をした。芽衣子が右端、ポリさんが斜め向かいの左端。芽衣子は気にしていないというが、本当にそうならここまで極端に離れることはない。ポリさんも芽衣子を意識しているのがバリバリに伝わってくるが、この空気に心底気付いていない松崎と光をのぞいては、みんなそのことには触れず様子を見守っている。

イルカのショーも終わったし、そろそろ帰るつもりでいたら、光がラッコのショーも見たいと言い出した。水族館は海の傍かつ薄暗いという悪条件が重なって、ふらふらと漂っている霊が多くて鬱陶しい。再び館内に戻る集団から一人こっそり離脱する。

水族館の周囲は広々とした自然公園になっていて、ジョギングしている人をちらほら見かける。遊歩道から下りれば砂浜があり、波打ち際にも行ける。

大きな木の下に置かれたベンチに腰かけ、みんなが出てくるまで日陰からぼんやりと海を眺める。海から吹いてくる風はどこか湿気ていて、田舎の海を彷彿させた。帰りたくもない、何の感傷もなくただ記憶の中にある北の海は、いつも薄ら暗い、淀んだ灰色をしている。

おそらく自分のホームはあそこだと思うが、今、目の前に広がっているのは高く澄んだ秋空と、傾いた陽に光る海だ。

自分の趣味ではない水族館も、それなりに楽しめる。けれど集団で長々と回るのはダルい。早く帰って寝たいなと欠伸をしていたら、和樹からラインにメッセージが入った。『お前、今どこ?』と聞かれ『水族館の外の公園。木陰のベンチ』と返す。すると『お前、撤収はやっ』ときた。それから十五分ほど後に、和樹と徳広、三井、ポリさんが水族館の出入り口ゲートから出てくるのが見えた。

和樹は真っ直ぐ自分の傍に来たが、残りの三人は砂浜に下りて変なポーズを取っている。和樹が自分を見ていたので『あの三人、何やってんだ？』と口パクで聞くと「アネ7のプロモーションMVを撮ってた場所に似てるって盛り上がってたから、何か真似して遊んでんじゃね？」とそちらに振り返った。

和樹はプラ容器に入った、プチプチ気泡の出ている炭酸水のようなものをチューチュー飲んでいて、自分が見ていたことに気付いたのか「お前もいる？」と差し出してきた。受け取って、勢いよく飲む。冷たくて、少し気の抜けた炭酸が喉にチリッと染みる。意外と喉が渇いてたんだなと自覚しつつ遠慮なくいただいていると「最後の一口は残しとけよ」と釘を刺される。そのタイミングでラインの着信音があり、和樹は「おっ」と呟いて画面を覗き込んだ。

「松崎がもうすぐ水族館を出るって。芽衣子と光も一緒に。……そろそろ帰るかぁ」

大きく伸びをする和樹の顔に西日が差す。そして軽く屈伸運動をしながら「俺も免許、取ったほうがいいかな」と呟き、こちらを見た。

『急に何？』

「運転すんのお前ばっかだし、流石に悪いかなって」

『言ってみただけで、本当は車の運転とかしたくない癖に』

和樹の顔がみるみる強張ってくる。ああ、ダメだと頭でわかっているのに、言葉で刺してしまう。コンビニの駐車場に赤い車。可哀想(かわいそう)な同級生と一緒に沈んだ赤い車。それが今もトラウマになっているんだよな、と。

『……どうしても和樹が運転しないといけなくなったとか、そのタイミングでいいんじゃないの』

遠くから近付いてくる影がある。松崎と光、芽衣子だ。途中で光が徳広たちのほうに走っていき、それを松崎が追いかける。芽衣子は一瞬足を止めたが、そちらには行かずこちらにやってくる。

すると海とは反対の方角から、黒い服の「誰か」が走ってくるのが見えた。そいつは真っ直ぐ芽衣子に向かっている。帽子をかぶっていて、顔が真っ黒。そして飛んでくる殺気。あれは……芽衣子の元彼か？　どうしてここにいる？　いや、今は理由を考えてる時間はない。あれはいつも後ろに張りついている念じゃない。リアルだ。

咄嗟(とっさ)に和樹の腕を鷲掴みにし、大声で叫んだ。

「「芽衣子、逃げろ!!」」

叫び声に気付いた芽衣子が立ち止まる。

「「右側、ヤバい！」」

突進してくる「誰か」にようやく芽衣子が気付いた。慌てて逃げ出す。急に叫ばされて呆然としている和樹から手を離し、自分も走る。芽衣子はヒールの高い靴のせいなのか、途中でよろけた。そして捕まる。元彼に腕を摑まれた芽衣子は「痛っ、離せっ」と怒鳴った。

元彼に振り回され、芽衣子はその場に引き倒された。俯せになって倒れた背中に元彼が馬乗りになる。そして芽衣子の髪を摑み、歩道の縁石に叩きつけた。容赦ない暴力でおとなしくさせたあと、手にしていたキーチェーンを芽衣子の首にかけた。

絞め上げる直前、白雄は馬乗りになっている元彼の脇腹を蹴った。細身の体が横向きに吹っ飛ぶ。左手で脇腹を押さえて呻く元彼に、駆けつけてきたポリさんが飛びかかり、押さえ込んだ。「どけえ、どけえ」と元彼はエビのようにビチビチと跳ね、猛烈に暴れだす。ポリさんが一人で取り押さえるのは大変そうだったので、頭側に回って男の両手を上から押さえつけた。

「芽衣子さん、大丈夫ですか！」

振り返ったポリさんが声をかけても、俯せたまま顔を上げない。

「きゅっ、救急車と警察を呼んでください！」

ポリさんが叫ぶ。遅れて駆けつけた和樹が「あっ、うん。救急車……１１９でよかったよな」とスマホを操作する。ハアハア息をきらしながらやってきた徳広が「おっ、俺は警察呼ぶから」とスマホを取り出し、三井はぐったりした芽衣子の傍にしゃがみこむ。

「芽衣子ちゃん、起きられますか」

顔を上げた芽衣子は、額の傷と鼻血で顔中が血だらけになっている。それを見た三井は「ひいいっ」と悲鳴を上げた。

「へ、返事はできますか？」

「顔……痛い」

芽衣子が弱々しく答える。

「意識はありますね。ちょっと待っててください。水族館に戻って、何か手当てできるものがないか聞いてきます！」

三井が水族館に向かって走り出し、その背中に「警備員も呼んでください」とポリさんが追加する。

「離せぇ。その女、殺させろ」

元彼が怒鳴る。唯一、自由にビチビチと動かしていた両足は、いつの間にか傍にきていた松崎がジャージの上着を脱いで縛り上げた。

「他にも何か、縛れる紐系のものがあったほうがよさそうっすね。探してきます」

三井に続いて、松崎も水族館に戻っていく。芽衣子は体を起こし、血だらけの顔で呆然と座り込み、押さえ込まれた男を見ている。光が芽衣子にぴたりと寄り添い、手にしていた水族館の袋から買ったばかりだろうハンカチを取り出すと、ビリビリと包装を破いて、芽衣子の顔にそっと押し当てた。

「芽衣子ちゃん、大丈夫？　痛い？」

その声で、ガタガタ震えていた芽衣子の目からボロボロッと涙が零れた。

「ざけんな、こらぁ」

元彼が拡声器並みの大音量で叫ぶ。声は聞こえても、顔全体が黒いもやに覆われていて、表情はわからない。自分には声の圧だけが響いてくる。

そんな顔の見えない元彼の肩に、誰かいる。何か憑いている。押さえ込むポリさんの顔に、誰かの顔が透けて重なる。

本人の顔はわからないのに、憑いてる何かの顔が視えるのは皮肉だ。ぎょろ目のこの顔、どこかで会ったことがありそうだが、関わると面倒くさいので無視する。わざと視線を逸らしていたのに、うっかり目が合ってしまった。ぎょろ目の男がいきなり顔の前にやってきて、嬉しそうに目を細めた。

『ロウくん』

誰と勘違いしているのか、自分の顔をあちらこちらから覗いてくる。押さえ込んだポリさんの負荷が増すので、芽衣子の元彼の手は離せず、この場を動けない。鬱陶しさも相まって『失せろ』とぎょろ目に向かって心の中で怒鳴り、敵意を込めて睨んだ。そこであやふやだった記憶の糸が繋がった。天保旅館の部屋で、電話をしている姿。あいついてるんだろう。

だ。光の母親の恋人、縛師の蛇結こと鈴村章だ。どうしてこいつが芽衣子の元彼に憑

『ロウくん』

しつこく話しかけてくる鈴村に、『俺はロウじゃない』と心の中で完全否定する。ギョロ目が、ぐううっと数センチの距離まで近付く。

『僕、殺されたんだ』

唐突に、鈴村が語りだす。

『こいつに殺されたんだ』

光の母親の死に関わった鈴村は死んだ。自殺と他殺の両方で調べているらしいと和樹から聞いている。本人が「この男に殺された」と言うのなら、事実なんだろう。そこに浮かぶ疑問。芽衣子の元彼がなぜ鈴村を殺したのか……理由がわからない。顔見知りでないなら、怨恨の可能性はない。元彼が反社と繋がっていると芽衣子が漏らしていたので、そっちの線から鈴村を殺すよう依頼でもされたか？

芽衣子への傷害は執行猶予ですむかもしれないが、それに殺人が加わったら確実に実刑が下って元彼は刑務所行き。そうなれば芽衣子は執念深い男から解放されて、マッサージ店の休憩室から出て行くに違いない。

こんなタイミングはおそらく、二度とない。だから触れている元彼を読む。ああ……

視えてきた。
……マンションらしき建物を訪ねてきた元彼。部屋のインターフォンを押すと、鈴村が出てくる。元彼は共通の知り合いらしき人物の名前を出して、お願いしたい仕事があると持ちかける。警戒している鈴村に、話だけでも聞いてほしいと執拗に食い下がる。鈴村は元彼に根負けしたのか「話を聞くだけなら」と部屋にあげる。前を行く鈴村、元彼は上着のポケットから紐を取り出すと、背後から近付き無防備な首にそれをかけた。鈴村は紐を外そうと首を掻き毟るも、力つきる。時間にして数分……あっという間だった。

元彼はクローゼットのポールに紐を結び、鈴村を「自殺」したように偽装する。初めて人を殺した。最初、元彼の中にあった恐怖や不安は、そのうち非現実的な状況に対する興奮に取ってかわる。めっちゃイージー。人ってこんなに簡単に死ぬのな、と。そして頭の中を回っている金、金、金、金……こいつを殺したら三百万……。

「おい、大丈夫か？　押さえてんの代わろうか」

声が、頭の上から聞こえてくる。和樹を見上げて『スマホで撮って』と唇を動かした。

「撮れって、何を？」

紐的なものを手にした制服姿の警備員らしき中年男と三井、そして松崎が戻ってくる。男を拘束したら、もう押さえつけるために触れている必要はなくなる。触れていないと、アレはできない。今しかない。

「俺は人殺しだ」

元彼に自白させた。紐を手にした松崎が、ギョッとした表情で動きを止める。和樹に目配せすると、マネキンみたいに固まっているが、スマホを手にした指が動いたので多分……録画をはじめた。

「おい、どういうことだ」

押さえ込むポリさんの声が、震えている。

「俺はぁ、鈴村章って奴を殺したんだ」

殺人を告白する元彼。その肩に乗った鈴村が凄まじい目で元彼を睨みつけている。パトカーと救急車のサイレンが騒々しいユニゾンで近付いてきた。制服の警察官が二人こちらに走ってきて、芝生の上に転がる元彼と、押さえ込む自分たちを見下ろす。ポリさんが警察官に自分の所属を伝え「女性が襲われ、犯人を確保しました」と状況説明をする。警察に引き渡したら、手を離さないといけなくなる。仕上げにと、もう一度叫ばせた。

「俺は、俺は、人を殺したぁ。鈴村章って奴だ。殺したら、金をくれるって言うからさぁ。別に恨みとかねぇけど、金のためにさぁ。首を絞めて殺した後で、クローゼットで首を吊った風に見せかけたんだよ。中年の親父の自殺なんて多いモンだしなぁ」

仕上げに「「ははははははっ」」と大声で笑わせてみた。一度じゃ足りないかと、もう一度「「ははははははっ」」と追加する。

喋らせるのをやめると、自分は笑わせていないのに元彼が「ははははははっ」と笑った。

「俺は、人を殺した。けどこれ、どうせ現実じゃねーんだろ。……ちっ、まだ抜けてねーのかよ」

これまで告白をさせた奴らと、パターンが違う。勝手に喋ることにも、重大事件の告白にも混乱していない。もしかしてクスリか何かをやっていて、勝手に喋る口もそれが見せる妄想とでも思い込んでいるんだろうか。

「……その話は、署でゆっくり聞かせてもらおうか」

静かな警察官の声。手錠をかけられた元彼は「うぜぇ、うぜぇ」と大声で叫びながら、連行される。警察官もしっかり聞いたし、和樹が撮影した告白の証拠動画もある。調べられたら、元彼は殺人罪で起訴されるだろう。

「おい」と和樹に腕を摑まれた。強引に引っ張られて、みんなから少し離れた場所に連れて行かれる。

「あれ、どういうことだよ。お前があいつに言わせたんだろ。さっきの奴が鈴村章を殺したって本当なのか」

和樹が早口で詰め寄ってくる。

『奴に憑いてた鈴村章が言ってた。こいつに殺されたって』

口パクで教える。

「あいつ、芽衣子の元彼だろ。もう何が何だか意味わかんねぇよ」

元彼に憑いていた鈴村が、なぜか自分の傍にやってきた。何か言いたげな表情だが、関わりたくないので無視する。殺した奴は捕まった。満足しただろ、早く成仏しろと念を送るが消えない。自分は視えても祓う能力はない。

周囲をウロウロしていた鈴村が突然和樹に近付いた。左右から和樹の顔を眺めたあと、覆い被さるようにその背中へべたりと張り付いた。ギョッとする。なぜ和樹に憑くのか、意味がわからない。

「んっ、何か急に肩が重くなったんだけど……」

和樹が首を左右にコキコキと動かし、ぽんぽんと肩を叩く。

『おい、和樹から離れろ！』

心の中で怒鳴っても、離れない。そして鈴村は、自分に向かってこれ見よがしにニイッと笑ってみせた。

「本当にここに泊まるの？」

捜し物屋のある自社ビルから電車で二十分の距離にある四階建てのマンション。三階の302号室、事故物件の部屋の前で徳広は念を押してきた。何度も聞くな、返事が面倒なんだよと思いつつ、メモに「カタがついたらその日のうちに帰る。無理そうなら泊まる」と書いてみせる。予定が立たない、かつ駅近だったので、今回は自家用車ではなく電車を使った。

「俺も泊まるの嫌なんだよ～でもそろそろ憑いてる奴をどうにかしろって白雄に言われてさ。霊を外すのは現場になったここがいいみたいなんだよ。あと何かそいつ、憑いてるだけじゃなく、たまに俺の中に入ってるっぽいんだよね」

和樹は後頭部をポリポリと掻いている。占いというより霊感で捜し物をしていることをこれまで黙っていた和樹だが、天保旅館でポリさんに話したことでフッ切れたのか、あまり隠さなくなった。「あぁ……ね」と徳広が目を細める。

「仕事が仕事だし、松崎さんちのアパートの件もあるし、君らがガチで視えているのかなっていうのは、なんとなく察してたけど」

こちらも、さもありなんという反応だ。徳広は腰に手をあて「言われてみれば最近、和樹君らしくないなって感じることはあったなぁ」とぼやく。

「えっ、そうなの？　どんな風に？」

詰め寄る和樹に、徳広は「うーん」と唸って腕組みする。

「和樹君さぁ、基本的に姿勢が悪いよね。座っててもどことなく芯がない感じでぐにゃっとしてるというか。けどたまに背筋ピンと伸ばしてる時があってさ。別人みたいに口調も違ってて何か変だなと気になってたんだけど、まあ気合い入っているのかな？ぐらいに思っててさ。言われてみれば、それがそうかなって。自分じゃ変だって自覚はないの？」

和樹は自分の頬をつねる。

「前は大嫌いだった椎茸うめーとか、いつも見ない恋愛ドラマがめちゃ面白〜とかはあったかな」

「それが自発的ならいいけど、憑いてる人の好みだと和樹君自身じゃないから問題でしょ。小説の仕事も進んでないって聞いてるし」

徳広にツッコまれ、和樹は「松崎、バラしたな」とムッとした表情で頬を膨らませる。昨日、松崎からきた電話のあと「掲載誌の校了まであと三週間しかないって言われたけど、ノらねぇもんはノらねぇもん」とボヤいているのを聞いた。

共用廊下を歩いていた人が、チラリとこちらに視線を投げかけてくる。立ち話をしてうるさかったのかもしれない。

「じゃ、俺はまだ仕事が残ってるから、事務所に戻るよ」

徳広が外廊下に続く階段を下りていく。和樹はその後ろ姿を見送ったあと、「霊が外れたら速攻教えろよ。すぐ帰るし」と大きなため息をついた。

鈴村章が芽衣子の元彼に殺された部屋は、玄関から入って左手にミニキッチン、右手に洗濯機置き場とユニットバス、その奥に六畳間と、よくあるタイプの１Ｋだった。建物は鉄筋の四階建てで、典型的な箱物。元は社員寮だったようで、鈴村は京都で光の母親の遺体を埋めて以降、東京に舞い戻り、偽名でこの部屋に潜伏していたらしい。

殺害された現場のマンション名と部屋番号は鈴村本人が教えてくれた。部屋は清掃も終わり格安で賃貸に出されていたものの、入居者はいなかった。そこで徳広に登場してもらい、所有している不動産会社と交渉の末、日割りで貸してもらえることになった。不動産会社の担当の話だと、家主は日割りで泊まりたがる輩を怪しみ「事故物件泊まってみた系の動画」で配信されるのではと危惧していたが、新米占い師の修行のためで動画撮影は絶対にしないし誓約書も出すと言ったら、こちらの本気度が伝わったのかあっさり承諾してくれたとのことだった。

「何かここ、寒くね？」

部屋の中に入った途端、和樹が両肩を抱いて震える。十一月も後半にさしかかったとはいえ、まだ昼間で日差しも入り、寒くはないはずなのにそう感じるのは、傍に鈴村の霊がいるからだ。水族館の事件の後から和樹にずっと憑いていたが、殺害現場に来ることで、その姿がより鮮明に、はっきりと視えはじめた。霊魂、特に不慮の事故や事件で亡くなった者のそれは、まるで根を生やすように現場に居座ることが多い。さっさと成仏する者もいるが、自分が今まで見た限りでは、留まっている者が大半だ。そういう霊魂は、人に憑いても現場から遠く離れてしまうと外れてしまったり、影響が弱まってしまうことがある。和樹に憑いた鈴村もそうで、和樹への憑き方は中途半端だった。

完全に乗り移られると、日頃の行動のすべてが乗り移った霊の仕様に変わってしまう。霊の好みの服を買ってしまったり、食べ物の趣味が変わってしまったり。考え方も、乗り移った霊の思考に近くなる。

マッサージ店の会員でもいた。いつも時間に正確な客だったのに、珍しく遅れてきたなと思ったら、雰囲気が全く違っていた。東京生まれ東京育ちの標準語だったはずが、言葉の端々に関西弁が出てくる。おかしいなと思いつつマッサージしながら軽くリーディングすると、最近亡くなった客の友人が憑いているとわかった。

うっかり浮遊霊を拾ってしまった不運な客はたまにいるが、次に来店した時は殆ど外れている。しつこそうな念でも、相当な悪意、恨みがなければそのうち自然と離れていく。憑いているとわかったところで自分には祓えないので、いつも見て見ぬ振りをしている。

ルーズになり関西弁を喋るようになっていたその客は、ある日を境にぱったりと予約を取らなくなった。店を変える客もいるので気にしていなかったが、他の客からその憑かれた客が自死したと教えられた。それが本人の意思か、乗り移ったものに誘われたかは、今となってはわからない。

……鈴村は最初、芽衣子の元彼に憑いていた。

少し前、芽衣子とファミレスでニアミスした元彼は、逃げた芽衣子を車まで追ってきた。そして運転席にいた自分を「こいつが今の彼氏か」と誤解し、芽衣子への恨みを再燃させた。元彼は執着に愛憎が絡まった複雑な感情を芽衣子に抱いていた。まぁ浮気をする、殴るとやらかしつつも、芽衣子には本気だったのだ。そして別れる前、怒った芽衣子に命の次に大切にしていた限定品のスニーカーに落書きをされ、激怒した。関係が濃かっただけに怒りは何倍にも増幅し、時間が経っても薄れることはなかった。元彼は芽衣子の知り合いに片っ端から聞き回り、最後には脅しまがいのことをして居場所を突き止めた。

バイト先である「まやまマッサージ店」を偵察に来た元彼は、芽衣子が大人数で出掛ける場面に遭遇した。後を追いかけ、着いた先は水族館。芽衣子を含め八人もの集団の上に、うち六人は成人男性。分が悪いと判断した元彼は辛抱強く芽衣子が一人になるのを待ち、僅かな隙を狙って襲った。

元彼は捕まり、そして鈴村章を殺したことも判明した。金で依頼されての犯行だが、誰に依頼されたかまではリーディングできなかった。実際には会っておらず、電話やメッセージアプリでしかやりとりをしていなかったからだ。相手も「中井（なかい）」という本名か偽名かわからない名前を使っていた。芽衣子が反社会的組織と繋がっていると話していたので、そっち方面の輩かもしれない。鈴村が反社とトラぶったか、鈴村とトラぶった誰かが反社に依頼し、末端の元彼へと命が下ったのか……そっち方面の解明は警察が全力でやっているだろう。

元彼に襲われたあと、芽衣子は数日休憩室の中に引きこもった。幸い顔の傷も軽傷で、当日家に帰ることができたものの、本人のメンタルがやられていた。食事を持っていけば食べるが、とにかく部屋から出てこない。和樹が「お菓子食おうぜ」とか「一緒にゲームしねぇ」と声をかけても「今はいい」と言うだけ。徳広と三井も心配し、たびたび捜し物屋の事務所に様子を聞きにきていた。

閉じこもった芽衣子が部屋から出るきっかけになったのは、意外にもポリさんの姉からのラインだった。

『広紀から、芽衣子さんが水族館で襲われたと聞いて、生きた心地がしなかった。みなさんで楽しんでもらえればと思ったのに、こんなことになってしまって。チケットを送ってごめんなさい、本当にごめんなさい』

引きこもっていると知られたら、余計に心配させてしまうと考えたのか『私は全然大丈夫です！　あれがきっかけで揉めてた相手が捕まって、逆によかったぐらい』と強がった返信をしたあと、部屋から出てきた。

ショックの引きこもりを知らなかったポリさんは、姉から聞いた芽衣子の返信を鵜呑みにして「芽衣子さんも大丈夫そうですね」と徳広に連絡し、実は引きこもっていたと知ってショックを受けていたと聞いた。

一日中、雨雲を背負っているように表情が暗かった芽衣子も、日を追うごとにもとの明るさが戻ってきた。そんな復活してきた芽衣子に言われたのが「ねぇ、和樹って最近何か変じゃない？」だった。

「やたらとあんたにベタベタしてるし」

芽衣子から見ても違和感があるほど、和樹はおかしかった。しょっちゅう自分にくっついてくる。前からそういう類のスキンシップはあり、子猫が寒いから兄弟猫に寄り添うみたいなシンプルな甘えだったのが、今の和樹からはねっとりとした湿度を感じる。理由は明白で、乗り移った鈴村が強く出てきているからだ。

話をしていても、和樹の顔をしているのに、自分が知っている和樹の反応じゃない。こちらに向けられる和樹の眼差しが、まるでアイドルを崇拝するそれに似ていて気持ち悪い。

鈴村憑きの和樹が不愉快とはいえ、自分には祖母のように祓う力はない。店に来る客たち同様、二、三日もすれば外れるだろうと我慢していたが、それが一週間、二週間と過ぎ一ヶ月になろうという頃に限界を超えた。

できるかどうかは別として、自分でも外すよう努力しろと和樹に注意しても、当の本人がのんびりしていて「現世に未練があるからいるんだろ。満足したら出てくんじゃね。別に俺は何ともないし」というスタンスで放置だ。

捜し物屋を休業し、小説を書くこともせず、日がな一日、ミャーと共にソファでゴロゴロし、テレビを見てるだけという状況に問題意識を持っていないあたり、何ともないことはない。

自分が仕事を終えて四階の自宅に戻ると、主人を見つけた犬さながらに喜びの弾けた顔で「おかえり」と声をかけてくるのは鈴村だ。食事も終えてリビングのソファに腰かけると、隣にぴたりとくっついてくるのも。そんな和樹がうとうとしはじめ、その表情がユラユラと揺れたかと思うと、うっすら鈴村の顔が見えた時はゾッとした。最初は死んだ時の五十代の顔だったのに、どんどんと若くなって、今はもう二十代の見た目だ。

和樹が鈴村の「顔」になっている時に『そろそろ出てけ』とドスの効いた念を向けたことがある。

『出て行かないなら、霊媒師に頼んで強制的に祓わせるぞ』

返事はない。和樹の上で、鈴村の顔がしばらくの間、ゆらゆらと揺らぐ。

「僕の部屋に、一緒に来て」

ようやく鈴村が口を開く。部屋というのは、殺されたマンションの部屋だろうか。命がつきた場所で、完全に成仏するということなんだろう。ようやく本人が和樹から出て行く意思を見せたが、事故物件の部屋にすんなり入れる気がしない。夜中に忍び込むとか？　見つかって通報されたら面倒なことになる。

最終的に弁護士という肩書きを持つ徳広に諸々の交渉を頼み、鈴村の希望通り本人の部屋に戻ってきている。

「ここにさ、鈴村章の幽霊的なのっているの？」

向かいから聞いてくる和樹の隣、口から舌をだらんと出したままの鈴村が小首を傾げてこちらを見ている。おそらく、死んだ直後の顔だろう。現場にいるということもあるのか、鈴村の姿はこれまで自宅で視てきたふんわりしたものではなく、濃くはっきりしていて、存在感が……圧が強い。

そんな鈴村が、背後から吸い込まれるようにして和樹と同化していった。和樹の体が小さくビクッと震えたあと、ふわあっと欠伸をし「何か猛烈に眠たくなってきたんだけど」と呟きながら、その場にぐずぐずと座り込んで横になった。目を閉じ、数秒もしないうちに再び目を開く。そうして次に上体を起こした時には、顔がはっきりと変わっていた。頬がたるみ、口角の下がった……五十過ぎのおっさん、鈴村章の顔になっている。まるで首から上をすげ替えたように。自宅にいた頃も顔が変わって見えることがあったが、和樹の原形がなくなるほど鈴村になるのは初めてだ。

「ロウくん」

亡霊が、自分に呼びかける。

『俺はロウじゃない。さっさと成仏しろ』

「君、ロウくんだろ。そっくりじゃないか」

話がかみ合わないし、鈴村は己の伝えたいことしか言わない。

『俺の名前は間山白雄だ。お前の言っているロウは、西根晴郎のことか？』

亡霊が目を大きく見開き「そうだよ！」と勢いよく頷いた。

『本物の西根はお前と同じぐらい、五十過ぎだろう』

あれぇ、と亡霊は首を傾げる。

「そうだっけ？　ああでも君、ロウくんの若い頃にそっくりだから」

こちらをじっと見つめたまま、亡霊が笑う。和樹と違い、片方の口角がぐうっと上がるタイプの笑顔だ。

「まるで高校生の頃に戻ったみたいだなぁ」

膝を抱え、亡霊が目を細める。

「高校時代のロウくん、アイドルみたいにカッコよかったから」

『西根と同じ学校だったのか？』

「クラスも同じだったよ。僕って人見知りだから、始業式の日もずっと緊張してたんだ。その日は四月なのにやけに暑くて、のぼせて気分が悪くなって机に突っ伏してたら、隣の席のロウくんが『具合の悪そうな人がいます』って、保健室に連れて行ってくれたんだよ。親切でかっこ良くて、まるで漫画の主人公みたいだなって思ったんだ」

和樹の体を使う亡霊は、膝の上に肘をつき、両手の指を組み合わせる。

「こういうタイプが、委員長とか生徒会長になって女の子にもモテモテなんだろうなって思ってたら、その通りになって何か笑っちゃったよ。けど漫画と現実は違ってた」

亡霊が目を細め、自分を見上げる。

「ロウくん、嘘つきだよね。かっこよくて喋り方が優しいから、最初はみんな君に夢中になるけど、そのうち気付くんだ。この人、嘘ばかりつくし、嫌なことは人に丸投げするタイプだなって。それでもかまわないっていうのは女の子ばかりで、男は君の嘘に気付いたら距離を取ってた。こいつ、やばいって感じで。だから男の友達って、僕だけだったよね。学校生活で同性の友達が一人はいないと都合が悪いから、君は僕にまぁまぁ優しかった。そういう君の意図が透けて見えてたとしても、嬉しかったよ」

天保旅館で西根本人をリーディングした際、家族や女性に対しての態度がクズだと思ったが、それはクラスメイト相手でも変わらなかったということだ。

「章は僕の親友だよって言ってくれて、嬉しかったなぁ。あの嬉しさがずっと胸の中にあって……だから僕はずっとロウくんのしもべだったんだよ。親友だって言葉が嘘だったとしても、この年まで君との付き合いは続いてたわけだから、本当に親友になっちゃった。だってこれから先、僕以上に君と仲良くなる男なんていないよ。そんなの僕だけ、僕だけだ」

亡霊が、熱く語る。自宅にいた時は、こんな風に饒舌ではなかった。やっぱりここだと、本体の念も強くなるのかもしれない。

「君が強く望むから、志村親子を社会的に抹殺するのを手伝ってあげていたんだ」

ここで急に志村親子の名前が出てくる。

「全然興味なかったのに、志村の趣味に合わせて縛師になるの大変だったんだからね。途中から本当に面白くなってきたからよかったけど」

緊縛趣味と不倫を報道されて志村議員が潰れたのは、誰もが知っている。そして西根の友人で、縛師の鈴村……バラバラだったものが繋がっていく。西根は鈴村を使って志村議員のスキャンダルネタを集め、最悪のタイミングで暴露し落選させたのだ。それはいいとして、鈴村は西根の望みを叶えるために縛師になったと告白した。いくら友人のためとはいえ、普通そこまでするものだろうか。

天保旅館で光の母親の死をリーディングした時に聞こえていた、鈴村の声を思い出す。

「あぁ、どうしよう、どうしよう、本当に死んでる。なんでこんなことになったんだよ。

ああ……ああ……救急車……を呼ばないと……もう死んでるのに、呼んだほうがいいんだろうか。どうして死んじゃったんだよ。これ、警察に行ったほうがいいよね。あ……あ、けど待って、僕が逮捕されたら、いろいろ調べられる。表沙汰になったら、きっと迷惑をかけてしまう。これからが大事な時なのに。そのために準備してきたのに。今、僕が捕まるわけにはいかない。捕まるなんて結末のために、続けてきたわけじゃない。けど、どうしよう……どうしよう……あぁ、捨てられるかもしれない。邪魔だなと思われたら、きっと僕は捨てられる。そういう人だ。……ごめん、ごめんね。気付かないまま死なせてごめんね。好きだよ。愛している。君は最高のパートナーだったけど、僕には……もっと大切なものが……」

　あの時は、鈴村が「誰」を気にしていたのかわからなかった。大口のスポンサーかと勝手に思っていたが、そこに西根を当てはめるとしっくりくる。鈴村は光の母親へ愛情を持っていたが、西根に傾倒する気持ちのほうがそれを遥かに凌駕していた。

　亡霊の語りには、表沙汰にするのを避けるために愛した女性を秘密裏に埋めたことに対する後悔や懺悔の念はない。今の鈴村はすべてが「ロウくん」「ロウくん」だ。

　西根は親友の鈴村を利用して、志村親子を潰した。議員になりたいなら、相手の足を引っぱって落選させるだけでいい。「社会的に抹殺」の部分に、ただならぬ怨恨を感じる。

『西根と志村親子の間には、何か因縁があったのか？』

亡霊が「ロウくん、志村が大嫌いなんだよ」と目を細める。

「中学生の時、志村の息子に虐められて学校でも問題になったのに、議員の父親にもみ消されたんだって」

亡霊の手が伸びてきて、自分の足先に触れる。温かい手なのに、なぜか背筋がぞわりとする。亡霊はフフッと笑う。最初は中年だった鈴村の顔が、話をしているうちにどんどん若くなっていく。

亡霊の腹がぐうっと鳴る。「んっ？」と腹を押さえ、斜め下から自分を見上げてきた亡霊が「ロウくん、ハンバーガーを一緒に食べようよ」と甘えた声で擦り寄ってきた。

配達を頼むと、四十分ほどで届いた。ハンバーガー、ポテト、コーラのセットを二つ。三時のおやつにはボリューム過多だが、食えないことはない。

亡霊は美味しそうにハンバーガーへかぶりついた。

「ロウくん、放課後はいつもデートしてたよね。駅前にあるハンバーガーショップの、窓際の席が定位置でさ。可愛い女の子を見せびらかすみたいにしてて……あれ、いつも羨ましいなって思ってたんだ」

霊体は食えないはずだが、和樹の体を通じて楽しんでいる。この世に漂う霊魂は、大なり小なり未練があり残っているのだから、ある程度の望みを叶えてやれば、祓わなくても勝手に成仏する。客に憑いていた霊体で、最後にもう一回、マッサージをしたいという奴がいて、終えると同時にサッサと成仏したこともあった。

何もない部屋で、亡霊は「美味しい、美味しいなぁ」とハンバーガーを食べる。食べ終えた後も、行儀悪く汚れた指を舐めながらじっと、こちらを見ている。傾いてきた夕陽が、そんな亡霊の顔に影を落とす。ハンバーガーでは成仏しなかった。他にどんな望みがあるんだろう。

『本物の西根に会わせてやろうか』

亡霊の目が、これでもかというほど大きく見開かれる。驚いた表情のあと、嬉しそうに目を細め、そして黒目が迷うようにユラユラと左右に揺れた。

「それは、いいかな」

鈴村の西根への忠誠は、憧れというよりも恋愛感情に近しいものに感じられた。それなら最後、心酔していた男に会えば、すっきりして成仏するのではと考えたが、断られる。

「ロウくん、俺が会いにいっても迷惑だろうし」

鈴村が床の上に横になる。

「ロウくんは、僕のことを気持ち悪いって思ってる気がする。何となく伝わる雰囲気ってあるだろ。ロウくんがポイ捨てした子を自分の彼女にした時に『お前は物好きの変態だ』って言われたし。けどさ、ロウくんと同じモノ、僕も使いたかったんだよ。そしたらけっこういい子で、好きになっちゃった。好きだったんだけど……いくらキラキラしてても、ガラス玉と宝石じゃ、比べものにならなかったっていうかさ」

話を聞いているうちに、自然と薄ら笑いが浮かぶ。確かにこいつは反吐（へど）が出るほど気持ち悪い。その点だけは西根に同意する。

「僕はさ、ロウくんの役に立てたら、それだけでよかったんだ。殺されたのは想定外だったけど、あんな変な奴に殺されるぐらいなら、どんなに雑でもいいからロウくんに殺されたかったなぁ」

亡霊は、西根をよく知っている。そして長い付き合いの友が死んだとて、いつも使っていたコップが割れた程度の感情しか向けられないだろうということも。

鈴村が和樹に乗り移ったまま、既に数時間が過ぎている。自宅にいた時のように、和樹の中に鈴村の意思が紛れ込むという感じではない。本人の意識が押さえ込まれて全く出てこられず、完全に乗っ取られている。この状況が続くのはよくないし、亡霊が「連れて行こう」と思えば、駅のホームで電車に飛び込み、和樹を自死させることもできる。亡霊はノーリスクだが、和樹本人は文字通り人生が終わる。

どうすればこの男が成仏するか考える。暇さえあればこちらの顔を見ているので、西根に未練があるのは確実だが、会うことを望まないなら、どうすれば……この世に留まる亡霊は、何を求めているんだろう。

難しく考えることはないかもしれない。焦がれた相手に望むモノなど、全世界共通だろう。

寝転がっている亡霊の耳の辺りに触れて、そっと撫でた。

『お前は可愛いな、章』

心の中で語りかけた途端、触れた部分がじわっと赤くなる。

『ずっとお前のこと、可愛いと思ってたよ』

歯が浮くような言葉。赤い顔の少し怒った目が、自分を睨みつける。

「本物のロウくんはそんなこと言わないよ」

『俺はロウじゃないが、同じ顔なんだろ。本物に言われていると思って、割り切って楽しんどけ。で、いい気分になったらさっさと成仏しろ』

可愛いとか、愛しているとか、お前だけとか、本当はこういうのが欲しかったんだろうという雑で陳腐なラブコールのバーゲンセール。亡霊は「うわぁ、残酷」とぼやきながら「そういう思考回路、ロウくんっぽい。もっと言って」とねだってきた。偽者の言葉を浴びて、にやにやしていた鈴村から不意に笑顔が消えた。真顔になり、目を伏せる。そして右手を握り込み、親指の爪を噛む。

「好き好きはもういいからさ、キスして」

上目遣いの亡霊に、和樹自身の顔が一瞬だけ重なり胸がざわりとするが、そういう扇情的な表情を和樹がすることはない。

「ロウくん、学校でもよく女の子とキスしてただろ。ああいうの」

そんなことでいいのかとさっとキスする。亡霊は真っ赤な頬を両手で覆い、そして「もう一回、もうちょっと長く」と二回目を要求してきた。

うざい奴だなと思いつつ、望みどおりにしてやる。亡霊の顔が、以前勤めていたマッサージ店に頻繁に通ってきていた、色恋を滲ませる客の目になってくる。

「君さ、ロウくんと血縁関係とかあるの？」

そう聞いてくる。

『……西根がやりまくって、処理し損ねた種の一つだな』

隠す必要はない。教えたところで、こいつはもう誰にも話せない。

「やっぱりロウくんの子供かぁ。セフレが妊娠したとか堕ろしたとか、ロウくんよく話してたし」

笑顔でえぐい話をする亡霊の頬に触れた。

『俺はお前だけってことにしといてやるから、さっさと成仏しろ』

亡霊の指が、そんな自分の手に触れる。

「嘘つきロウくん。けど嘘もいいね。気持ちいい……気持ちいいなぁ。夢を見ているみたいだ。高校生の頃に、ずっと見てた夢。ロウくんと同じ顔なのに、君は優しいなぁ。……あぁ、あの子にも優しくしとけばよかったかなぁ」

ふといつもの手癖で亡霊の頬を軽く摘まむ。その瞬間、ぶわっと視界が明るくなり、まるで蛇が脱皮するかの如く、鈴村が和樹からするりと抜けていくのが視えた。高校生ぐらいの姿になった鈴村が、振り返ることなく上がっていく。

そうして完全に気配が消えた。日が暮れて部屋の中は薄暗いのに、昼間よりも明るくなったと感じる。

「んっ……」

横向きに寝そべっていた和樹が、小さく唸る。

「……あれ、俺って寝てた？」

ノロノロと起き出した途端「うえええ」と背中を丸めて俯く。

「何か、メチャクチャ疲れてんだけど」

肩で息をしている。ハンバーガーショップの潰れた紙袋を見つけたのか「お前、一人で食ったの？」と聞かれた。

『鈴村に完全に乗っ取られたお前と二人で食った。やっぱり覚えてないのか』

教えると「えっ、マジで」と腹を押さえる。

「確かに、腹が張ってる気がする。っていうか、せっかく食ってるのに、食ったこと覚えてないとかもったいなくね？」

悔しがる和樹に『あいつ、成仏したぞ』と教える。和樹の反応は「あっ、そう」と軽い。

「頭はすっきりしたけど、体は猛烈にだりぃわ。なんで？」

意識だけでなく、体まで意のままに動かされるレベルで乗り移られると、入られたほうの肉体は想像以上に体力を使うのかもしれない。自らを依り代にしていた婆さんも、口寄せした後は酷く疲れた顔をしていた。昔、そういうシーンを母親の記憶越しに視た。

鈴村は外れたので、問題は解決。泊まる必要もなくなったので、家路につく。和樹が「ガチでしんどい」と足許をふらつかせていたので、マンションの前からタクシーに乗り込んだ。

最初のうち座っていた和樹は、そのうちぐずぐずと横になり、人の膝を枕にしてスウスウと寝息をたてはじめた。その頰におちる髪を摑む。義兄の顔に、もう亡霊の影はない。鈴村は完全に消えた。

自らの思いを西根に伝えることはなかった鈴村。人に語ることもなかったし、語られることを望んでもいなかった。そして一つだけわかっているのは、あの男は西根に人生を狂わされたということだ。けれどそれは、火に近付きすぎて自ら焼け死ぬ虫のように自業自得だったという、くだらない話だった。

第四章
間山白雄の幸福 2

サイドテーブルに置いたスタンド式のカレンダーが十一月だったので、一枚捲って十二月にする。十一月三十日と十二月一日の間に実際、これといった違いはないが、十二月という字面だけで気温は関係なく秋は終わったと感じる。

ぼんやりとカレンダーを見ていた間山白雄は、準備を終えたのに、次の客が入ってこないことに気付いた。棚の時計に視線をやると、やはり予約時刻を五分過ぎている。マッサージ店の客は平日の日中はほぼ百パーセントの確率で時間に余裕のある高齢者になる。この時間の客も七十八歳。予約を忘れる、時間を間違えるは日常茶飯事だ。そしてこういう時にキャンセルや遅刻の連絡といった対応をする受付、芽衣子のリアクションがない。

施術室のドアを開けて待合室を覗くと、受付カウンターの中にいる芽衣子が固定電話の受話器を片手に「はい、はい」と相槌を打っていた。

「そういうことだったのかぁ、わかりました。あ、こっちは大丈夫なんで、お母様にお大事にって伝えてください」

電話を切った芽衣子は、フッと息をついて振り返った。視線がバチリと合う。

「あぁ白雄〜予約してた梅村さんだけど、娘さんから連絡があって家の中で転んで足首捻っちゃったみたい。今日はキャンセルでお願いしますって」

わかった、の意思表示で大きく頷き、上を指さす。

「四階の自宅のほうに戻るってこと？　キャンセル待ちもないし、暇だもんね〜了解。次は十五時半で常連の清水さんだから」

芽衣子は自分の行動パターンを把握しているので、二、三のアクションで通じるから楽だ。

最初は、マッサージ店の休憩室に住みついたその存在が不快だった。家の中に漂う和樹以外の気配は違和感しかなかったが、今では「わりと便利に使える」ところに落ち着いている。

「あ、白雄！　休憩するならこれ持ってって。午前中に来た伊藤さんからの差し入れで、みなさんでどうぞって」

芽衣子がカウンターの下から菓子箱らしきものを差し出してくる。中を覗き込むと、それは近所のパン店が作っているオリジナルタルトだった。前にも食べたことがあり、わりと美味かった。各二個ずつ三種類あったので、そのうちの栗のタルトを二つ摘まみあげる。

「あんた、栗好きだよね」

栗が好きなのは和樹だが、訂正も面倒くさいので返事をせずに階段へ向かった。

四階の自宅に戻るも、リビングに和樹の姿はない。時間があるのでコーヒーを豆から挽きたいが、和樹が飲む、飲まないで豆の量が変わってくる。自室のほうも空で、残るは事務所のみ。そっちで書いているのかもしれない。小説の仕事は事務所でする必要はないが、同じ場所にずっといると飽きるとかで、和樹は家の中を遊牧民のようにふらふらと移動して書いている。

廊下の突き当たり、事務所に続くドアノブに手をかけたところで中から「お願いします、会わせてください」と女性の切羽詰まった声が聞こえてきた。

捜し物屋の事務所に客が来ている。貴重な休憩時間に、こっちの客と関わり合いたくない。和樹は冷めても気にしないので、とりあえずコーヒーは二人分いれておくことにし、ドアから離れて踵を返した。

「間山白雄さんとお話しさせてほしいんです」

いきなり登場した自分の名前に、戻りかけた足を引き止められる。

「あの〜意味がわかんないんだけど。捜し物の依頼じゃなくて、単純に白雄のファンで会いたくてウチに来たってこと？　前に勤めてた店で白雄が担当してたお客さんとか？　そういうのはちょっと……」

和樹が戸惑っているのがわかる。

「いいえ、違います。間山白雄さんに協力してほしいことがあるんです」

「協力って、あの……あなたとは今日が初対面ですよね？　白雄に何をさせようっての？」

　微妙に警戒している和樹の声。しばらく沈黙が続き、そして「事情をお話ししますが、他言無用でお願いします」と女性が意味深に前置きした。

「……私には二歳年上の夫がいます。恋愛結婚でしたが、私のほうの問題で子供ができませんでした。そういう事情もあって、夫は完璧な人なのに、私は駄目な妻だとずっと思い込んでしまっていて……夫には他に女性がいると気付いても、浮気をされるのは自分のせいだと、夫を責めることもできませんでした」

　ドア越しに話を聞いているうちに、胸がザワザワと騒ぎだした。嫌な予感がする。

「去年、久しぶりに高校の時に仲の良かった友達と会う機会があって、夫の話をしたんです。そしたら『旦那さんに精神的なＤＶを受けてるんじゃないの？』と言われてびっくりして。けどよくよく考えたらそうかもしれないと気付いたんです。夫は『君は何もできないから』『君は人より少しだけ劣っているから』が口癖なんです。優しい口調で、怒られるわけでもないからそれがＤＶだなんて思わなかった。そもそもあの人が浮気していることを、どうして私は当たり前のように受け入れていたんだろうって疑問に感じて、そうしたらまるで洗脳が解けたみたいに夫の嫌な部分が見えてきて、傍にいるのも辛くなって離婚を申し出たんです」

「えっと〜あの〜離婚案件だったら下の法律事務所が専門なんで、そっちを紹介することも〜」

和樹の提案は「弁護士にはもうお願いしています」と秒で女性に蹴られる。

「僕は何も悪くないのに、どうして離婚したいの？　って夫は言うんです。この人は浮気ばかりする癖に、なぜ別れてくれないんだろうと考えました。私は一人娘で、親は資産家です。いずれそのすべてを私が引き継ぐことになるので、それが目当てなのかもしれません」

女性が重苦しいため息をつく。

「浮気のことを問い詰めたら、証拠はあるのかと逆に居直られて。シャワーを浴びて帰ってくるとか、女性用の香水の匂いがするとか、それはどれも夫が言い訳できるもので、証拠にはならなかった。興信所にお願いしても、私が離婚を切り出したせいで夫に警戒されて証拠が摑めなくなってしまって。八方塞がりになっていた時に、夫が若い青年とホテルのサウナに入っていったと興信所から報告を受けたんです。もしかして同性愛的な嗜好もあるのかとあなたのことを調べてもらっているうちに、弟の間山白雄さんの存在を知ったんです」

興奮してきたのかどんどん早口に、そして声のトーンも上がっていく。

「白雄さんの写真を見て驚きました。若い頃の夫……西根にそっくりで。対象者の親族までは調査の範囲に入っていなかったんですが、興信所の方が白雄さんが夫に似ているということでわざわざ報告してくれたんです。そこから間山白雄さんの身辺調査も追加でお願いし、白雄さんの母親と夫が昔、知り合いだったということがわかりました。関わりがあったのは白雄さんが生まれる少し前までと推測されています。時期的にも合いますし、顔もよく似ていて、とても他人とは思えない。白雄さんは夫の子供である可能性が高いと私は思っています。白雄さんの年齢を考えると、夫が私と結婚した後に関係を持った女性との間にできたということになるので、離婚理由の一つにできます」

もしやと思っていたが、やっぱりだ。ドアの向こうにいる女性は西根晴郎の妻だ。

「間山和樹さん、あなたはお家が少し複雑なんですね。実のお父様は亡くなられて、お母様はあなたを連れて再婚。同時期に、母子家庭で母親が亡くなった幼なじみの白雄さんが、再婚されたあなたのご両親の養子になったと」

和樹は返事をしない。

「白雄さんが西根のことを知っているかどうかわかりませんが、少なくともあなたは白雄さんの父親は西根ではないかと疑っているんじゃないですか。私は白雄さんに西根と血の繋がりがあるのかどうか、親子鑑定を受けてもらいたいと思っています。私の事情もありますが、白雄さんにとっても、本当の父親が誰なのか知るいい機会ではないかと……」

「そういうのさぁ、いいから」

和樹が、投げやりに言い放つ。

「申し訳ないけど、あなたが離婚する、しないは俺らに関係ないし。あと白雄はさ、もう子供じゃないから。本当の親云々は本人が知りたいってなった時に、動けばいいと思ってるし」

「私の件が白雄さんが行動するきっかけになるんじゃないでしょうか」

「だから、そういう外からの圧力とかほんといらないし」

「これは提案です。それに白雄さんがどう思っているか本人に直接聞かないと、あなたにもわからないんじゃないでしょうか。血の繋がりがあるとわかれば、相続にも関わってきます。白雄さん本人が『真実を知りたい』『お金が欲しい』と思うかもしれない」

「俺はね、白雄をあいつに会わせたくないの！」

和樹が珍しく声を荒らげた。

「議員の西根さんとチラッと話をしたけどさ、子供に対する愛情的なものとか皆無だったんだよね。別にいいんだよ。そういうタイプもいるだろうしさ。要は関わらなきゃいいんだし。あと白雄はもううちの家の子で、何の不自由もない。父親も、今の義父さんで十分なんだよ」

お互いが黙り込み、事務所の中は静かになる。沈黙は長い。……あぁ、面倒くさい。鬱陶しい。こっちは地味におとなしく生きているのに、奴の関係者がじりじりと近付いてきて人の家を引っ掻き回す。

「……あの人と、どうしてもどうしても別れたいんです」

西根の妻が涙声になってきた。本気かもしれないが、自分の耳には泣き落としにしか聞こえない。

「だから、お願いだから、協力してほしいんです」

「気持ちはわかるけどさぁ、白雄の件は抜きにしてやってよ。こっちからもお願いします」

「もう嫌。今の生活が耐えられない。あの人と話をしていると、自分の精神が削られていく。『君は料理が得意じゃないけど、僕はちゃんと食べるからね』とか『君は水色が好きだけど、顔映りが悪いから服の色としては似合わないね。けど好きなら着ればいいよ』とか、優しい声で私を責めて、貶めて。あの人の嫌味が毒みたいに回ってきて、心が殺されていく気がするんです」

西根の妻が嗚咽（おえつ）しはじめ、和樹も黙り込む。自分のことが絡むとはいえ、こんな女に関わるのは嫌だ。そっとドアから離れてキッチンに戻る。和樹は絶対に依頼を受けないし、そうとわかれば西根の妻も早々に帰るだろう。

西根とはこれから会うことはないし、話をすることもない。それなのに悪戯に目立ち、似た顔で派手に世に出張ってくるから、自分の周囲もザワザワと落ち着かなくなる。

西根は若い頃から女遊びが激しく、しかもプロではなく素人が好みだった。素人とヤるだけ、遊びの関係なんてトラブルになるに決まっている。だから西根は後腐れのない人妻か、そんな付き合いでも割り切れそうな相手を選んで体だけの関係を持ち、飽きたらゴミ同然にポイ捨てしていた。

結婚後も、既婚者であることを隠さずに同じことを続けてきた。子供ができた、堕ろしたの話も一度や二度じゃない。自分の母親もそうやって楽しまれ、飽きられ、捨てられたうちの一人だ。

西根など、己が傷つけ捨ててきた「誰か」に恨まれ、表に出てこられないほど痛めつけられればいい。そうすれば因果応報で綺麗に終わる。けれど……西根が頻繁にテレビに映るようになってから、ずっと考えていた。別に痛めつけられなくても、あの男が表に出てこられなくなればいいだけの話だ。破廉恥なスキャンダルでも起こせば、辞職するだろう。緊縛趣味と浮気がばれて有権者の信頼を失い落選した西根の対抗馬、ベテラン議員の志村のように。そう、議員なんかサッサと辞めて京都の山奥にでも引っ込めば、自分の周囲にいる人の目に触れなくなれば、それでいい。自分に影響のない場所で生きている人間は、存在しないも同然だ。

丁寧にコーヒーをいれてリビングに行き、栗のタルトを摘まみながらネット動画を見ていると、廊下を歩くミシミシという足音が近付いてきた。

「あれっ、なんでお前がいるの？　仕事は？」

ソファの向かいにやってきた和樹が「美味そうなモン食ってんじゃん」と呟き、その視線が自分が摘まんでいるタルトと、テーブルの上にある……まだ包装されているタルトを交互に行き来する。

「残ってるやつ、俺が食っていいの？」

頷くと「やった」とニパッと笑う。

『コーヒー飲むなら、残ってる』

教えてやると「オケオケ」とキッチンに入っていった。牛乳が八割ぐらいなんじゃないかというほど白っぽいカフェオレの入ったマグカップを手に、向かいのソファにドンと腰かける。震動でマグカップのカフェオレが零れかけ「やばば」と喚き、慌てて口をつけている。

こちらに引っ込んできたということはあの女、西根晴郎の妻はもう帰ったんだろう。

「この時間にいるってことは、キャンセルか何か？」

聞かれたので、頷く。

「ふうん。で、いつからここにいたんだよ？」

来ていた客に気付いたかどうか、探りを入れられている。

『ついさっき』

和樹の顔がホッと緩む。でかいマグカップのカフェオレをズズッと音をたてて行儀悪くすすり、栗のタルトをバクリと一口で食べた。口がもぐもぐと大きく動く。

「そだ、来月義父さんの誕生日じゃん。プレゼント何にする？」

毎年、養父の誕生日は揃って実家に帰り、和樹と二人でプレゼントを贈るのが恒例になっていた。

『何でもいいだろ。何やっても泣いて喜ぶし』

養父は感情表現が豊かで、すぐに泣くし、よく笑う。うざいほど情が深い。二人の息子、特に和樹のことが大好きだ。

「ちゃんと考えろ。ってかもう一通りいろいろ贈ったよな。ネクタイとか財布とかさぁ。流石にネタが尽きてくるっての。母さんにそれとなくリサーチしてもらおっかな～」

忘れないうちに～と和樹がスマホにメッセージを入力する。送ったのか「よし」と頷いてテーブルにスマホを置く。そこで目が合った。

『さっき客が来てたみたいだけど、どんな依頼だった？』

人の唇を正確に読み取ったであろう和樹が、短い沈黙のあとに「どして？」と返してくる。

『俺も関わったほうがいい感じかなと思って。リーディングとか』

あぁ、と和樹は小さく息をついた。

「さっきの客はうちの案件じゃなかったから、祐さんの法律事務所を紹介しといた」

それは嘘だ。和樹は西根の妻が自分を親子鑑定させたがっていたという件は言わないつもりなんだなと察した。

『へえ』

和樹がこちらを、探るような目でじっと見ている。

「もしかしてお前、さっき来てた客との話とか聞いた？」

『聞いてない。誰か来てるのはわかったけど、貴重な休息時間に関わりたくなかったし』

嘘と本当をザラザラと混ぜる。和樹は「ふーん」と鼻を鳴らしてソファの上、塩をかけられたなめくじみたいにぐたりと横になった。

「……たまにさ、話すだけでメチャ疲れる人っているのな」

必死になって義弟の楯（たて）になろうとしている和樹は、どこか滑稽に映る。と同時に、その姿、その行動に、喜びに似た感情が湧いてくる。多分、これは「嬉しい」で正解だ。

「……お前、なにニヤついてるんだよ。気持ち悪（わり）ぃな」

和樹が眉間に皺を寄せる。

『別に』

口許が緩みっぱなしなのがわかる。少し不機嫌になった和樹を見下ろしながら、本当にアレは邪魔だからどうにかしないとなと、そう考えていた。

「わかっちゃいたけどさぁ、高いのはマジたっけえな……」

日曜日、乗り換えの主要駅から歩いて三分の好立地にある家電量販店、掃除機コーナーの前で、和樹は両手で頭を押さえていた。

「普通に十万とか超えてるし」

よくその名を耳にする有名メーカーのロボット掃除機は目立つ場所に広いスペースが取られ、高機能を訴えるポップが賑やかに客にアピールし、堂々と十万超えの値札がつけられている。がしかし奥に行けば安価なものもある。白雄が格安メーカーの一万九千八百円のやつを指さすと、和樹は腕組みをして「ムムッ」と唸った。

「高級機から見ていくとさ、何か申し訳ないぐらい安く感じるけど、掃除機全体の中だと安め中堅の値段だよな。俺らの財政からするとこのラインが現実的かあ」

養父の誕生日プレゼント、何か欲しがっているものはないかと和樹が母親にリサーチをお願いしたところ、返ってきた返事は「お掃除ロボット」だった。それは養父の名をかたった母親のリクエストじゃないのかと疑い、和樹は再確認していたが間違いなくお掃除ロボット。養父は知り合いの家で見掛けて気に入ったらしく「ああいうの欲しいな」と妻に訴えたそうだが、家の掃除機は大小二台あってバリバリ現役なので「今ので十分だし、増えても場所を取るだけよ」と却下されていた。その状況で掃除機をプレゼントしてもいいのかと和樹が聞くと「邪魔なんだけど、お父さんの書斎専用にすればいいかなと思って」とのことで、決定した。

「義父さんはさ、掃除がしたいんじゃなくて、ロボットが動いているのを見たいだけだと思うんだよな。年の割に子供っぽいとこあるしさ。すぐ飽きるかもしんないし、もし気に入ったら次はもっといいやつを買うってことで、今回はこれでいいか」

和樹は陳列された一万九千八百円の掃除機、値札の横にある「商品カード」を抜き取った。

「他のモンも見て回ろうぜ〜」

和樹はオーディオコーナーに行き、ワイヤレスの小型スピーカーを見て「ネットで買うほうが安いかなぁ」とブツブツ呟いている。休日の午後でも掃除機コーナーは人もまばらだったが、レジに近いパソコンやスマホ、その周辺機器のコーナーは比較的若い年代の客で混雑している。

和樹が購入を迷っていたスピーカーは林檎程のサイズで、棚の上に在庫が山と積まれていたが結局は手に取らず「掃除機買って帰るかぁ」と呟いた。

「レジも混んでるし、プレゼント用のラッピングも時間かかりそうだなぁ。お前さぁ、何か欲しいモンとかあるなら見てきていいぞ〜」

首を横に振る。「じゃ、レジ行くか」と和樹に促されて歩き出したところで、前方に上下とも黒のジャージ姿の男と栗色の髪の女が見えた。ヤンキーカップルかと思ったのも一瞬、黒ジャージの男が振り返った。モロに知った顔だ。

「あれ〜間山センセ」

声をかけてきたのは、和樹の担当編集である松崎。隣にいる栗色の髪の子は、松崎の両親の里子になった光。ここ半年程で光は徳広に「たけのこか？」と言われるほど急激に背が伸び、後ろ姿だともう小学生には見えない。光を残し、松崎は大股でこちらに向かってくる。和樹は一歩だけ後退ったが、流石に逃げ出すことはしなかった。

「こんなトコで会うなんて思わなかったす。とうとう十二月に入ったすよ〜原稿、進んでるっすか？」

多分、和樹が今一番聞かれたくないであろうトピックスで松崎は切り込んでくる。

「あー、まぁ、うーん」

昨日、事務所でパソコンに向かっている和樹を背後から覗き込んだ時、原稿用紙のページナンバーは3だった。

「何か、出だしで迷ってる感じっていうか……」

和樹は言い訳しているが、嘘ではない。

「そうなんすか～相談乗りますよ」

「もうちょい進んでから、な」

松崎は和樹の手許の「商品カード」をチラリと見て「何を買いにきたんすか？」と聞いてきた。

「掃除ロボ的な」

松崎がパチパチと瞬きする。

「あっ、いいすねえ。俺も欲しいんすよ～」

ゆっくり近付いてきた光が「こんにちはー」と和樹に向かって挨拶する。松崎とカップルだと勘違いしたのは、足首近くまであるロングスカートを穿いていたからだ。光は自分とは目を合わそうとしないので、嫌がっているのが一目瞭然。懐かれても面倒だし嫌なので、これはこれでいい。

「俺はぁ、光がお絵描きパッドが欲しいっていうから、一緒に買いにきたんすよ～」

「光、絵とか描くんだ」

和樹に聞かれて、光は「うん」と頷く。背は松崎ともそれほど差がなくなってきているが、相変わらず顔は子供っぽいし、レースの分量が多いその服は全くもって自分の趣味じゃない。

「今度さ、描いた絵とか見せてよ」

和樹の言葉に「……上手になったら」と光はもじもじしながら答える。そして「伊緒利ちゃん、ゲームのほう見てきていい？」と松崎のジャージの裾を引っぱった。

「おう、今日はもう買えないけど、見るだけならいいぞ〜」

光はゲーム機やソフトの販売コーナーに歩いていく。松崎は「光、わりとマジで才能あるかもしんないんすよ。『烈火ブラウ』って漫画にハマってて、それを真似てあれこれ描いてんすけど、かなり上手くて〜」と両手を振り回すオーバーアクションでベラベラと喋る。

「続けてったら、漫画家とかイラストレーターになれるんじゃないかと思うんすよ。で、お絵描きパッドは先行投資っていうか。将来、センセの小説に光が挿画を描くとか、こう胸熱じゃないすか」

胸熱というか、都合良く使える身内の中で仕事を回そうとしているとしか思えない。

「雑誌でも、ちょっとしたイラストとかけっこう需要があるんすよね。あぁ、雑誌といえばうちの週刊誌が久々に超特大スクープを出すらしいんすよ」

松崎が左右を見回し、こちらに顔を近寄せてきて声を潜める。

「……それがどうも国会議員の隠し子ネタらしくって」

和樹の頬がピクリと震えるのが見えた。

「議員って、誰だよ?」

松崎は「見本誌まだ来てないんで、俺も知らないんすよ」と肩を竦めた。

「反社には興味あるんすけど、政治家の下系スキャンダルはイマイチ食指が動かないんすよね。正直言ってウチの週刊誌って業界じゃ四番手、五番手じゃないすか。他社の後追い的な記事が多かったんすけど、これはウチにタレコミがあったらしくて。どうしてそんな特大ネタが転がり込んで来たかわかんないんすけど、週刊誌の編集部は大盛り上がりっすよ」

「ああ、そう」

反応はするものの、和樹は口を引き結び俯き加減になる。んっ、と松崎が首を傾げた。

「センセ、政治家のスキャンダル系とか興味あります?」

和樹ははじき返す勢いで「ない」と答えたのに、松崎は「雑誌、送るっすよ」とくる。会話が嚙み合っていない。

「や、本当にいらないし」

和樹がそこまで拒否して、ようやく通じるレベルだ。

「Ｗｅｂ版だと三日後、発売当日零時に情報解禁なんで、そっちが最速すよ。触りだけ読めて、途中から有料すけどね」

特ダネの話はそこで終わり、松崎は海外の古典エロの翻訳本に重版がかかったとか、あれこれと脈絡なく喋り、和樹は「へー」「ふーん」と適当な相槌を打っている。そして松崎が光と共に帰っていった途端、纏う空気が目に見えてどんよりと重くなった。

考えていることが手に取るようにわかる。週刊誌の出す「隠し子ネタ」が、義弟のことではないかと不安に駆られているのだ。情報の出所にも心当たりがある。西根晴郎の妻だ。彼女が事務所に来てもろくに取り合わなかったから、情報を週刊誌に、それもわざわざ和樹の仕事先の出版社に売りつけたのではと疑っている。

けれど「何も出ていない」「はっきりしない」今の状況で、推測で誰かを責めることはできないので、膨れあがった疑心暗鬼だけがごうごうと渦巻いている。そんな不安に取り込まれているであろう和樹の肩に触れた。

「帰ろ」

和樹の口は、自分の思い通りに動く。

「もう、帰ろう」

手を離す。和樹は「んっ、まあ」と手にした「商品カード」を見ている振りで、ため息をついた。

掃除機ロボを買い、家に帰ってからも、和樹は相変わらず悶々とした空気を垂れ流していた。夕飯時も言葉少なで、芽衣子に「和樹さぁ、何か暗くない？　書くほうの仕事、進んでないの？」と心配される始末だ。

「お前さ、明々後日（しあさって）とか休みになんねぇの？」

ようやく口を開いたかと思えば、そんなことを聞いてくる。

「その日は厳しいなぁ。予約が四件入っているし。どうしたの？」

自分のかわりに、予約管理全般を請け負っている芽衣子が答える。和樹は「んっ、何かちょっと……うん、言ってみただけ」と呟き、ハヤシライスをグチャグチャにかき混ぜていた。


週刊誌発売の前日、普段は遅くまでリビングでダラダラしている和樹が「仕事するわ」とわかりやすい嘘をついて、十一時過ぎに自室に籠もった。零時過ぎ、白雄はリビングでソファに寝転んでスマホで週刊誌の電子版を購入する。柊（ひいらぎ）出版のＷｅｂサイト、自分が投稿フォームに書き込みし、きっかけを作った特ダネのページを開く。

『国会議員は青い瞳がお好き？　議員の元実家近くで殺されたのは、不倫相手でシングルマザーの外国人!?』

記事をザッと流し読みする。国会議員の西根晴郎は十三年前、外国人ホステスの女性と不倫関係にあった。その女性が昨年、議員のかつての実家であった京都の旅館の裏山で遺体となって発見された、というものだった。記者は女性と親しい関係にあったという過去の同僚を捜し出し、西根は女性の妊娠を知ると堕胎を希望したが、女性は産みたいと言って一人で出産したという生々しい証言や、西根とホステスが一緒に写っている写真が掲載されていた。

それらを前提として、女性は隠し子の存在が発覚するのを恐れた西根に殺されたのでは？　と読者が邪推したくなる記事に仕上がっていた。自分が持ち込んだ情報は、西根の子供を産んだ外国人ホステスの名前だけ。後は記者が調べて、ストーリーを作ったんだろう。

記事も確認したし、そろそろ寝るかと立ち上がったところで、ドタドタと騒々しい足音が廊下から響いてきた。和樹がリビングに飛び込んでくる。

「ちょっ、ちょっとコレ読めよ」

スマホが差し出される。案の定、例の記事ページだ。一応、初めて目を通す振りをする。

「母親が外国人のホステスで、京都で遺体で見つかって、ハーフの十二歳って……もしかしてこれ、光じゃねえの？」

和樹を見下ろし『そうかもね』と口パクで返す。途端、和樹の髪がブワッと逆立ったように見えた。顔が赤くなり、目が怒りを強く滲ませたものになる。

「そうかもねじゃねえ！　お前、京都の時もあれこれリーディングしてたじゃん。光の父親が『誰』なのかってことも視えてたんじゃないのかよ！」

『俺の能力は、万能じゃな……』

口パクで喋っている途中で、和樹は「嘘つけ！」と怒鳴った。

『嘘じゃない』

笑って、嘘をつく。最初から、霊になった光の母親がやけに自分を見てるなと気になっていたが、それは視える人間に対する興味だろうと気にしていなかった。光と関わっていくうちに、光についている母親、そこに自分の母親の中に見たのと同じ、西根晴郎の姿がチラチラと過りはじめた。性行為は人と人の濃密なエネルギーの交換で、本人の意識と関係なく痕跡は残る。光が自分の異母兄弟かもしれないと気付いた時に湧き上がった感情は「なんて鬱陶しい」だ。本当に鬱陶しい。自分の兄弟は和樹でいい。和樹だけでいい。本物は必要ない。

怒った雄猫みたいにフーッと鼻息を荒くした和樹がこれ見よがしに顎をしゃくって、ドスンとソファに腰かけた。スマホで検索をはじめる。

「やばっ。隠し子がどこの誰なのかネットで捜索されはじめてる。早ぇよ……」

年齢、ハーフ、母親の件が事件になっていることから、光は早々に特定されるだろう。和樹はスマホに張り付き、情報を収集してはどんどん表情を沈ませていく。そんなことに一喜一憂しても仕方ないし、そろそろ零時半を回る。明日も朝から仕事だし、もう寝るかと欠伸をしたところで和樹のスマホに着信が入った。

「って、こんな時間に誰だよ……松崎？」

ぼやきながら電話に出た和樹は「声でけえ」とスマホを耳から遠ざけた。それとほぼ同時に三階へ続く階段のドアが開き「あのさぁ」と芽衣子が顔を覗かせた。

羊みたいにもこもこした素材の長袖のトップスに膝丈パンツのパジャマ、寝てたんだろうなと思わせるくしゃくしゃの髪。その胸にミャーを抱いたままリビングに入ってくる。

「三井から連絡あったんだけどさぁ、光のパパって議員の西根晴郎なの？　今日発売の週刊誌の記事らしいけど」

「俺の耳は二個しかねぇんだよ！　あっちとこっちで同時に喋られてもわけわかんねえっての」

和樹がキレ気味にスマホのスピーカーをオンにする。すると『やばいっす、やばいっす、やばいっす』という松崎の声が飛び出してきた。

『光が西根の隠し子って、しかもスッパ抜いたのがウチの出版社って最悪っすよ。ってか顔だけなら、西根は白雄さんに似てないっすか？　どうして光なんすか。俺ぇ昨日から出張で福岡行ってたんで、帰りに編集部に寄って雑誌をパラ見するまで気付かなくて。週刊誌の編集長ん家に凸して「どうか雑誌を回収してくれ。でなきゃせめて配信を止めてくれ」って土下座して泣きついたんすけど「配信停止も雑誌回収も無理」って言われて。記者も隠し子を里子として引き取った夫婦の実子が自社の社員ってことまでは把握してなかったって……逆に何か情報持ってたら寄越せって言われて、あいつら血も涙もねーすよ』

光の周囲が騒然となるのは、ある程度は想定内だ。

『前に週刊誌の編集もやってたからわかるんすけど、情報が出た時点で騒ぎになるのは避けようがないっす。いつまで続くかは状況次第で、でかい事件がドカンと起きたら、速攻でおさまるんすけど。うちの親にマスコミ対応とか無理ゲーなんで、騒ぎがおさまるまで数日、光を別の場所に匿ってたほうが無難だと思うんす。うちとか妹ん家だと秒でバレそうなんで、マジで本当に申し訳ないんすけど、とりあえず今日だけセンセん家に光をお願いできないっすか。俺は引き続き潜伏先を探すんで』

自分をチラリと見た和樹の「えっと……」の言葉にかぶせるようにして芽衣子が「それじゃあさ」とスマホに近付く。

「今日はあたしの部屋に光を匿ったげる」

そこもうちの所有物だろうというツッコミは敢えてしない。松崎は『助かるっす。親にも事情を話して、今から光をそっちに連れてくんで。一、二時間はかかるから午前三時とか鬼畜な時間になるかもしれないんすけど、マジすんません』と告げて、通話は切れた。

巻き込まれるのは覚悟していたが、光本人をうちに託されるとは予想外だった。光はたびたびうちに遊びに来ているし、それは松崎の親もよく知っている。そして芽衣子と姉弟みたいに仲がいい。歳は離れているものの、二人は気が合うようだった。

抱かれることに飽きたのかミャーが暴れるので、芽衣子が手を離す。気ままな猫はソファに駆け寄り、その上にトンと飛び乗った。

「勝手にさぁ、引き受けるとか言ってごめんね」

和樹は「まぁ、それはいいけどさ」とボソボソと呟く。

「光が国会議員の隠し子とか、驚いた。そんなドラマみたいなことって本当にあるんだ」

芽衣子がパジャマの胸元についていた猫の毛を摘まむ。

「顔は白雄のほうが西根議員に似てんのにね。現実ってそういうもんなのかな」

芽衣子は和樹と自分の血が繋がってないという事情を知っている。何か疑っているのかもしれない。そういう疑惑の芽は、早めに摘みとっておいたほうがいい。

『俺は両親とも亡くなっているが、二人とも血の繋がった実の親だ。赤の他人なのに、顔が似てるってだけであれこれうるさく言われていい迷惑だ』

スマホのメモに書いて見せる。芽衣子は「まぁそうだよね」と頷いた。

「けどさ、実は親御さんのどっちかが西根の遠縁とか、そういう線はなし？」

『ないだろうな。俺の両親は二人とも東北の港町の生まれだ』

半分嘘で、半分は本当だ。芽衣子は「あんた、親が東北なんだ。だからちょっと肌とか白いのかな？」と根拠があるのかないのかわからないことを言ってきた。

「関係ないって言っても、事実あんたは西根に顔が似てるし、変な憶測とか呼びそう。そう考えたら、光は長くここにいないほうがいいのかもね」

芽衣子は納得して深く突っこんでくる気配はないのに、和樹は「まあなぁ」と頬をヒクつかせている。

「あ、もしかして和樹、前から知ってたの？　光が西根議員の隠し子だって。最近、落ち込んでたのってそのせい？」

問いかけに「んなわけねーじゃん」と和樹が声を上擦らせる。

「松崎に国会議員の隠し子の記事が出るって話は聞いてたけど、議員の名前も、その子が光だってのも知らなかったよ。自社の特ダネでも、松崎だって詳細は聞いてなかったって言ってたろ」

そのまま光の到着を待つ流れになる。仕方ないので三人分のコーヒーをいれて、芽衣子のお気に入りだという動画をリビングのテレビで見た。拾われてきた子猫が、初めて先住猫と対面するという動画で、和樹はきょろきょろと視線を彷徨（さまよ）わせて落ち着かず、自分は退屈極まりないので途中で寝落ちしてしまった。

「痛ってぇ！」

叫び声で、フッと目をさます。よく寝ていたなと思いながらソファから起き上がると、テレビボードの脇で和樹が顔をしかめて向こうずねをさすっていた。

「芽衣子がソファの位置ずらしたの、忘れてたわ……」

ぼやく和樹の背後、壁の時計は午前四時を回っている。両目を擦り、大きな欠伸をする。

「お前、やっと起きたのかよ。さっきまで松崎もいて、ギャアギャア騒いでたのに、全然目ぇさまさねぇのな。光、しばらく芽衣子の部屋にいるから。昼は給食あるけど、朝と夜は一人分追加で」

芽衣子が来た当初と同じ、自分にとって「不快なもの」がまた増える。とはいえ今回はどうしようもないし、自業自得でもある。右手で輪っかを作って了解のサインを出した。

和樹がソファに座ったままの自分を見下ろす。怒ってはなさそうだが、不機嫌な顔をしている。

「前から何となく感じてたんだけどさ、お前って光に冷たくね？」

前からと言いつつ、なぜ「今」このタイミングで聞くんだ？　と思いながら首を傾げる。

『別に』

「明らかに冷たいじゃん。光は子供なんだし、もっとこうさぁ……」

『あいつ、うざいから』

唇をちゃんと読んだ和樹が黙り込む。そしてリビングを出て行く際、嫌がらせみたいに電気をバチンと消していった。

その日は他に目玉になるニュースもなかったのか、西根の隠し子スキャンダルはワイドショーで大きく取り上げられた。母親の件は既に事件になっていたこともあり、隠し子H君はあっという間に特定され、光の写真がネット上に流出した。その顔が可愛かったことで「パパ、ママの美形遺伝子最強」とか「この隠し子天使？」と騒がれ、写真は大拡散された。

写真が流出した日の夜、芽衣子は背中の中程まであった光の栗色の髪を肩ぐらいまで短くカットし、ヘアアイロンでストレートにした。そこに地味なチェックのシャツ&ジーンズ、野球帽というややもっさりしたアイテムを投入して伊達眼鏡をかけると、顔そのものは変わってないのに、光は洋菓子から石ころぐらいに見た目が激変した。

写真が出回り、くせ毛のロングヘアのイメージが強烈に焼き付いていたのか、見た目をガラリと変えた光はその日、学校周辺で張り込む取材記者の前を通っても本人だと気付かれなかった。記者が捕捉しようとしても、芽衣子が毎日、髪形を変え服を替え際限なく光をイメチェンするので、記者も情報の上書きが追いつかないのか、一度も声をかけられていないとのことだった。

松崎は光の預かり先をあちらこちら探していたが、騒ぎの真っただ中ということもあり、なかなか決まらず、光はもう一日、もう一日とずるずると芽衣子の部屋に居候していた。

最初の頃は、食事の最中に「僕、いつになったら伊緒利ちゃんのママの家に帰れるの？」と急に泣きはじめるなど情緒不安定だったが、養父母とのビデオ通話によるフォローで、今は何とか耐え忍んでいる。

松崎は「この騒ぎ、数日で落ち着いてほしいんすけど」とぼやいていたが、問題は渦中の人である西根の反応だった。本人と事務所は「詳細を調査してから、ご報告します」とのことで否定も肯定もしないままノーコメント。隠し子疑惑はあれど、親子鑑定をするまで疑惑は疑惑のまま。このままのらりくらりと時間稼ぎをして、逃げ切るのでは？　という雰囲気が窺えた。

その西根が、土曜日の午後というワイドショーに取り上げられづらいタイミングで会見を行うことが発表されたのは、隠し子騒動がスッパ抜かれてから一週間後だった。隠し子程度で会見というのも大袈裟だが、連日ワイドショーで取り上げられている上に、子供の母親が殺され、遺体が見つかったのが西根の元実家の旅館の裏山という、限りなく怪しい要素が満載という事情も鑑みてのことらしかった。

情報が世に出た時点で、ネット検索して光は西根の写真や過去の動画をいくつか見ていた。今回の件でここに来た当初、光は自分のことを避けている癖にチラチラと顔を見てくることがあった。西根と似ていると思ったに違いないが、話しかけてくることはなかったので、赤の他人だという話を芽衣子に聞いているんだろう。

会見の情報が出ると、光は「ちょっと見たい」と、父親かもしれない男が子供のことをどう語るかを知りたがっていたが、芽衣子が「だめ」と阻止した。

「大人には本音と建前があるの。あんたはまだ子供で、それを判断できるとは思えない。あたしが見て、大丈夫そうって思ったら録画したやつを見せてあげる。今はまだ早いって感じたら保留にして、あんたが大きくなって大丈夫ってなった頃に解禁したげる。あたしを信用して」

芽衣子に全幅の信頼をおいている光は「わかった」と頷いた。会見中、光は三階の休憩室に引っ込み、芽衣子、和樹、そして自分の三人がリビングにあるテレビの前に集合し、西根の会見を見た。

場所はホテルのホールで、予定から五分遅れてはじまった。濃いグレーのスーツを着た西根の顔は、うんざりするほど自分に似ている。背が高くて細身、それでいて妙な落ち着きがあり、若い頃は主役をバンバン務めたベテラン俳優の風格がある。

「ほんと、西根って白雄に似てる。キモいレベル」

芽衣子の呟きに感想以上の意図はなさそうだが、和樹がビクリと反応していて面白かった。

パシャパシャとシャッター音が鳴る中、マイクがずらりと並ぶテーブルの中央に西根は堂々と立った。

「このたびは、お集まりいただきありがとうございます」

主人公は深々と頭を下げる。カメラのフラッシュの点滅が画面越しでもチカチカうるさい。頭を上げた西根、その顔は真剣であるものの、己の過去の過ちにまつわる会見にはそぐわない爽やかさがある。椅子に腰かけた西根は、テーブルの上で両手を組み合わせた。

「まずは隠し子ではないかとされている子供の母親である女性について、お伝えさせてもらいます。彼女が亡くなった事件に関して、私は一切関わりはありません。遺体の発見現場が私の元実家の裏山だったということで憶測される方がいますが、事件後に警察が私に連絡をしてくることはありませんでした。今回の件があっても、です。関わりがないので、当然といえば当然ですが。改めてそのことをみなさんにもお伝えしておきます」

西根は記者席を見渡すが、質問はない。

「次に隠し子であるとされる子供さんの件ですが、私は週刊誌の報道があるまで、彼の存在を知りませんでした」

ああ、嘘をついた。わかる。この男は当時、光の母親に妊娠したことを告げられていた。その際の反応は「そうなんだ。じゃ堕ろしてね」だった。

「そのため事実関係の確認に時間がかかってしまいました。正直に申し上げますと、母親になる女性とは過去、関係を持ったことがあります。ですが女性から、妊娠、出産をしたという話を聞かされたことはありません。なぜなら関係を持ったのは一度だけ、それ以降彼女から連絡はなく、会うこともなかったからです」

真剣な顔で嘘を連ねて、西根は人を騙す。関係は一度きりではないし、光の母親が出産しても「堕ろすこともできたのだから、産んだのは君のわがままだよ」と責任を押しつけ、無視を決め込んだ。自分の行為を証明する子供の存在を鬱陶しく思いつつも、生まれてしまったものは仕方ない。光の母親が何も言ってこないのをいいことに、すべてを放置していた。

光の母親は亡くなっていてもう証言は取れない。西根は「彼女とは無関係です」と突っぱねることもできたはずだが、一応関係を認めた。それは光から親子鑑定を求められた場合、拒否するとあらぬ疑惑を招いてしまうからではないだろうか。鑑定をすれば、血の繋がりは間違いなく証明されてしまう。そうなってからでは言い訳もできない。リスクを踏まえて、ある程度は認める方向にしたのかもしれない。

「何か引っかかるなぁ」

画面を見つめたまま、芽衣子がぽつりと呟く。

「普通さあ、相手が犯罪者レベルのド屑男じゃない限り、妊娠したら男に教えるでしょ。不倫でもさ。西根は既婚者だから、光ママが黙って身を引いたってのもギリわからないでもないけど」

会場にいた記者が「女性から相談はなかったんですか?」と西根に質問する。

「私と彼女は関係を持ちましたが、当時私は既婚者でしたし、付き合っているというわけではありませんでした」

西根が幾分、戸惑いを滲ませながら答える。

「それは、体だけの関係ということですか?」

同じ記者が、昼の時間帯とは思えない質問をしてくる。芽衣子が「光に見せなくてよかった。私は体だけの関係を悪いこととは思わないけどさ、子供にはまだそういうの理解しづらいだろうし」とフッと息をつく。

突っこんだ質問をした記者に対して、西根は「いいえ」と首を横に振る。そして口許を押さえ、苦しげな表情を見せた。

「付き合っていないのに肉体関係があるというのは、快楽だけの繋がりということですよね」

追い打ちをかける中年の男性記者の口調には「顔がいいんだから、若い頃から女には不自由しなかったんだろう」とでも思っていそうな冷淡さが垣間見える。西根は「いいえ、いいえ」と苦悶の表情で激しく首を横に振るが、それがどうにもオーバーアクションで、芝居っぽく映る。

「私には愛する妻がいます。議員としての今後もある。いろいろと鑑みて、皆様に真実を伝えさせてもらいます」

西根は左手で胸を押さえた。

「十数年前、仕事の関係でよく利用していた店で、彼女と知り合いました。彼女は私に好意を寄せていましたが、私には妻がいました。既婚者であると伝えていたので、彼女は私にそれ以上接近してくることはなかった。そんなある日、私は店で酷く酔っ払ってしまいました。酒には強いのに、その日はやけに酔いが早くて……気付いた時には彼女の部屋にいて、裸で寝ていました」

会場は静まりかえり、嘘つきの話にじっと耳を傾けている。嘘は、ばれなければ最もコストパフォーマンスの高い自己防衛になる。

「彼女と行為に及んだようでしたが、私にはその間の記憶が一切ありませんでした。前後不覚になるほど酔ったことも含めて、あまりに不自然だったので彼女を問い詰めたのですが、何も教えてくれなかった。妻以外の女性と関係を持ってしまったかもしれないことがショックで、それに加えてその日は一日中、頭痛と吐き気が治まらなかった。知り合いに話すと、薬を……いわゆるレイプドラッグ的なものを使われたのではないかと言われました」

記者の一人が挙手し、質問する。

「今の話ですと西根議員が女性に、意図的に薬を飲まされたということでしょうか？」

西根は両手を組み合わせ「その可能性が高いですが、証拠はありません」と重々しい口調で告げた。

「私は病院に行き、残留薬物の検査をすることも、どこかに訴え出ることもしませんでした。女性と違い妊娠することはありませんし、事を荒立てたくもなかった。二度目がないよう、自分さえ気をつけていればいいと考えたからです。ですが意識を奪われ、体を蹂躙（じゅうりん）されたことに心から深く、深く傷つきました。以降、私は彼女を避け、疎遠になりました。関係を持ったのはその一度きりです。隠し子とされる子供さんと私のDNAが一致するとすれば、それが要因だと思っています」

よくもまあ、ここまで自分に都合のいい嘘を捏造（ねつぞう）できるものだといっそ感心する。女性からのレイプという展開がデリケートな事案な上に、本人が被害者だと主張するので、記者も何をどう聞けばいいのか困惑しているのが、画面越しに伝わってくる。

「メチャうさん臭いんだけど」

ソファに腰かけ、クッションを抱きかかえて会見を見ていた芽衣子が唇を尖らせる。

「店で意識をなくした男をさぁ、女が一人で部屋まで運べると思ってんの？　まぁ、男が被害に遭うこともなくはないし、あたしもチラッと聞いたことはあるけどさぁ、このオッサンの話は状況的に不自然過ぎ。そもそも意識をなくした状態で勃つかって話よ。どう思う？」

羞恥心をどこかに置き忘れた芽衣子に話を振られ、和樹は赤面しながら「そんなん俺にわかるわけねぇじゃん」とボソリと漏らす。こいつは役に立たないサンプルとばかりに、芽衣子は行儀悪くチッと舌打ちする。そして「このオッサンさぁ」と右手で髪をぐしゃぐしゃと掻き回した。

「自分が有利になるよう話を作ってるんじゃないの？」

芽衣子の疑惑は会場の記者も思うことらしく「仮にあなたの話が真実だとしても、相手の女性は亡くなっている訳ですから、それを証明する手だてはないということですよね」と突っこんでいる。

「そうですね。私という個人を信用してご判断いただくしかありません」

集まっている、ほぼほぼ初対面であろう記者たちの前で、真面目な表情で訴える。

「このような状況なので、私としてもどう対応すればいいのか悩みました。私は被害者ですが、そのお子さんには何の罪もない。もし親子鑑定を望むなら応じますし、血縁関係を理由に援助を申し出られるなら、手助けできたらと思います」

一見、前向きな対応に聞こえるが「望むなら応じる」という言葉にこちらからは関わりたくないという感情が見える。「血縁関係を理由に援助を」という言葉選びに「お前ら本当は金が目的なんだろう」と言わんばかりの底知れぬ厭らしさを感じる。

記者から再び質問が飛んだ。

「状況から推測して、こう言っては何ですが仰っていることに無理があるように思えるのですが」

誰もが抱く疑問に、西根は「私は自分の恥も含めて、真実しかお話ししていません」とあくまで被害者のスタンスを崩さない。以後も記者の質問は猫パンチ並に鋭さに欠け、似たようなことを二度、三度繰り返し聞いていた。

「そろそろ会見を終わりたいと思います。次の質問で締め切らせていただきますが……」

司会が最後の記者を指名する。その女性記者は「お子さんの母親とされる女性は亡くなっているそうですが、もし今話ができるとしたら、伝えたいことはありますか？」と聞いた。

西根は一旦俯き、そしてゆっくりと顔を上げた。

「何もありません。あったとしても、それは彼女への非難になってしまうので、やめておきます。私は当時、仕事のために彼女のいる店を利用していました。ただそれだけです。残されたお子さんも、私も、互いに彼女の愚かな行為による被害者なのです」

以前から、西根は嘘しかついてないのになぜ顔に黒いもやがかかっていないんだろうと不思議だったが、ようやくわかった。罪悪感がないからだ。嘘をつくことを悪いと思っていない。奴の中でそれは正義なので、悪意もない。今を乗り切れるなら、それが嘘でも真実でもどうでもいいのだ。

西根は最後まで「被害者」を装ったまま会見は終わった。こんな会見でも、信用する者が十人に一人ぐらいはいるのかもしれない。

「……何か、気分悪い」

和樹がぼやき、芽衣子が「同感」と相槌を打つ。

「あのオッサン、責任回避する気満々じゃん。親子鑑定して血縁関係があるとわかっても、あの言い訳なら自分への非難は最小限だし。光ママのこと、私もよく知ってるわけじゃないけど、話を聞く限り相手を騙してまでヤるってタイプじゃない気がするんだよね。『浮気したら、うっかりできちゃいました。すみません』って正直にゲロるほうが、まだ潔いわ。あーっ、モヤモヤする！」

芽衣子は抱えたクッションをボスボスと殴って苛立ちを発散したあと「光が待ってる

から」と三階に降りていった。

会見中は画面を凝視していた和樹が、チラリとこちらに目配せしてくる。

「西根のあれってさぁ、本当のトコどーなんだよ」

『ぜーんぶ嘘』

真実を教えてやる。和樹は額を押さえて「あぁいうタイプ、マジで無理」とぼやき、自室に戻っていく。

ソファの、和樹が座っていた場所に移動する。そこに残っている思念を読み取る。会見を見ている間は言葉少なだったのに、感情は嵐の海のように激しくうねっていた。

『光は本当に西根の子供なんだな』

『白雄の父親も西根だし。芽衣子に言ってた父親の話は嘘だよな。あの二人は異母兄弟で確定ってことか』

『本当の兄弟なら、一緒にいたほうがいいのかな。ガチで血が繋がってるんだし』

『けど光は松崎の親と暮らしてて、関係もいいんだよな。逆に白雄とはあんま相性よくなさそうだし』

『西根が二人を引き取るって線は……ない。絶対ない。ってかあんなオッサンと暮らすとか地獄じゃん』

『白雄のこと、光に言ったほうがいいのかな。本当の父親がアレで、知り合いの白雄が本当はお兄ちゃんだとか、展開が濃すぎるだろ』

『俺と白雄は戸籍上の兄弟でも、血とか繋がってないし。てか、俺と母さん以外は義父さんも白雄も他人だし。寄せ集めでも、いい感じなんだよな。俺はこれで満足なんだけど、白雄もいいと思うけど、光はどうだろ。血の繋がった兄がいるって知ったほうがいいのか、知らないほうがいいのか』

『人間って、あっさり死ぬんだよな。白雄の母親もそうだったし、他にも……自分が死にたくなくても、殺されたりとかさ。考えるのも嫌だけど、もし光が病気とか事故で死んだ時、血の繋がった兄の存在を教えなかったこと、俺は後悔しないかな』

『自分じゃない、光のことを最優先で考えろ。けど考えても考えても、どうするのが一番いいのかなんてわかんないよ。しかも知ってるのは俺と白雄と西根だけで、真剣に光のこと考えてんの俺だけだし。白雄と西根に光への気遣いとか期待できない以上、俺がどうにかするしかないんだけど……誰かこの問題の最適解を教えてくれよ……』

和樹の迷い、不安が停留している。そんな感情を浴びて、背筋がゾクゾクする。自分にははっきりとわかっている結末が、本当に見えてないいんだろうか。

光も自分も「西根」を選ばない。そして光は自分を、自分も光を選ばない。あんな子供鬱陶しいし、光もそんな自分の放つ空気を読み取って近付いてこない。血縁なんて、特別なものじゃない。時に害悪になる。自分の声を奪った婆さんのように。

和樹は忘れたんだろうか。無理心中で親に殺された同級生を。和樹の記憶の奥底にいて、たまに出てくる。コンビニの駐車場に止まっていた赤い車。同じ色のワンピース。生きてた時の、最後の姿。ずっとそれが、その映像が、今でもトラウマになっているのに。

小説の中で幸せにしてやっても「あの時、何かできたんじゃゃ」って未だに後悔している。あぁ、笑えてくる。死んだあの子は成仏して、もうこの世に残っていない。何にもないのに、和樹の後悔だけが、呪いになって本人に絡まっている。

自分も光も、それぞれが「選んだ」人間の傍で暮らしていく。そこで満足なら、余計なことなど知らなくていい。

ぐちゃぐちゃになった和樹の思念の中で、うたた寝する。夢の中にも和樹が出てきて「どうすればいいんだよ」と聞いてくる。だから「放っておけば」と、夢ならではの「声」の出せる口でアドバイスしておいた。

金曜日の夜、夕飯が終わり光はミャーを抱っこして三階の部屋に戻った。リビングで三人になったところで芽衣子が「あのさぁ」と切り出してきた。

「ん、なーにー？」

ソファに寝そべっている和樹が、やけに間延びした口調で返事をする。

「あんたたち二人、日曜日に予定とかある？」

和樹は「俺は今んとこ何もないけど」と答えながら小さくあくびする。

「それならさ、二人にちょっとお願いがあるんだ」

嫌な予感がするも、無視できない。サッサと食器を片づけてキッチンからリビングに戻り、和樹の隣に腰かけた。

「光のことなんだけど、このところ元気がないんだよね」

結局、光は隠し子騒動からずっと芽衣子の部屋に滞在し、そろそろ二週間になる。確かに雰囲気は暗いが、それはここに来てから継続中なので気にしていなかった。

「まあ、いろいろあったしなぁ」

話を聞く気になったのか、和樹がちゃんと座り直す。西根が隠し子について会見をしたのは六日前の土曜日。月曜日のワイドショーで取り上げられたが、それ以降はテレビで殆ど報道されなかった。取り上げづらい内容だった上に、大物お笑い芸人の詐欺事件が発覚し、それが数億単位と高額だったために、世間の目は一気にそちらに向いた。

会見の後も、光は休むことなく小学校に通っている。校内は部外者が立ち入れないので大丈夫でも、行き帰りは記者に接近される可能性が高く、後をつけられたり、話しかけられないとも限らない。光を送り迎えするのがベストだが、車と免許持ちの自分は顔が西根に似ているので、光と一緒にいると変な憶測を呼ぶんじゃないかと問題になった。

「それならさ、白雄に別人レベルのヘアメイクしようか」と芽衣子は乗り気だったが、そんなことのために朝、夕と時間を取られるのも嫌で、最終的に三井に頼んだ。「白雄は西根に顔が似てて、変に目をつけられそうで〜」と芽衣子が言うと「確かに今、光君の周辺の人間は目立たないほうがいいですよね」とサックリ引き受けてくれた。

西根の会見の翌週、火曜日頃から髪形を変えた光の写真がネットに出回りはじめた。学校を出て車に乗るまでの間に狙われたのではなく、学内で他の生徒にこっそり撮られた写真が流出したようだった。西根の隠し子騒動も下火になってきているし、そろそろ松崎の家に帰そうかという話も出ていたが、念のためもう数日うちで様子をみることになった。鬱陶しい限りだ。

「もしかしたら西根の会見を見ちゃったのかもしんない。あんたはまだ見ないほうがいいって止めたけど、気になるよね。それにちょっと検索したらネットでいくらでも出てくるし」

芽衣子が肩を落とし、ため息をつく。

「あの子も相当ストレス溜まってると思う。で、ちょっと喜ぶことしてあげたいなって考えてさ。光が『烈火ブラウ』って漫画にハマってるの、知ってる？」

そういえば先々週だったか、家電量販店で会った松崎が、光の好きな漫画が云々と話していた。和樹も「あぁ、何か聞いたことあるわ」と頷く。

「その漫画がすっごい人気で、今コンセプトカフェとかやってんの。そこに光を連れて行こうと思ってるんだ。日曜日に四人で予約を取ったんだけど、あんたたち二人も付き合ってくれない？」

和樹が「ふはっ？」と奇妙な声をあげる。

「えーっと、その漫画もコンセプトカフェってのも、正直何かよくわかんないんだけど」

「漫画の世界観を表現した内装のカフェで、キャラクターをイメージした食事とかデザートが出る感じ。そこのカフェ、来店一名につき一枚、袋入りの非売品のカードがもらえるの。光の好きなキャラは三人いるから、四人でいったほうがコンプの確率上がるから」

和樹は「へえ、ほー」と頷きながら聞いている。

「そのカフェ、人気があってなかなか予約が取れないんだけど、日曜にでたキャンセルを三井が速攻で押さえてくれたんだ。本当は三井と祐さんが一緒に来てくれる予定だったのに、急な仕事が入って二人とも行けなくなっちゃって」

ものすごく嫌だ。貴重な休日に、よくわからないカフェなんかに行きたくない。けれど「光に元気がない」を前提に、日曜が暇という言質を和樹が取られ、外堀をガッチリ埋められている。

「けどさぁ、まだ光を追っかけてる記者もいるかもしんないんだろ。下の不動産屋の営業にさぁ、最近うちのビルの周辺をウロウロしてる中年男がいるって聞いたんだよ。営業が声をかけたら、すぐ逃げてったらしいけど。それに白雄は一緒に行かないほうが……」

和樹の心配に、芽衣子は「記者だと周辺に取材とかしそうだし、逃げたんなら違うんじゃない？　あとマスコミ対策は大丈夫」と親指をぐっと突き出した。

「白雄も光みたいにイメチェンして別人にするから。一回、自分以外にガチガチのグラムメイクとかやってみたかったんだ。だからお願い、カードコンプに付き合って。全部、私がおごるし」

最終的に「まあよくわかんないけど、白雄の顔がメイクで変わるなら……暇だし」と和樹が了承し、自動的に自分もついていくことが決まってしまった。いくら無料で食べられるといっても、漫画を知らずコンセプトを楽しめない人間にとってそこはただのカフェ。役目はそのカードをもらうことなので、食ったら早々に店を出ようと自分なりの妥協点を探る。

約束を取り付けた芽衣子は部屋に戻り、和樹も自室に引き上げた。静かになったリビングを、コロコロで簡単に掃除する。人数が増えてから、リビングの汚れる頻度が上がった。他の誰もしないので、仕方なく自分がやっている。

掃除中、テレビボードの上にスマホを見つけた。和樹や芽衣子のものじゃない。光のやつか？　と無意識に手に取る。途端、吐き気に似た黒いものが流れ込んできた。

確かにこれは光のスマホだが、負の感情が強い。西根に対する恨みか？　興味に駆られ、読み取るつもりで神経を集中すると……視えてきた。この黒い感情は、西根に絡んだものじゃない。

光は虐めにあっている。それもごく最近……隠し子騒動があってからだ。ただ表で何か言われるわけじゃない。ネット上にある小学校の裏サイトの掲示板に「ヒカの母親、頭おかしい」「会見みたけど、ヒカの母親キモすぎ」「本人もキモいからやっぱり親子」とあれこれ書かれている。

スマホにはロックがかかっていたが、光がパスワードを打つ場面を視て解除する。履歴を探ると、裏サイトの掲示板はすぐにわかった。そこには悪意ある言葉がひしめいている。書き込みの八割方は光関連だ。隠し子騒動は派手に報道されたし、西根のあの会見だと、たとえ嘘であっても母親の異常さが標的にされやすくなる。虐めがおこっても不思議はなかった。

しかしよくよく見ると、悪口の書き込み数は多いが、実質的には二、三人が繰り返し書き込んでいるのでは、という感覚を受け取った。

掲示板には、匿名で書き込める。『これは呪いの掲示板です。この書き込みの次に書き込みをした人は、3日後に死にます』と嘘を書いた。文章を書いている間も、ぽつりぽつりと書き込みはされていたのに『呪いの掲示板』宣言を境にぴたりと止まる。くだらない嘘でも、怖がって誰も書き込まなくなった。小学生は単純だ。クックッと笑いながら、履歴を消す。そしてスマホをもとの場所に戻した。

翌朝、スマホはなくなっていたので、光が気付いて夜のうちに取りにきたようだった。

『烈火ブラウ』のコンセプトカフェは駅に直結した商業ビルの五階にあった。よく催事スペースとして使われている場所で、前は沖縄物産展をやっていた。和樹が「本物のサーターアンダギーが食いたい」と言うので、わざわざ買いに来たことがある。催事場をパーテーションで区切ってコンセプトカフェは作られ、入り口の両脇には漫画キャラのでかいパネルが、守護神のように左右に置かれている。

店の中に入っていくのは、十代から二十代の女性ばかり。二十代後半で男の自分達にとってアウェイなのは確実。自分は「無の境地」で、和樹も居たたまれないのかやたらとごそごそ腰を揺らしている。光は「ルカのパネル、かわいい」「これ、ジュザンの剣のレプリカだよね」と、店内に入る前から声がワントーンあがり、楽しそうにはしゃいでいた。

ただでさえ憂鬱な気分が二乗にも三乗にもなっているが、仕方なく入店する。店内はテーブルと椅子こそコンパクトだったが、通路の幅は十分に取られているので窮屈な感じはしない。

そして見渡す限り女子の群れ。陰影を強調するグラムメイクとカラコンが効いて外国人顔になった自分と、二十代後半ながら未だ学生の雰囲気をキープしている和樹、顔ピアスがド迫力の二十代女子芽衣子と、ばっちりメイクのゴスロリ風ワンピースの小学生男子光の四人は、明らかにこの中では「異物」だった。

席に着くと同時に一人に一つ、銀色の袋に入ったシークレットのカードがプレゼントされる。自分はいらないので、さっさと光に渡す。四枚とも違うキャラのカードで、運良くお気に入りキャラ三人をゲットできたらしく、光は口許をほころばせてじっとカードに見入っていた。

時刻はちょうど午後三時過ぎ。おやつの時間だが、おごられる自分と和樹に選択の自由はない。なぜならメニューにはそれぞれちょっとしたおまけがついているので、光の好きなキャラをイメージしたものしか注文は許されないからだ。

自分にはガトーショコラとソーダという、ハーモニー欠如の組み合わせが割り当てられた。ここは芽衣子のおごりで、食べ終わりさえすればノルマは終了する。さっさとこの空間から出て行きたくて、ソーダが来ると同時に半分ほど一気飲みした。

顔はあれこれ塗りたくられて皮膚にビニールを一枚ベッタリ貼り付けられたような違

和感があるし、何だか痒い。早くメイクを落としたい。朝から長い時間、芽衣子に顔をベタベタと触られた影響か、ずっと脳天の辺りがゾワゾワしている。和樹にくっついたり、仕事で客に触れてもこういう感覚はないので、芽衣子とは余程相性が悪いのかもしれない。

「あれぇ、もしかして光？」

光と同い年ぐらいの女の子が、通路から話しかけてくる。アフタヌーンティーセットのマカロンにかじりついてた光が「ふぐっ」と声を漏らした。顔を上げ、驚いたように目を大きく見開く。

声をかけてきた子の隣には、もう少し年上……高校生だろうか、女の子が立っている。雰囲気が似ているので姉妹かもしれない。光と同い年ぐらいの子は、オーバーサイズのパーカーに膝上のスカート、泣きぼくろのある整った顔で「やっぱり～」と目を細めた。

「向こうのほうの席にいたんだよね。外国の人がいるな～って見てて、同じ席に光に似てる子もいるなって気付いたんだけど、女の子メイクしてるからわかんなかったよ」

光は「あ、うん」と声が小さい。光の態度は、その子の登場を喜んでいる風ではない。

「私、光君と同じクラスなんです。このカフェにはお姉ちゃんと来てて～」

その子は、光の周囲にいる大人、自分達にもきっちり挨拶してくる。しつけの行き届いた、優等生の雰囲気だ。

「このカフェに来るの三回目なんだ～。シークレットのジュザンのカードがなかなかでなくて。光、ジュザン持ってたら私の持っているアキナと交換してくれない？」

迷う素振りを見せたものの、光は一枚のカードを差し出す。

「あんた、そのキャラ好きなんでしょ。いいの？」

芽衣子に聞かれ「アキナも好きだから」と答えるその声は小さい。

泣きぼくろの子と光の間には距離があり、手が届かなかったので、カードは泣きぼくろの女の子に一番近い位置に座っている白雄の手を経由することになる。渡す際、わざと両手でカードを差し出して、泣きぼくろの子の手に触れた。

視るつもりで触れたので、その子の情報が一気に流れ込んでくる。あぁ、学校の裏掲示板に光の悪口を書き込んでいるのはこの子だ。光は虐めの主犯格がこの子だと気付いている。差し出したカードは生け贄。泣きぼくろを不機嫌にさせて、よけいに虐められないようにするための予防線だ。

厄介なのが、泣きぼくろは相手によってカメレオンの如く態度を変え、かつ甘え上手なので、教師ウケが異常にいいことだった。渡すはずのカードをスッと引っ込める。渡されなかったことに、泣きぼくろは「えっ」と小さく声をあげる。カードを右手に持ったまま、隣に座っている和樹の膝に空いてる左手を置く。和樹が「んっ？」と自分を見た。

「「俺は小説家なんだ」」

光の向かい、奥の席に座る小さめのお兄さん。それがいきなり自己紹介をはじめたので、泣きぼくろは首を傾げている。和樹が「どうして俺の口を使うんだよ」という顔で自分を見ているが、そんなのは無視して喋らせる。

「「ネット環境にも詳しくってさ。匿名で書き込みできるサイトとかあるけど、あれって本当は匿名じゃないから。ちょっと調べたら、誰が書き込んだのかってすぐにわかるようになってる。俺ぐらいのレベルだと、相手の住所氏名を突き止めるのに三分かからない」」

途端、泣きぼくろが口をきゅっと閉じた。そりゃ心当たりは大ありだろう。

「あんたさ、急に何言ってんの？」

芽衣子が怪訝な表情で和樹に聞いているが、こちらも無視だ。

「「ネットに悪口を書くのは犯罪だよ。悪口を書いて訴えられて、何十万、何百万円単位の損害賠償を払った人は数え切れないほどいる。小学生だとお小遣いじゃ足りないから、親が払うことになる。もう一生、お小遣いはもらえないだろうな。証拠は全部保存してあるから、後は暇な時に警察に持っていくだけ」」

私は悪口を書いていましたと自白するように、泣きぼくろがカタカタ震えはじめる。虐めている子から、自分の欲しいものを奪おうとする自分勝手な子だが、中身はまだ幼いし、メンタルも強くない。この子はあと一撃で潰れる……多分。

「「どうなるか、楽し……」」

言いかけたところで、膝の上に置いた手を和樹にパンッと払いのけられる。ここで自分の言葉は途切れた。

「えっと、まあ、その……」

和樹は顔を強張らせた泣きぼくろに向かって、NGを連発する大根役者並の不自然極まりない顔で笑った。

「あの、俺が何言ってるか意味わかんなかったと思うけど……」

泣きぼくろはじわっと一歩後退ると、カフェを飛び出していった。隣にいた姉が「陽奈海、ちょっと待って！」と後を追いかける。二人がいなくなったので、カードを光に返却した。

「和樹、ちょっと意味不明なんだけど。書き込みって何？　説明してよ」

芽衣子に責められ、意味もわからないまま発言させられた和樹は「う〜あ〜まぁ、世間一般的な〜」と苦しげな言い訳をしながら、隣に座っている義弟の太股をがっしりと摑んできた。オマエが状況説明しろと言わんばかりに。けど面倒くさいので喋らない。

「……もしかして知ってた？」

ずっと黙っていた光が、おずおずと和樹に聞いてくる。

「なっ、何のこと？」

誤魔化しているわけでもなく、本当に和樹は知らない。その反応を、知ってるけど言わないつもりだと解釈したのか、光は「えっと、じゃあいいや」と首を横に振り「……ありがと」と呟くと、戻ってきたカードを大事そうに指先で撫でた。

ノルマのガトーショコラとソーダを消費したので、和樹の肩をつつく。こちらに向いたその顔に『もう帰る』と口パクで伝えて立とうとしたら、服を摑んで引き止められた。

「あと十秒待って」

和樹が皿に残っていたチーズケーキとトマトジュースを一気に片づけ「俺ら帰るわ〜じゃあ」と立ち上がった。カード取得要員としての役目は果たしていたので、芽衣子は「そう？　今日はありがとう」と解放してくれる。

カフェを出てすぐ和樹に腕を鷲摑みにされ、催事スペースの隅に連れて行かれた。

「さっきのアレ、ネット云々ってのはいったい何なんだよ」

和樹が顔を近付けてきて怒鳴る。

『小学校の裏掲示板で、光はあの女の子に悪口を書き込まれてた』

和樹も言葉の端々からある程度の予測はしていたのか「どうしてそれをお前が知ってんだよ」と突っこんでくる。

『光がスマホをリビングに忘れて、それに触った時に視えた。ネットの書き込みだけだと虐めている相手の顔まではわからなかったけど、あの子に触れた時、全部視えた』

「光、あんなマニアックなカフェでいじめっ子に遭遇したのかよ」

和樹は呆れた素振りで肩を竦める。

『ああやって脅しておけば、あの子はもう書き込みしない』

「虐めは駄目だけどさ、あんな脅迫めいたこと言わなくてもよかったんじゃねーの。あの子、真っ青になって震えてたじゃん」

優しい和樹は、えげつない悪口を書いていた小学生を擁護する。

『していいこと、悪いことの区別はつく歳だ』

「そうかもしんないけどさぁ、小学生とかまだ子供だろ」

『子供でも、人を殺すよ』

和樹がむっと口を引き結ぶ。

『あぁ、そんなの誰でも知ってるか。ああいう書き込みをするのは、それなりの子だよ。小学生の時、和樹は悪口の書き込みなんてしなかっただろ。それをやれるのは、そういう子だ』

和樹は「けど……」と反論したそうだが、先が続かない。こちらとしては説明責任を果たしたので、さっさと帰るべく下りのエスカレーターに向かった。少し後を和樹がついてくる。

駅の改札を通った時も、電車に乗った後も和樹は考え込む表情のまま無言だった。自宅の最寄り駅に着いたのは午後四時半。朝からずっと、空は濃い灰色の雲が重なり、周囲は早々に薄暗くなっている。

それほど寒くもなく、風も吹いてないのに、背筋がゾクゾクしてくる。芽衣子のせいで脳天あたりもずっと嫌な感じだし、もしかしたらリアルに風邪を引きかけているのかもしれない。

「天気悪いとさ、なんかあっという間に暗くなるなぁ」

微妙な距離をとって歩いていた和樹が、隣に並んでくる。何か話したそうな素振りに見える。

「お前さぁ、やっぱ光のこと心配してんだな」

断言するその口調は、自分に「何か」を期待している。

「あのやり方がいいとは思わないけど、光を助けようとしたら、お前の中でデフォのやり方になったってことだよな」

和樹が望む「いい人」の押しつけが、息苦しい。

『どうでもいい』

だから、本音で返した。

『どうでもいい。泣きぼくろの子はウザかった』

……昔、自分を虐めていたクラスメイト達を思い出す。すっかり忘れていたのに、急に頭に浮かんできた。やっていいこと、悪いことは小学生でもわかる。それなのに、いつの時代になってもああいうのが産出されるのはなぜなんだろう。

「いや、違うな」

　人の本音を和樹は否定してきた。

「お前は、光のことが気になってたんだよ」

　それは異母兄弟だから優しくしたと、庇ったと、守ったと思いたいんだろうか。血の繋がりに対して何の感情もない、それを迷惑としか捉えていない西根を目の当たりにしてるのに。血縁なんてその事実以上に何の意味ももたないと、まだわからないんだろうか。

『和樹は、俺を優しい男にしたいの？』

「そういう意味じゃないけど、お前の深層心理っていうか……」

　ああ、おかしい。笑えてくる。顔が、笑っている。多分。

『俺はね、自分で家族を選んできた。光もそうだろ。あいつもあいつが選んできてる』

　自分は和樹を、光は松崎を、その親を選んだ。そして血の繋がりが一番薄情で、冷たくて、必要なかった。ああ、でもすべてを否定するわけじゃない。血が繋がっていても、情のある相手、ない相手というのが存在するだけだ。

情のない相手にはいくら執着しても仕方がない。そういう意味で自分は光に関心がない。嘘を平気で並べ立てて自己保身に走る西根ほどではないにしろ、あれに責任を持ちたくないし、関わりたくない。食事を作ってやってるだけでもう十分だろう。

自分達が管理している、古いビルが見えてくる。あれは自分にとっての巣箱だ。己が選んだものと少し不快なものが、混ざり合って詰まっている。

脳天のゾワゾワが急激に強くなり、吐きそうになった。髪の毛が逆立つような感覚。あぁ、すごく嫌な感じだ。芽衣子のせいかと思っていたが、どうも違う。この感覚に覚えがある。自分はコレをよく知っているはずなのに、思い出せない。いや、思い出せ。何だったか……迫り来る影。自分は無力で、恐怖に対して金切り声をあげて泣いていた。自分に危害を与える者の存在。白髪で、皺のある顔。あぁ、婆さんだ。

気配を感じて振り返った。理容室と牛丼屋の間にある狭い通路から、黒いもやが湧き出てきた。黒いもやは、まるで火だるまみたいになってこちらに、和樹に向かってくる。咄嗟に和樹の前に出たが、黒いもやに突き飛ばされて地面にドッと倒れ込んだ。

「えっ、白雄？」

和樹の声に、振り返る。

「なっ、何すんだよっ」

黒いもやの火だるまが、和樹に襲いかかる。黒いばかりで「何か」わからないのに、刃物だけははっきりと見える。ああ、あのもやは人だ。あんなでかい憎悪の塊、初めて視た。いろいろな記憶が、ピンと一本の線で繋がる。この先の結末を、自分は知っている。冷静な頭と、それに反して勝手に動く体。

黒いもやが和樹に刃物を振り下ろす。最初のそれは、和樹が避けて空を切る。次は致命傷になる。だからそれが振り上げられた時、もやと和樹の間に強引に割って入った。ああ、何回も視たことがあるアレの通りだ。アレは、この日この時のことだったらしい。もやから、凄まじい悪意と共に振り下ろされてくる刃物。自分自身を守ろうとする右手は、間に合わないとわかってる。一瞬の出来事のはずなのに、そこから先は時間の経過が〇・五倍速ぐらいスローになった。

もやの背後に婆さんが視えた。いつもマッサージ店の時計の下にいる祖母。おい、こんなのをよこしたのはやっぱりお前か。意地でも潰すつもりか。昔、奪い損ねた孫の目を。

刃物の先が、ゆっくりと顔に近付いてくる。自分の両目は、この刃物に傷つけられて視力を失う。それはずっと前から、決まっていた。未来のことはわからないし、視ようとしても視えない。うっすらと、もしかしたらの感覚がたまに過るぐらいだ。だけどこれだけ、この光景だけ、いつもふとした時に頭に浮かんできた。子供の頃から、何度も何度も。大人になった自分は、目を傷つけられて視力を失う。それは予言か、未来か、妄想か。わからないのに、確信していた。だから、最初から「見えなくてもできる」仕事を選んだ。

黒いもやの背後にいた婆さんの手が、半透明の腕がぬうっと伸びてくる。実体のないはずの指が、額に触れた感触があった。自分の頭が僅かに後ろへとぶれる。その瞬間、右目に強い異物の感触がきて、それは真横にグリュリと移動した。

よろけて、背後にガードした和樹ごと路上に倒れ込む。と同時に、右目がまるでガスバーナーで焼かれているかのように激しく痛んだ。続け様にくる刃物の形が左目に映る。そして「キャアアアッ」という、誰かの悲鳴。

転がったままで、右足を振り上げてもやを蹴飛ばす。もやが「痛ってえ」と呻き、後ろに下がったのも一瞬。再びこちらに向かってきた。刃物が何度も振り下ろされる。左目もこれでやられるかと思ったその時、ドゴッと音がして「ぐわあっ」ともやが叫んだ。ドサリと倒れ込んだもやの横に、分厚い本らしきものが落ちている。刃物がカラカラッと歩道を転がり、左目だけでブレる視界の中、這いずって落ちた刃物を遠くに蹴飛ばした。

もやが、もぞもぞと動く。そのもやに丸っこい何かが飛びかかった。

「誰か、警察よんで！　警察！」

徳広が男に覆い被さったまま叫ぶ。一階の不動産屋からスタッフらしき人達が数人出てきて、徳広に加勢する。助かった……かもしれない。痛い、痛い、痛い。右目が痛い。そこに心臓があるみたいにドクドクと痛む。右の頰を、温い液体がたらりと流れ落ちる。

「しっ、白雄」

　和樹の顔が見える。人の両腕を摑んで、泣きそうな顔をしている。顔が……見えてる?

「おまっ、お前、目が、右の目が……」

　自分はここで、両目を失うはずだった。それなのに片方は見えている。どうしてだ?それは左目が残ったからだ。どうして残ったんだろう。もしかして婆さんの一押しで少し位置がずれたのか? だから……。

「「あ、ラッキー」」

　触れている和樹のクチから出た、本音。

「お前、何言ってんだよ!!」

　薄暗い真冬の歩道で、何も知らない和樹は金切り声で叫んだ。

　刃物で傷つけられた右目は、明るい、暗いと、ものの形がぼんやりわかる程度の視力は残った。昔から、自分が失明する状況を繰り返し視てきた。だから両目が見えなくなるのも自分の中では諦めというか既定路線だったので、左目が残ったのは幸運だった。

予感があり、仕方がないと諦めていた自分と和樹は違う。義弟が片目の視力を、自分を庇ったせいで失ってしまったと落ち込み、自らを責めた。片目だけですんでよかったと話しても、聞く耳をもたない。そして「食欲がない」とものを食べなくなり、げっそりと痩せた。

自分達を襲った志村議員の息子は、以前から父親が匿名の人物に「議員を辞めないとスキャンダルを流出させる」と脅されていた。その犯人が縛師の鈴村だと突き止め、殺すよう芽衣子の元彼に依頼した。

にもかかわらず父親のスキャンダルは暴露され、調べていくうちに、鈴村と西根が繋がっているのを知った。そして和樹と西根が一緒にいたのをホテルで見てから、こいつらはみんな手を組んでいると思い込んだ。加えて実行犯の元彼が和樹の持ちビルに住んでいる女絡みで逮捕されたと知り、自分にまで捜査の手が伸びてきて、どうせ捕まるなら、人生が破滅するなら、西根と和樹を道連れにしようと殺害を計画した。

西根は議員なので、周囲はガードされている。しかも今は隠し子騒動があるので記者が周辺をウロウロしていて近付きづらい。なので先に和樹を殺ると決めた。

和樹には好きなアイドルの自転車を奪われた恨みもあり、憎しみが倍々に膨れあがっていた。素人なのですぐに殺れるだろうと襲えそうなタイミングを見はからっていたが、和樹が自由業なので行動パターンが全く読めず、何日もビルの周辺をウロウロしていたらしい。ビルの近辺に出没していた不審な中年男の情報は、光を追っかけている記者ではなく、志村だったのかもしれない。

和樹だけではなく芽衣子も「あたしがあの日、カフェに誘わなかったら……」と怪我(けが)に責任を感じたのか、しばらく口数が少なかった。そんな芽衣子を心配して、松崎の実家に帰っていた光が、マッサージ店の休憩室まで頻繁に芽衣子の様子を見に来て鬱陶しかった。

自分は事件当日、目の状態が一刻を争うということで緊急搬送されてすぐに手術を受けた。安静が解除された術後四日目に警察の事情聴取があったが、それまでの間に志村と和樹の事情聴取は終わっていた。志村の狙いは和樹で、自分は和樹を庇ったせいで怪我をしたもらい事故だったので事実確認だけ、一時間もせずにすんだ。志村が狙っていた西根の顔に似ていることは、眼帯をしている上に手術と点滴の影響でまだ顔がパンパンにむくんでいたので、警察は気付かなかったようだった。

西根と和樹を恨んでいた志村。そして和樹を狙ったはずが、怪我をしたのは西根に顔の似ている自分と話がややこしく、詳細が世に出れば面倒だったが、自分は「重症」ではあるものの「死亡」ではないのと、しばらく入院していたので、その間に事件は沈静化していった。

二週間ほどで退院し、それからは症状が落ち着くまで目に圧のかかることは控えるよう医者に命じられたので、仕事はしばらく休業。朝昼晩のご飯を作り、後はリビングでゴロゴロと昼寝をして過ごした。和樹は「何もしなくていいから」と言うが、退屈なので料理はした。和樹は瀕死の野良猫みたいに一時痩せていたが、自分が作った料理を残すのは申し訳ないと思ったのか食べるようになり、そうすると肉が少し戻ってきた。

年末年始に入院して帰れなかったので一月中旬、和樹と一緒に四日ほど実家に戻った。養父母が心配をしているのは伝わってきたが、二人とも「困ったことがあったら、何でも言って」と声をかけてくるぐらいだった。自分としてはしばらくダラダラ生活していてもよかったが、和樹の精神衛生によくなさそうなので、落ち着いたら予約数を減らして仕事を再開することにした。芽衣子は受付のバイトがなくなったので、店を再開するまでの間、常連客のツテで近くにあるパン店のレジでバイトをはじめた。

和樹は人の顔を、眼帯をしている目を見るたびに泣きそうになった。「お前の目、角膜とか移植したら見えるようになんねぇの？」と、何度も聞かれた。事件直後からメンタルも墜落して小説が書けなくなり、捜し物屋の仕事も休止してしまった。ビルはメンテナンスにも多少なり費用がかかるので、その分を差し引くと、家賃収入だけでは生活が苦しくなってくる。養父が「こんな時だから」と補塡してくれようとしたが、養母が「和樹は働いたほうがいいから」と止めた。生活費が足りないという現実に直面し、和樹は捜し物屋を再開。リーディングならマッサージよりも体力を使わないし、何よりゴロゴロしているのに飽きて、自分もたまに客を視た。

　ずっと家の中にいて、義弟の顔を見て自己嫌悪に陥るよりも、客と接して強制的にそちらから意識を引きはがされることで多少なり気が晴れたのか、和樹の雰囲気から少しずつどんよりとした空気は薄れていった。

　そうこうしているうちに、自分の眼帯も外れた。右目は光彩が白っぽく曇ったが、もとから前髪で隠れ気味だったし、見た目にも殆ど変わりはないので、自分から言わなければ見えなくなったことに気付く人はいなかった。

　その頃には、片目での生活にも慣れていた。近しい人、徳広と三井には自分から目の状態を伝えた。二人とも怪我をしたことはわかっていても、詳細までは知らなかったからだ。片目の視力を失ったと伝えると、二人とも言葉もなく黙り込み、他人事ながらショックを受けていた。三井など「何か困ったことがあったら言ってください」と養父母と同じことをいい、涙目になっていた。

　マッサージの仕事も再開し、車の免許も片目でも乗れるよう申請しなおした。普通に仕事をし、料理を作り、車も運転する。順調にもとの生活に戻った自分を前に、徐々に和樹のメンタルも回復していった。普通に生活する義弟に、和樹も「片目が見えなくなっている」ことを、時折忘れられているようにも思えた。

　和樹が落ち込んでいる間も、西根の周囲はずっとザワザワしていた。志村元議員のエロ写真を流出させたのは西根で、有名人の弱みを握るためにSM系のショーを主催していたんだと、元秘書兼愛人がSNSで暴露したのだ。元秘書は西根に捨てられ、それを恨みに思っての逆襲だった。

今回も隠し子の時と同様、西根は記者会見を行った。そして元秘書との不倫も、ショーの主催者だったという話もすべて「荒唐無稽な嘘」だと全否定し「私は彼女に陥れられようとしている。これは陰謀です」と被害者感満載で主張した。

会見場で「元秘書の女性は証拠の写真があると話していますが」と記者に聞かれると「捏造ですね。今はいくらでも写真を加工できますから」と返し、ショーの主催については「私はやっていません。やっていないと神に誓えます。あなたがそう思うなら、私がやっていたという証拠を出してください」と逆に記者へ詰め寄る始末だった。嘘に真実味を持たせるために引き合いに出されるとは、神もいい迷惑だろう。

「今回の根も葉もない噂で妻が傷つき、実家に帰ってしまいました。私の家庭は破壊されそうになっています。秘書だった彼女には事務所の金を横領した前科がある上に、私と選挙区で争った志村議員の息子さんと愛人関係にありました」

ここでも、西根は志村が仕組んだというストーリーを作って記者に披露した。横領と志村の愛人情報こそ根も葉もない嘘だが、会見を開いた国会議員が堂々と嘘を垂れ流すとは大多数の人間は思わない。嘘は最初のインパクトが大きいほど拡散し、後に事実が証明されても訂正が追いつかない。嘘をつかれた者に、悪いイメージだけが残り続ける。そういう習性を知ってのパフォーマンスだ。案の定、会見場は「量産される嘘」の新事実にザワザワしていた。

「その、志村議員の息子という人物は、殺人教唆および傷害事件で裁判中ですよね」

西根は「はい」と頷く。

「志村議員の息子と愛人関係にあった彼女は、彼が事件をおこしたのは私のせいだと思い込み、私にダメージを与えようとして今回のような暴挙に出たのだと思います」

もう我慢できない、と西根は声を震わせた。

「今後も、彼女は私に関する根も葉もない噂をＳＮＳで発言するかもしれません」

その言い方が、どうにも引っかかる。まるで今後の暴露の予防線に思えたからだ。元秘書は西根のプライベートを知っていただろうが、ＳＭショーの主催以上のインパクトのある事柄がまだあるのだろうか。そこでもしやと気付いた。自分の存在かと。

西根は己が撒き散らし、育った種のうち、光の存在は把握していた。しかし光の母親は父親だからと何かを要求してくることも、それを世間に暴露するタイプでもなかった上に、鈴村とも関係を持った。光の母親は鈴村という、死ぬまで西根の秘密を守るであろう男とまとまったことで、二度と自分には関わってこないだろうと放置していた。しかし鈴村と光の母親は死に、今、保護者のいなくなった自分の種だけがぽつんと残された。

週刊誌にスッパ抜かれたことがきっかけで、西根は和樹の話に出てきた「弟」は光ではないと気付き、他にも成長した種がいるなら、今回の騒ぎでそいつらが自己主張してくる可能性があると、警戒しているんだろう。

「これまでのこと、今回のこと、その責任を取ってもらうために、私は彼女を訴えることにしました」

秘書との暴露合戦は、見事に泥仕合の様相になり、西根の隠し子を離婚理由にしようとしていた西根の妻は、秘書の暴露を楯に離婚手前、別居までは進むことができたようだった。

西根と元秘書との不倫、ショー主催の件が取り沙汰されて一週間ほど経った頃、ネット上に有名な政治家や芸能人の緊縛写真や動画が大量に流出した。

その中には硬派で知られる俳優や大臣経験者もいて、ワイドショーは「あの人が」「この人も」とそちらの話題でもちきりになった。流出させたのはおそらく西根。芸能界や政界に影響力のある人間を世間にさらすことで、自分への非難の矛先を逸らせようとしたその心理が、手に取るようにわかる。それに加えて、この状況を面白がっている。俳優や政治家といった、華やかで権力を持っている輩が裏で撒き散らした精液が、腐った汚物になって表の姿に降りかかっているのを。イメージダウンに慌てふためいているのを自業自得だと楽しんでいる。自分に実害のない奴らは放っておけばいいのに、底意地が悪い。

写真の流出に関して、西根は元秘書がやったといい、元秘書は西根の仕業だと反撃する。次から次へと繰り広げられる暴露合戦で西根ネタは盛り上がるも、隠し子騒動のほうは後発ネタのゲスさとインパクトに押された上に、子供が小学生ということでプライバシーや人権を侵害しているとネット上で軽く炎上したこともあり、急速に下火になった。

光の写真を掲載した出版社やメディア、ネットは三井がしらみつぶしに捜し出し、徳広が片っ端から取りさげ&謝罪請求の書類を送りつけたと聞いているので、それも多少なりとも効いているかもしれない。

そういえば、自分と和樹が襲われた時、志村にぶつけられた本は六法全書で、三井が二階の窓から投げつけたものだった。表が騒がしいなと窓の外を見た三井は、自分たち二人が襲われる現場を目の当たりにして、何が何でも相手を止めないとと咄嗟に投げ、奇跡的に当たったらしかった。

犯人を押さえ込んだ徳広は、当時自宅の引っ越しを考えていて、一階にある不動産屋で営業と話をしていたところだった。表が騒々しいので外へ出てみたら自分と和樹が刺されそうになっていて、そこに六法全書がコメディ映画のように飛んできたと苦笑いしていた。

婆さんは事件の日を境に待合室から消えた。気配も感じない。孫から声と目を奪おうとした婆さんで、死んでからも自分にとっては疫病神でしかなかったが、和樹は「孫が心配なんじゃね？」と以前、ぽろりとこぼした。その時は「まさか」と心の中でせせら笑ったが、今はもしかしたら、爪の先ぐらいその説もあったかもしれないと思っている。

そんな婆さんが消えた理由……それには一つだけ心当たりがある。無責任な婆さんは、自分の孫のために永遠に解けない呪いをかけた。それはきっと自分にしかわからない。

二月も終盤に入ったその日の朝はとびきり寒かった。家の中で、息が白く凍る。古いビルで断熱も今ひとつなのか、冬はどこにいても基本寒い。温かいのはリフォームの際に断熱材を追加した三階だけで、その恩恵を受けているのは休憩室に住みついている芽衣子だけだ。

リビングのカーテンを開けて外を見ると、窓ガラスが白くなって外が見えない。いつにない凍り具合に違和感を覚えて窓を開けると、外は一面真っ白になっていた。夜遅くから雪が降りはじめたのは知っていたが、ここまで積もるとは思わなかった。明るさの濃淡ぐらいしかわからなくなっている右目ですら、世界が明るいと感じる。

この分だと公共交通機関が止まる、もしくは遅延に加えて、外を歩けない老人客が多発して、キャンセルが続出しそうな雰囲気だ。それはそれで、楽でいい。

リビングの暖房をいれて、トーストを三人分焼いていると「おはよ」と和樹がパジャマの上にフリースを着た姿でダイニングテーブルについた。

目を怪我した最初のうち、和樹は義弟のために料理をやろうとしていた……いや実際に何度かやっていたが、手際は悪いし、でてくるものが美味しくないので、早々に自分でやりはじめた。それでも和樹は手伝おうとしてきたが『かえって邪魔』とはっきり伝えて追い払った。

それ以降、食事の準備に手を出してこない。今も椅子に座って、ぼーっとした顔で朝食が出てくるのを鳥の雛よろしく待っている。

準備ができたので、向かい合ってパンとサラダ、コーヒーの朝食をとる。芽衣子は寝坊したのか時間になってもこないが、起こしにいくのも面倒なので放っておく。

和樹はヤギのようにモソモソとパンを食べる。まだ頭が半分ぐらい入眠中の顔だ。皿が空になる頃に、ようやく普段の七割ぐらい目が開いてきた。

「今朝さぁ、寒いよな」

『雪が積もってる』

マジで？　と返事をしながら立ち上がり、窓辺に近付く。和樹が窓を開けると、冷気が一気に流れ込んできて、ダイニングテーブルの椅子に座っている自分の頬にもひやりとした空気が触れた。

「すげえ！　こんなに積もってんの初めて見たわ」

和樹が窓を閉めて戻ってくる。

「外行ってみようぜ～外」

なぜこのクソ寒い時に、用もないのに外へ行く？　一人で行けばいいのにと思うが、完全覚醒した和樹が、朝食後に完全防備で「行こうぜ～」と誘ってきた。仕方なく自分もダウン、マフラー、手袋を装着の上、外へ出た。

歩道には一晩で三十センチ近く雪が積もっていた。道路に車は走っているが、凍っていて滑るのか、亀かとツッコミを入れたくなるほどスピードを落としている。

和樹は「すげーなぁ」とその辺の雪をかき集めて雪玉を作り、重ねる。雪が降ると、なぜ人は雪だるまを作りたいという衝動に駆られるのか。ＤＮＡにでも記憶されてるんだろうか。

寒いし退屈なので、せっせと雪だるまを増産する和樹の背中にぽんぽんと雪玉をぶつける。最初は無視していた和樹も、途中で「人が怒んないと思ってぶつけんじゃねえ！」と怒鳴った。

「君ら、そこで何してんのよ」

ぽっちゃり体形でダウンを着るので、シルエットが黒い雪だるまみたいになっている徳広が通勤してくる。年末、徳広はビルの極近にできた六階建ての賃貸マンションの二階に引っ越してきた。通勤時間は一分なのに、この短い距離でもマフラーに手袋と完全防備になっている。

「いや、雪が凄いからさ〜童心に帰って雪だるまでも」

徳広はビル前に置かれた雪だるまを見て「まあ、気持ちはわかるけど」と肩を竦めた。

「あれ、みなさん外に集まってどうしたんですか？」

このタイミングで、三井まで登場する。三井は白いダウンジャケットに、黒いブーツ。そして手袋をした右手には、なぜか雪だるまを抱えていた。

「その子、どうしたの？」

和樹に聞かれ、三井は「あの、えっと」と苦笑いした。

「何気なく作ってみたんですけど、家においておくのも可哀想かなって気分になって」

「雪だるまと同伴かぁ」

徳広が呟き、和樹が「祐さんさぁ、いちいち言い方がエロくさいから」とツッコミを入れる。

「あ、仲間がいるじゃないですか」

三井がビルの前にある植え込み、和樹の作った雪だるまの横に同伴の雪だるまを並べる。和樹の作ったやつのほうが、一・五倍ぐらいでかい。

「あ、そういえば昨日アップされた光君の絵に一晩で三百ぐらい『いいね』がついてましたよ」

三井が嬉しそうに語る。光は「マッぴか」の名前でお絵描きサイトによく絵をアップしている。

「三井さん、まめにチェックしてるね〜」

徳広の呟きに「ガチで古参のファンですから」と目を細める。

「純粋にイラストのファンでもあるけど、光君に関してはもう親戚のおじさんみたいな感覚なんですよね」

腰に手をあてる三井に「それ、わかるわ」と徳広が同意する。

「関わり過ぎてもう親類っていうか、うちの子レベルなんだよねえ」

光は同年代の友達もいるはずだが、月に一、二回のペースで二階の法律事務所や、三階の芽衣子の部屋に遊びにくる。

「そういや光君、先月は芽衣子ちゃんと一緒にポリさんの実家に猪（いのしし）の解体を見に行ったらしいですよ」

徳広が「はあっ？」と声をあげる。

「解体？　そりゃまたマニアックな」

「光君たっての希望だったみたいです。田舎だと害獣駆除したやつを捌（さば）いて食べてるってポリさんが前に言ってたんですよね。ジビエ料理にして町おこしにも使ってるみたいで」

「駆除した動物を捨てちゃうより、食べるほうが断然いいけどね」

徳広の言葉に「そうなんですけど」と同意しながら、三井が続ける。

「……ポリさんと芽衣子ちゃんの仲を取り持とうとしてる気がするんですよね。光君、芽衣子ちゃんが大好きなんで」

徳広が「健気だねえ」と首を横に振る。別に聞きたいとも思ってないのに、勝手に耳に入ってくる話の狭間に、ふと視えた。白いドレスを着た芽衣子が緑……いや、森を背景に立っている。相手は……。

建物の隙間から、朝陽が差してくる。日差しが雪に反射して眩しい。見えない右目はいいが……左目の前に手で日陰を作る。

「目、どうした？」

和樹がめざとく聞いてくる。

『眩しい』

「そろそろ家ん中戻るかぁ」

和樹が手袋の雪をパンパンと払う。「立ってるだけでも冷えちゃいますね〜」と三井が震え、「だよね」と自前の脂肪でちっとも寒そうじゃない徳広が相槌を打っている。

　二人とは二階で別れ、カツカツと階段を上る。

「お前、目え大丈夫？」

　四階の内廊下で振り返った和樹が聞いてくる。

『普通に眩しかっただけ』

「何か変だったら、すぐ言えよ。病院連れてってやるからさ」

　素直に『うん』と答える。和樹は、自分の目を殊更気にしている。傷めた右目も、残った左目も。ようやく目のことを忘れてるなと感じることもあるが、すぐにまた思い出す。

　あまりに和樹が目のことを気に病むので、昔から見えなくなる夢を見ていたと教えた。その時は両目をなくしていたから、片目ですんでよかった。それも婆さんが助けてくれたようだとも。その話をした時、和樹は「やっぱお前の婆ちゃん、守ってくれたんじゃん」と嬉しそうな顔をしていた。馬鹿な和樹は、どうして婆さんが「両目」でなく「片目」しか守ってくれなかったのか、疑問に思わない。

　自分は知っている。あの婆さんは、孫の片目を残すかわりに和樹を縛り付けたんだと。自分を庇ったから傷つけてしまった、その責任という鎖で、離れられないように。悪意と戯れ、その悪意を平然と他人に向けられる孫に和樹という鎖をつけ、そして消えた。和樹は逃げないし、逃げられないと知って、そうした。とてつもなく残酷な婆さんだ。

だけど多分、和樹はそれに気付いてないし、気付かないだろう。おそらく、死ぬまで。

『和樹』

言葉にならない声で、語る。

「何だよ」

(ずっと俺の右目のかわりになって)

言いたいけれど、言わない言葉。これはもっと後のためにとっておく。

『外、寒い』

和樹はにっと笑った。

「お前の耐寒レベル、ミャー並だよなぁ」

『あいつは毛皮着てるし』

和樹は首を傾げ「そう考えたらミャーって自前毛皮でリッチかもなぁ」と顎を押さえた。

エピローグ1 松崎光の未来

昨日は雨がぽつぽつ降っていた。梅雨時ってそもそも雨が多いし、だから梅雨って言うぐらいだし、やっぱりこの時期はまずかったかなと芽衣子ちゃんに心配されていた天気も今日はぐうっと回復。空は雲一つなく、カラッと晴れ上がっている。

「見渡す限り田んぼ、田んぼ、畑、田んぼ、田たんぼ、畑ばっか。牧歌的も過ぎると、それはそれで暴力な気がすんだよなぁ」

松崎パパの車を運転していた伊緒利ちゃんが、前を向いたままトンとハンドルを叩いた。

「伊緒利ちゃん、田舎が嫌いなの？」

助手席に座っている松崎光が聞いてみると、伊緒利ちゃんは「人には向き、不向きがあってなぁ〜」と唇を尖らせる。あまり好きではなさそうだ。

「ってぇおっ、何だアレ。めちゃくそ遅っせぇ」

前方を赤いトラクターが我が道と言わんばかりにのんびり走っている。伊緒利ちゃんは慌てて右に方向指示器を打つと、勢いをつけてぶおんとトラクターを追い越した。体に、ぐっと押しつけられるような圧がくる。

「こんなトコにマジでホテルとかあんのかよ～確かにナビにも出てるけど、なぁ」

伊緒利ちゃんは画面を操作するついでに、テレビ画面に切り替えた。お笑い番組で、音声を聞きながら「ははっ」と声をあげて笑っている。景色よりも、そっちが好きなのだ。興味のあること、ないことへの反応が、伊緒利ちゃんはとてもわかりやすい。そういうのがチラッと見えてしまうのが、少しだけ寂しい。

「そこのホテルのカフェで、芽衣子ちゃんといちごパフェ食べたことあるよ」

伊緒利ちゃんが「いちごパフェ？」と小さく首を傾げ「アレか！　お前がさ～」と声が大きくなった。

「猪がトラウマになったあの時か」

「もうトラウマじゃないから！」

完全否定する。昔、ポリさんの家に猪の解体を見に行った。芽衣子ちゃんとポリさんを仲良くさせたかったからで、猪の解体はおまけだったけど、初めて見るそれは小学生の自分には衝撃過ぎた。そうやって自分たちは肉を食べているんだとわかっても、しばらく肉類を口にできなくなり、命と食についていろいろと考えた。中学生になって、今は何のお肉でも美味しく残さず食べられるけど、自分が「何」を食べているのかは、意識するようになった。

あの日、解体を見てご飯を食べられなくなった自分に、ポリさんの家からの帰り道、芽衣子ちゃんが「これ、美味しいよ」と連れて行って食べさせてくれたのが、ホテルのカフェにあったいちごパフェだ。お腹も空いていたし、パフェは見た目もかわいくて、いちごは甘くて美味しかった。伊緒利ちゃんにもその話はしていたので、猪トラウマといちごパフェが強く印象に残ってたんだろう。それももう二年近くも前の話なんだなぁと懐かしくなる。

小学生の頃は、いつもってわけではなかったけど、思い出したように自分に対する虐めはあった。中学生になってからは殆どない。かわいい服が好きだから、そういう話のできる女の子の友達が多い。男の友達は、漫画読んでる子が何人か。男の友達に「お前は男だけど、男って感じがしない。けど女でもないんだよな〜」と言われて、それが何だか面白かった。

見覚えのあるカーブを曲がると、カーテンをバッとはぐるみたいに、いきなり白い建物が現れた。

「ほら、あそこ」

思わず前方を指さしていた。小高い場所にある、森の緑に囲まれた建物。伊緒利ちゃんも「マジでホテルっぽいの出現だわ」と息をつく。

木製の看板「オーベルジュ・ミサト」を横目に車は細い道を奥に入る。駐車場は五十台は入れそうなほど広く、伊緒利ちゃんは端っこに車をとめた。オーベルジュ・ミサトは低い建物がいくつか繋がったホテルだ。大きな木を柱にして、窓ガラスをたくさん使った側面は、どこにいても光がいっぱい差し込んでくる。カフェに入った時、芽衣子ちゃんは「どこも洗練されてて、美術館みたいでオシャレ」と興奮していた。日本人の有名な建築家が手がけたんだとポリさんに聞いたけど、名前は忘れてしまった。

伊緒利ちゃんはゆらゆらと体を左右に揺らしながら「うへぇ、山奥にこんな小洒落たトコがあるとはなぁ。異世界に迷い込んだみたいだわ」とスーツのポケットに両手を入れた。

「入り口はね、こっち」

緩やかな傾斜の、一段一段が広い石の階段を下っていくと、ホテルの入り口が見えてくる。中にはスーツの男の人や、綺麗なワンピースを着た女の人が何人かいて、結婚式に招待された人かなぁとチラチラと横目で見てみるけど、知ってる顔はいない。

「光、受付はこっちっぽいぞ」

伊緒利ちゃんに呼ばれて、右のほうに小走りで駆けていく。庭へ出る扉の前に花が飾られた横長のテーブルがあり、その奥にスーツを着た和樹さんと三井っちが立っていた。

「センセ、受付してたんすか？」

伊緒利ちゃんが和樹さんに話しかけている。

「まぁ、芽衣子に頼まれたし～暇だし～」

和樹さんがダルそうに返事をして「僕はポリさんに」と三井っちがニコッと笑う。

「何かさ、服がわりと派手目じゃね？」

喋りながら、和樹さんの目は伊織利ちゃんのスーツを上から下へ、下から上へと三往復ぐらいする。黒い布に黄色や白で英語がびっしり印刷されている柄は自分も派手だなぁと思ったけど、伊織利ちゃんが好きそうな雰囲気だし、何より本人によく似合っていた。

「そうすか？　ブランドもんすよ。中古っすけど」

伊織利ちゃんがスーツの上着の襟をもってパタパタする。後ろからお客さんが来て、伊緒利ちゃんは慌てて受付の紙に記入をはじめた。受付をすませ、中に入っていく人を何気なく見ていたら、入り口の横にある小さなテーブルに自分の絵が飾られているのを発見した。芽衣子ちゃんとポリさんを描いたイラストが白い額に入れられて、その両脇には丸い輪っかをいくつも重ねたような、面白い木彫りの彫刻が置かれている。

「そうだ。ウエルカムボードを描いたのって光君ですよね」

三井っちに聞かれ「うん」と大きく頷く。

「絵のタッチからして、そうじゃないかと思ってたんですよ〜」

「まだ下手なんだけど、芽衣子ちゃんにお願いされて」

両手を後ろで組んでもじもじしていると「えっ、あの絵って光が描いたの？　マジうまいじゃん」と、和樹さんが嘘っぽくなく褒めてくれて、嬉しいのと同時に急に恥ずかしくなってきて頬がカッと熱くなった。

「そういや芽衣子にさ、光が来たら控室に遊びに来てって伝えるように言われてたんだったわ。新婦側の控室、向かいの廊下の奥にあるからさ」

芽衣子ちゃんはもうウエディングドレスを着てるかもしれない。すごく見たい。

「僕、ちょっと行ってくる」

パタパタと音をたてて廊下を走る。両脇には木製のドアがいくつもあって、どこだろうと一つ一つ見ていったら扉の前に「日野様控室」と芽衣子ちゃんの名字の紙が貼られているドアがあった。きっとここだと確信して、コンコンとドアをノックする。

「はーい」

中から、芽衣子ちゃんの声がした。

「あの、光です」

「光？　入って入って」

弾けるような芽衣子ちゃんの声。自分で開ける前に、ドアはガチャリと内側に開いた。

芽衣子ちゃんに雰囲気が似てる黒い着物のおばさんが、「あら、かわいい。こんにちは」と挨拶してくる。芽衣子ちゃんのママだろうか。

「こんにちは。松崎光です」

「光～」

部屋の奥から芽衣子ちゃんの声がする。視線をやると、真っ白いドレスを着た芽衣子ちゃんが窓の手前に座っていた。ガラス越しの日差しをいっぱいに浴びて、ゲームに出てくる女神様のように、きらきらと光って見える。

怖くなるぐらい綺麗で、いいのかなと思いながらそろりそろりと近付く。

「どうしてそんな、警戒した猫みたいな歩き方してるの」

今日は顔にピアスが一個もない、女神で妖精みたいな芽衣子ちゃんが笑いかけてくる。

「光、そのレトロアメリカンなピンクのワンピ、めちゃ似合ってるじゃん。メイクもぴったりだし、すっごくかわいい。松崎ママに作ってもらってるって言ってたやつでしょ？」

コクリと頷く。芽衣子ちゃんの結婚式に招待され、出席すると決めた時、服をどうすればいいのか松崎ママに相談した。光ちゃんの好みの晴れ着を準備しましょうと言われて、どういうのにしようかとあれこれと悩んで、素敵だなと思ったのが古い外国映画に出てくる女の人が着ているワンピースだった。スマホで検索して「こういうの、どう？」と松崎ママに見せたら「あら、素敵。けど一九二〇年代っていうのかしら、ローウエストのデザインの服は今じゃあまり見かけないわね」と言われて「そっかあ」と諦めようとしていたら、松崎ママが「私が作ってあげるわよ」と言ってくれた。デザインを決めて、薄いピンクの布を買いに行って、仮縫いして、できあがっていく服を見ているのは胸がわくわくして楽しかった。松崎ママは「光は何でも似合うから」とビーズをたくさん使ったキラキラのヘッドドレスも作ってくれた。

「芽衣子ちゃん、綺麗でかわいくて、すごくかっこいい」

そうでしょ、と芽衣子ちゃんが自慢げに胸を張る。芽衣子ちゃんの選んだウエディングドレスは、白いレースの上着とぴったりしたレースのパンツのウエストから、ふわふわの長いチュールがついた、めちゃくちゃかっこいいパンツドレスだ。

「ガーデンウエディングだから、歩きやすいのがいいかなと思ってこれにしたんだ〜」

「芽衣子ちゃんは、何を着ても美人で綺麗だよ」

手を取られ、芽衣子ちゃんにギュッと抱き締められる。「光、大好き」と言われて、何か胸の中にぐわっと込み上げてきた。目からぽろぽろと涙が溢れてくる。

「えっ、どうしたの？　ギュッとしたの、痛かった？」

芽衣子ちゃんが慌てている。お祝いの日なのに、自分が泣いてどうするんだよ、って思って首を横に振る。目を拭ったら、お化粧がとれたのか手の甲が少し黒くなる。

「大丈夫。少しだけママのこと、思い出したから」

ママと同じ、大好きと言ってくれる芽衣子ちゃん。優しい人が「そっか」と頭を撫でてくれる。

「あたしは光のママに会ったことないけどさ、考えてることはわかるんだ」

「そうなの？」

芽衣子ちゃんが、涙の止まらない顔をティッシュで拭ってくれる。「光がたくさん笑って、幸せになってほしいって思ってるよ」

泣きたくないのに、また涙が溢れてくる。嬉しいのに、急にとても怖くなってきた。

「どうしよう」

「何がどうしたのよ？」

「僕……ママのこと、忘れそうになる」

松崎の家はとても楽しい。パパは面白くて博識で、宇宙のことから北極の氷河のことまで、雑学を含めてたくさんのことを教えてくれる。広くて深い知識の泉を、すごく尊敬してる。古い映画を一緒に見て、感じ方の違いを話し合うのも面白い。松崎ママのご飯は美味しくって、抱き締めてもらったらとても安心するし、一緒にお買い物に行って服を選ぶのも楽しい。二人とも、自分のことを「かわいい」って思ってくれてるのがじわじわ伝わってきて、嬉しい。だから甘えられる。「パパ大好き」「松崎ママ大好き」って言える。安心できる。そしたら、大切なママのことを思い出すことが少なくなった。大好きなママが、自分の心の中で小さく小さくなっていく。

「忘れないよ。光は本当のママのこと忘れない。絶対に忘れたりしないから、安心していいよ。あたしが保証したげる」

芽衣子ちゃんは、間違ったことを言わない。嘘も言わない。だから信じられる。

「あんたさぁ、泣くから顔がもうぐちゃぐちゃじゃん」

笑いながら、芽衣子ちゃんはメイクを直してくれた。式場の人が「スケジュールの最終確認を」とやってきたので、邪魔かなと思って控室を出た。

芽衣子ちゃん、綺麗だったなぁ……とさっきの姿を思い出しながらぼんやり廊下を歩いていると「光？」と名前を呼ばれた。向かいからポリさんのお姉さん、香里さんが歩いてくる。髪を綺麗にまとめて、柄のある黒い着物を着ている。

「あ、こんにちは」

駆け寄って「このたびは、おめでとうございます」と挨拶した。松崎ママに、新郎新婦の家族の人にはそうやって挨拶するといいのよ、と教えてもらったとおりに。

「ありがとう。それにしても光、びっくりするぐらい可愛いね。女優みたいじゃない」

へへっと笑うと「そういう顔は、いつもの光だね」と目を細めた。田植えや畑の作付け、人手の必要な時は、捜し物屋と法律事務所のみんなで手伝いに行ってるし、芽衣子ちゃんと二人でもよく遊びに行ってたから、ポリさんの実家は二つ目の自分の家のように感じてしまう。他人だけど、他人じゃない。

「芽衣子ちゃんと話してきた。すごく綺麗だったよ」

「えっ、いいな。私、まだ見てないのよ」

香里さんはそわそわと肩を揺らす。そして「二人が結婚してよかった」と右手で胸を押さえた。

「えっ、僕ずっと二人は結婚すると思ってたよ」

最初のうち、芽衣子ちゃんはポリさんを好きでも、ポリさんはそんな風でもない感じだった。けど絶対に二人に仲良くなってほしくて、芽衣子ちゃんのいいところをポリさんにも知ってほしくて「あたし、一回振られてるし」と躊躇いがちな芽衣子ちゃんと一緒に、何度もポリさんの実家に遊びに行った。

芽衣子ちゃんは、けっこうはっきりものを言うし、思い込んじゃうところがあるけど、人によって言葉や態度を変えたりしない。子供でもお年寄りでもみんな同じ。だからポリさんの実家のみんなは、ピアスの顔が厳つくても、芽衣子ちゃんを大好きになった。そうやって一緒にいる時間が長くなるにつれて、芽衣子ちゃんから逸らされ気味だったポリさんの視線がちょっとずつ芽衣子ちゃんに向きはじめ、そのうちじっと見つめるようになった。そんなある日、ポリさんが「よく見たら、芽衣子さんは綺麗な人ですね」と呟いた時、これはいける、絶対に結婚すると確信した。

そう、と香里さんは眉間に皺を寄せる。

「二人がいい感じになってきても、広紀がなかなか煮え切らなかったじゃない。うちのおばあちゃんなんか芽衣子をすっごく気に入ってるから、広紀がプロポーズする前から『広紀の嫁が〜』とかあちらこちらで喋ってて、私も『広紀君、いつ結婚したの？』とか近所の人に聞かれてひやひやしたわ」

「そうなんだ〜」

そうなの、と香里さんは横分けしている前髪をなでつける。

「おばあちゃんは特に、広紀の結婚相手は芽衣子以外は考えられなかったと思うの。仏像の件もあったし……」

仏像の話は、前に香里さんから聞いた。ポリさんの実家が水害で床上浸水し、捜し物屋の人たちと芽衣子ちゃんで片づけを手伝いに行ったことがあったらしい。仏壇を流され、中にあった位牌や仏像が見つからずに気落ちしていたお婆ちゃんを見ていた芽衣子ちゃんは、しばらく経った後、一人でふらっとポリさんの実家に行き、おばあちゃんに「うちの兄が作ったものだけど、嫌じゃなかったら」と仏像を渡した。芽衣子ちゃんのお兄さんは、仏像を彫る仏師という仕事をしてるらしく、そういう仕事があるのを初めて知った。

芽衣子ちゃんが持っていった仏像は優しい顔をした仏様で、おばあちゃん曰く、仏像を手渡してきた芽衣子ちゃんの後ろに後光が見えたと香里さんに話していたらしかった。

「広紀と芽衣子の意志とは関係なく、ものすごい勢いで外堀が埋められてく気がしてちょっと心配だったんだけど、結果良ければすべてよしってことかな。二人はお似合いだと私も思うし」

　ママーとドアから香里さんの長男、武が顔を覗かせる。

「あっ、光。今日はワンピース着てるんだ」

「かわいいでしょ」

　武は「まー」とテンションの低い相槌のあと「俺は男の服のほうがいいけど」と言ってきた。そして「萌が服にジュースこぼした」と香里さんに申告した。

「えっ、もう式までそんな時間ないのに」

　香里さんが慌てて宝井家と紙の貼られた控室に入っていく。香里さんの長女の萌ちゃんは凶暴……元気いっぱいの子で、よく自分も髪の毛を引っぱられる。

　廊下をゆっくり歩いて受付に戻ると、そこには和樹さんと伊緒利ちゃんが立っていた。

「伊緒利ちゃん、どうしてそこにいるの？　三井っちは？」

「三井さんはトイレ。その代わりに～」

　代理らしい。和樹さんが「松崎さぁ、なんかずっとこのへんウロウロしてんだよ。中に入ればいいのにさ」と伊緒利ちゃんを指さす。

「俺は光の保護者的な立場で来てて、知り合いが殆どいないんす。だからここにいさせてくださいよ～」

「祐さんはまだ来てねーけど、中に白雄がいるって言っててんじゃん」

「……センセ、人間同士にはね、波長ってもんがあるんすよ」

そこに三井っちが戻ってきて、ワイワイ話をしているうちに徳広さんが登場した。

「おっ、みんな早いね」

徳広さんはいつもスーツなので、普段と変わった感じはしないけれど、今日は全体がムチムチしている。布地が肉感を拾っているので、服が小さいのかもしれない。

「祐さん、スーツがきつそうじゃね？」

早速、和樹さんがツッコんでいる。徳広さんは「いやー」とぴっちり七三に分けた額を掻いた。

「久しぶりの結婚式で式服だしたら、ちょっときつくってさ。何とか着られてよかったよ」

そういえば最近、徳広さんは前と比べて、いや、前以上にどっしりと貫禄がついてきた。

「あー、中年太りっすか」

伊緒利ちゃんがどかんと爆弾を落とし、それは、その……ちょっと失礼なのでは？と内心思ってたら「そんな体重は増えてないけどなぁ」と徳広さんは気にした風もなかった。みんな大らかだ。

「何か余興で踊るって言ってなかった？　大丈夫なん？」

心配する和樹さんに、徳広さんは「大丈夫！　これストレッチ素材だから」と腕をぐるんぐるんと回していた。

伊緒利ちゃんが受付をやるということで、自分と三井っち、徳広さんは先に中に入って、余興の最終確認をすることになった。会場の奥に、人目につかないちょっとした広場があるらしい。

受付横のガラス扉を抜けて、片面がほぼ全面ガラス張りの細い廊下を抜けた先は、芝生の庭に繋がっている。

青々とした芝生の緑が美しい庭はテニスコートぐらいの広さがあり、周囲はぐるりと木々で囲われ、チチッ、チチッと鳥の声が聞こえる。本当にここは森の中だ。

蔦（つた）が巻き付き、草花で飾られた木製のアーチの下には新郎新婦用の小さな椅子とテーブルがあり、その手前には赤い花の飾られた白いテーブルと椅子が庭のあちらこちらに置かれている。建物側には長いテーブルが並べられ、お式がはじまったらきっとあそこに料理が出てくるんだろう。

先に会場に入った人たちは、トレイを持って庭を歩いているギャルソンの格好をした人に飲み物をもらって、楽しそうに話をしている。

三井っちの先導で木々の中に入り、二十メートルぐらい歩くと浄化槽っぽいタンクの横に六畳ぐらいの空き地があった。木に隠れて会場からは見えない。そこで余興で披露する予定のアネモネ7の「ハートのティアラ」の踊りを合わせた。もう何回も練習してるから、フォーメーションも完璧。大丈夫だろうということで、一回通しただけで庭の式場に戻った。

かっこいいギャルソンにソーダをもらって飲みながら、庭をゆっくり歩く。よく見たら庭と森の境目に座るのにちょうどよさそうな木の切り株がいくつか置かれ、その上に細い線が螺旋状になった彫刻が置かれていた。円をたくさん重ねたみたいな、けどちゃんとした円じゃなくて楕円だったり、歪んでたりと、複雑に組み合わされてて、蔦が円柱状のものに巻き付いて上に伸びていっている感じに見える。面白いなぁと一個一個順番に触ってみる。つるつるした木の感触が気持ちいい。

「こんにちは」

白い髭のすらっとしたおじさんに声をかけられて「こんにちは」と挨拶する。見たことのない人だ。

「さっきからずっと彫刻に触ってるけど、気になるかい？」

「あっ、触っちゃ駄目だったのかな。ごめんなさい」

式場の係の人かなと思って慌てていたら「いや、触っていいんだよ」とおじさんは笑った。

「こういう風に木を彫っているの、初めて見たから面白いなぁと思って。こういうぐるんぐるんってしてるの好きです。何か宇宙っぽくて」

髭のおじさんは優しそうで、人懐っこい顔をしている。

「君は広紀くんの親戚かな？」

おじさんに聞かれて「僕は芽衣子ちゃんの友達です」と首を横に振る。おじさんが「ほう、それは」と瞬きした。

「随分と歳の離れた友達だ」

「そうなんですけど、芽衣子ちゃんは優しいから、僕大好きで」

それはそれは、とおじさんは嬉しそうに目を細め「実は」と声をひそめた。

「……ここにある彫刻、全部おじさんが作ったんだ」

「えっ、そうなんですか！　こんなにたくさん凄いな。僕はイラストを描くのは好きだけど、木を彫ったことはなくて」

おじさんが「んんっ？」と首を傾げる。

「受付にかわいらしい二人のイラストがあったが、もしかして描いたのは君かな？」

「あ、はい。そうです。まだ下手なんだけど……」

「あれはなかなか上手だった。二人の特長を上手く捉えていて」

「……あ、ありがとうございます」

褒められると恥ずかしい。おじさんはスーツの胸ポケットから四角い紙を取り出して、サラサラと何か書き付けた。

「今、おじさんは自分が作った彫刻を集めて展示会をしてるんだ。ここが会場だから、興味があるならぜひ見に来て」

おじさんが会場の名前を書いたメモを渡してくれる。住所を見ると、松崎の家から自転車で行けそうだ。地図がついてないかなと裏返したら、その紙は名刺だった。日野憲章とある。

「その名刺を見せたら、中に入れるようにしておくよ」

名字が芽衣子ちゃんと一緒だ。

「もしかしておじさん、芽衣子ちゃんのお父さんですか？」

おじさんが「そう」と頷く。

「あ、えっと、このたびはおめでとうございます」

遅れて挨拶する。芽衣子ちゃんのパパは「来てくれて、ありがとう」と頭を下げる。

「芽衣子ちゃんが娘って羨ましいです。僕、ずっと芽衣子ちゃんの弟になりたいと思ってたから」

芽衣子ちゃんのパパが「あの子と仲良くしてくれてありがとう」とにっこりと微笑む。

「お礼を言うのは僕のほうです。芽衣子ちゃんにはすごく仲良くしてもらって、いっぱい助けてもらったから……」

「憲章さん」

誰かに呼ばれて、おじさんは「じゃあまたね」と建物のほうに歩いてく。そういえば、芽衣子ちゃんからお父さんの話を聞いたことがなかったなと思いながら、三井っちと徳広さんの傍に戻った。

結婚式の開始時刻まであと十分。早くはじまらないかなぁと思っていたら、ガサガサッと木の上で枝が揺れた。徳広さんも気付いて「サルかリスだな」と音のする方角に目をこらしている。

また森の奥のほうでガサガサッと音がする。野性のリスなら見てみたくて、少しだけ木立の中に入る。庭は賑やかなのに、少し森の中に足を踏み入れると、音が遮られて遠くなり、庭が別世界に思えてくる。

チチッと鳥の声に、葉と葉の間から漏れる光。大きな木に顔をくっつけて見上げる。リスが出てこないかなと、少し待ってみる。

カサカサ、カサカサと高いところで揺れるそれを追いかけて歩いていたら、遊歩道に出てしまった。そこはちょっとした広場にもなっていて、目の前が開けて景色が綺麗に見える。

大きな木の横にベンチがあり、そこに人が寝ていた。……白雄さんだ。来てるって聞いてたのに会場にいないなぁと思っていたら、こっそり昼寝をしていたらしい。

みんなと一緒にいても、白雄さんは何を考えてるかわからない。声の出せない人で、そのかわりにスマホのメモに言葉を書いて見せてくる。

自分は、白雄さんに嫌われている。何が理由なのかはわからないけれど、昔から、最初から、白雄さんが自分を見る目には、人を弾き飛ばす冷たさがあった。

そんな白雄さんは、自分の本当の父親かもしれない人、西根に顔がよく似てる。西根のことは大嫌いだ。ママのことを悪く言ったし、嘘をついてる気がする。芽衣子ちゃんも「アンタには悪いけど、あいつってうさん臭い」と話していた。

……松崎のパパとママに「西根さんと親子鑑定をしたい？」と聞かれたことがある。親子とわかれば、向こうに引き取られるんだろうかとか、やっぱり自分がここで暮らすことは松崎の家の負担になるんだろうかと悶々とした。迷惑はかけたくないけど、二人と離れたくない。この家の子供でいたい。ぐるぐる考えているうちにお腹が痛くなって、病院に行ったら胃潰瘍だと言われた。何かストレスがあるかと聞かれて「親子鑑定をどうすればいいのかわからない」と正直に答えたら、松崎ママに「私は光が好きだから一緒に暮らしたい。あなたが望んでくれるなら、このままでいいの。けどあなたには『事実を知る』権利もあることだけは覚えておいて」と言われた。それでホッとして、思わず泣いてしまった。お腹が痛いのもそれきりなくなった。そして自分は「知る権利」を一生使いたくない、使わないと決めた。

西根と白雄さん。二人とも別々の人間だ。それなのにどうして自分の「嫌なもの」が、似てる顔になるんだろうと不思議に思う。

白雄さんは事件に巻き込まれて怪我をして、右目がよく見えなくなってると芽衣子ちゃんに聞いた。けれど何をしても前と同じで、不便かどうかよくわからない。それに自分は、白雄さんと話すことは殆どない。

自分にとって、白雄さんは怖い人だ。伊織利ちゃんが白雄さんのことを「波長が合わない」と言うのが理解できてしまう。自分もそうだからだ。だけど和樹さんと白雄さんは、仲がいい。徳広さんと三井っちも。そしていつもみんな一緒にいる。だから自分も、嫌だけど白雄さんの近くにいる。好きだったり、嫌いだったり、いろんな感情と人があのビルの中には集まっている。

寝てる白雄さんの周囲を、白っぽいものが飛んでる。何だろうと気になって近付いたら、白い蝶(ちょう)が二匹、眠る白雄さんの顔あたりをチラチラと、まるで踊るみたいに飛んでいた。

随分と前、自分の傍を蝶が飛んでいた時、芽衣子ちゃんが「光のママかもね」と言ったことがある。亡くなった人が、そういうものに姿を変えてくることがあるらしいよ、と。

「嘘か本当かわからないけどさ、そういうのを信じていい気分になるのは悪くないじゃない」

　そう芽衣子ちゃんは笑ってた。本当だとしたらあの白い蝶も、白雄さんを心配してる「誰か」なんだろうか。

　モゾリと白雄さんが動いた。蝶は少し高い場所に飛んで、チラチラと森の奥に消えた。白雄さんが起き上がる。首をゆっくりと左右に動かし、こっちを見る。目が、合った。

　そのタイミングで、背後の森から音楽が聞こえてきた。

「けっ、結婚式、はじまるよっ」

　言い残し、走って森を抜けて庭に戻る。そこには派手なスーツの伊織利ちゃんがいて
「おーお前、何してたのよ」と自分に笑いかけてきて、その顔を見た途端に、家に帰ってきたような安心感が胸にわっと広がった。

　伊織利ちゃんの傍のテーブルには、三井っち、徳広さん、和樹さんが集まっている。

「あっ、白雄」

　振り返ると、昼寝をしてた白雄さんがのそりのそりとこちらに近付いてくる。みんなが一緒にいたら、白雄さんはそんなに怖くない。

「ずっといなかったじゃん。ドコにいたんだよ」

　白雄さんの唇が動く。喋れない白雄さんの唇を読めるのは、この中では和樹さんだけ

だ。

「昼寝って、お前マイペースだなぁ」

白雄さんは和樹さんの隣にいくと、和樹さんの手を摑んでくっと引き上げた。そして和樹さんが摘まんでいたクッキーにがぷりと嚙みつき、半分食べた。

「あーっ、人のモン食うな！　食いたいなら自分で取って来い」

怒られても、白雄さんは平気な顔で口をもぐもぐさせている。自由気ままな感じが、何となく猫のミャーに似てる気がする。

……いや、違う。白雄さんは和樹さんに甘えてるんだ。そういうことをしても、嫌われないとわかっているんだ。急に、ストンと腑に落ちた。

音楽が大きくなった。さぁ、今からはじまりますよ！　の雰囲気が高まってくる。自分たちもさっき通ったガラス張りの廊下から、警察官の礼服を着たかっこいいポリさんと、女神みたいに綺麗な芽衣子ちゃんが出てくる。

ワアアッと歓声があがる中、二人は手を繫いで奥にある席へと歩いていく。

司会の人が簡単な新郎新婦の紹介をした後は、皆さんご自由にご会食、ご歓談くださいと言われた。

猪とか鹿のジビエ料理があって、お野菜も味が濃くて美味しい。伊織利ちゃんも「マジうまいわ」とバクバク食べている。途中で芽衣子ちゃんの高校の友達や、ポリさんの上司というおじさんのスピーチがあったけど、みんな話を聞いたり、聞かなかったり、好きに動いて、食べて、笑って、自由だ。芽衣子ちゃんとポリさんも、あちらこちら自由に歩き回っていろんな人とお喋りしている。みんな綺麗な服を着て、食べ物も美味しくて、生まれて初めて出席した結婚式はとても楽しい。

司会の人が「お互いを初めて意識した時のことと、好きなところについて話してください」と二人に話を振った。

芽衣子ちゃんは「いつの間にか好きになってて〜」と普段と変わらない感じ。ポリさんは普段通りの顔に見えたのに、マイクを二回落としたので、緊張しているみたいだった。

「……みなさんもご承知のとおり、芽衣子さんは奔放な方ですが、とても優しい人です。それがわかるまでに時間がかかりました。あと、意外に寂しがりなので、俺が傍にいたほうがいいだろうなと思いました。あ、いえ……俺がいたいなと思いました」

芽衣子ちゃんは嬉しそうな、それでいてちょっと呆れた表情でじーっとポリさんの顔を見ている。

ポリさんの挨拶の後は、参列者による余興……自分たちの出番になった。何をするかポリさんには教えていなかったので、二人の席の右横、三人並んだ自分たちの背後からアネモネ7の「ハートのティアラ」のイントロが流れた瞬間、ポリさんが座っていた席からガタンと立ち上がった。

男三人で踊る「ハートのティアラ」のダンスは面白かったのか、最初からワアアッとみんなが盛り上がる。ポリさんは震えながら涙ぐんでいて、芽衣子ちゃんに「踊ってきていいよ」と肩を叩かれると、自分たちの踊りの輪の中に飛び込んできた。

熱を入れてゆかりんパートを、まるでロボットのように踊る新郎に更なる拍手がおこる。最後の最後、少し前屈みになってピースで片目を覆う決めポーズを取った時、ビリリッと悲劇の音がした。激しい運動に耐えて耐えて耐え抜いた徳広さんのスーツのお尻部分が、最後の最後で裂けたのだ。会場は一瞬の沈黙の後に大爆笑。真っ赤になってしゃがみこんだ徳広さんに、式場の人が飛んできて「スーツ、レンタルできますから。大きいサイズもございます」と慰めていた。

笑いがあって、ハプニングがあって、楽しい気持ちが弾ける結婚式。三年前、ママが急にいなくなって、一人で、寂しくて、養護施設にいるのも嫌で、窮屈で、自分はどこにも居場所がなかった。自分のいられる場所はないか探して、探して、捜し物屋まやまで、親切な大人たちに出会った。それからの自分は、寂しくなくなった。好きな人がいるから、好きでいてくれる人がいるから。

目の前に、白い蝶が飛んできた。この蝶はママかもしれない。僕はもう大丈夫だよ、笑ってるよ、と心の中で蝶に話しかけたら、チラチラとどこかに飛んでいった。

楽しい音楽と、大好きな人たちの笑い声。青い草の匂いと、木の葉っぱ越しの柔らかい光。

今この場にいられることが嬉しい。とてもとても幸せだなと、光は心の底からそう思った。

エピローグ2 ミャーの日常 PartⅢ

細い隙間を発見。そこはいつも閉まっているか、出て行こうとしても、鼻先でガチャンと閉められるばかり。チャンス！　と後ろ脚を蹴って外へ飛び出した。シンと静かな外廊下を進み、長く続く段差をトントンと駆け下りる。明るいほうへ向かって歩いたら、周りがぱあっと開けて広い道に出た。

目の前をブロロッと車が走り、嫌～な臭いがする。ああ、これこれこの匂い。見上げると、そこは高くて青い。この広々とした感じが懐かしい。茶色いレンガに飛び乗って、黄色や赤い花の間をシャクシャクと掘り返す。前脚に、土がつく。普段は柔らかい砂ばかりなので、こういうのは久しぶり。

スッキリしたので、ぴょんと飛び跳ねて地面に降りる。建物と建物の間の薄暗い中をタタッと走り抜けて、向こう側に出てみる。人が多いとやっぱり鬱陶しいから、壁と壁の間に入って、段になっているところをポンポンと跳び上がっていく。いつものキャットタワーと違って、足許が何かグラグラすると思っていたら、途中で後ろ脚がずるりと滑って、体が落ちた。慌ててくるりと体を捻（ひね）り、回って着地する。手脚にずうんと鈍い痛みが走る。ちょっと怖かった。

昔はもっと上手に降りられた気がするのに、もう歳？　と思ったり。喉が渇いて水が飲みたくなってきたのに、どこにも見つけられない。いつもだったら、餌皿の横に水があるのに。水たまりを探してウロウロしてもないものはないし、喉の渇きが強くなってきて苛々する。植えこみのところに戻って、丸まってふて寝。白っぽいものが、ふわ、ふわと落ちてくる。前脚でパンチ。けれど後から後からそれは落ちてきて、すぐに飽きる。顔を斜め上に向けると、冬の間は裸だった木に、花がたくさん咲いている。

「あっ、こんなとこに猫ちゃんがいる〜かわいい〜」

子供が頭に触ってくる。力が強くて、ものすごく不愉快。子供から逃げて建物の中に走り込み、隅っこで丸くなる。ここまで子供は入ってこない。よかった。少し寝ようとするも、眠りかけたタイミングで上のほうからガシャンガシャンと音がする。ここも何だかうるさい。

「あれっ、ミャー？」

聞いたことのある声。髪の毛がポワポワの綿毛みたいな白い子がこっちを見下ろしてくる。昔は小さかったのに、今は棒みたいに細長くなった。

「やっぱそうだ。どうして外にいるんだろ。散歩……のわけないか。リードとかついてないし。もしかして脱走？」

白い子に、ふんわりと抱き上げられる。子供みたいに乱暴じゃないし、疲れてたからおとなしく抱かれてみる。

「よく見たら蜘蛛の巣っぽいのがいっぱいくっついてるし。お前、どこで遊んできたの？」

白い子が階段を上がる。ちょっと広い所まで来ると、バタバタと足音が近付いてきた。黒い服のふとっちょが、白い子の前で急ブレーキをかけるように足を止めた。

「光君、どうしたの？」

「芽衣子ちゃんに渡したいものがあって来たんだけど、下の郵便受けのトコにミャーがいてさ」

「外に？　もしかして脱走犯ならぬ脱走ニャンか？」

ふとっちょは軽く腰を捻り、両手の人さし指をこっちに向ける。白い子は「何そのポーズ」と声をあげて笑っている。

「控室にさ、客からもらったケーキがあるのよ。後で和樹君ちにも持ってこうと思ってたんだけど、生もので日持ちしないからお腹に余裕あったら食べてってよ」

「やった！　ミャーを帰還させたら食べにいく～」

白い子の声がちょっと大きくなる。

「返すのはいいけど、事務所、閉まってんじゃないかな。三十分ぐらい前、三井っちに『市役所行ってくる』って和樹君から連絡きてたから」

えーっ、と白い子が呟き、体を揺らす。抱かれているこっちまでグラグラしてすこーし気持ち悪い。

「じゃあ三階の内階段から四階に上がるしかないのか。マッサージ店の会員で猫アレルギーの人がいるから、ミャーは三階出禁になったって聞いてるけど。通るだけ、一瞬ならいいかな」

ふとっちょが「うーん」と腕組みする。

「マッサージ店、営業中だよね。微妙なトコだな。和樹君が戻るまで控室でケーキでも食って待ってたら？　うちは猫出禁じゃないし」

白い子は「そうしよっかな」と呟き「じゃ、また後で」とふとっちょは階段を降りていった。

白い子はずんずんと廊下を進み、奥にある部屋の中に入っていく。周りを見てみると、棚や机がたくさんあってごちゃっとしている。こういうちょっと窮屈で狭そうな感じは好き。ぎゅうぎゅうの場所は安心する。そして知っている匂いもする。

「光君、それにミャーも一緒にどうしたんですか？」

細身眼鏡の声だ。いつも美味しいおやつをくれる細身眼鏡。ちょっとバタバタしたら白い子が「えっ、急にどうしたの」と手を離した。床に飛び降り、細身眼鏡に駆け寄る。足にスリスリと顔を押しつけて「おやつ～おやつ～」とねだってみる。

「ミャー、一階の郵便受けの下にいたから捕獲したんだ。徳広さんは脱走ニャンじゃないかって言ってた」

細身眼鏡が屈み込んで「いくら元野良でも、外は危ないですからね。無茶しちゃダメですよ」と頭を撫でてくれる。ああ、この部屋の、どこか嗅いだことのある匂いは、細身眼鏡の匂いだ。

細身眼鏡がポケットに手を入れる。カサッとアレの音がして、思わず頭を上げてしまう。やっぱり……ポケットからいつも夢中にさせられるおやつが出てくる。あの味を思い出しただけで、口にじわっと唾が滲んでくる。

「あ、そうだ。人間のおやつもたくさんあるんですよ。光君、食べていきませんか」

「徳広さんにもおやつ食べていきなって言われてきたんだ～」

二人して移動するので、その後についていく。ソファのある部屋に入り、白い子と細身眼鏡は白くて四角いものを食べ、こっちも最高に美味しいおやつをいただく。おやつでお腹も頭も幸せで、お水もたくさんもらって、もう満足。ソファでぐってりと寝転ぶ。

「ミャー、自分ん家みたいに寛いでるな」

白い子が何か喋っている。

「ミャーはのんびりな猫ですからね～。そう言えば今日はどうしたんです？」

「芽衣子ちゃんに届け物。松崎ママが手作りしたベビー靴下なんだけど、どうしても芽衣子ちゃんに渡したいって言うから」

細身眼鏡が「あぁ」と浅く頷く。

「予定日まであと四ヶ月くらいでしたっけ？」

「そう。八月十四日だって言ってた」

白い子が何とも嬉しそうな顔をしている。

「早く生まれないかな。僕、お兄ちゃんって呼ばれたいんだよね」

細身眼鏡が「光君は気が早いなぁ」と笑っている。

「ちょうど夏休みなんだよね。受験もあるし、休み中に塾に行く？　って松崎ママに言われてて……」

「光君も中三の受験生か。それにしても妊娠中もバイトとか、芽衣子ちゃんは働き者ですよね。体が心配になります」

「これから子供にお金かかるから、頑張って稼がなきゃって言ってた。ちょっと動いたほうが体にもいいし気も晴れるって。マッサージ店の受付は基本、座ってていいから楽みたい」

細身眼鏡は「そうかぁ」と腕組みする。

「確かに他の仕事よりも体の負担は少ないかもですね。ポリさんが異動でこっちに近い官舎に越して、芽衣子さんもマッサージ店に通勤できる距離になりましたし」

そうだ、と細身眼鏡が手を叩いた。

「光君、今は有償でイラストの仕事受けてるんでしたっけ？」

「うん、バイトでやってる。松崎のパパとママは子供はお金の心配をしなくていいって言うけど、やっぱり気になるし。大学にも行きたいから、少しでも将来の学費の足しにしようと思って」

「先のことまで考えて偉いな。そう、うちで今度チラシを作成しようと思ってるんだけど、それ用にイラストを数点、お願いできないですか」

「オッケー。っていうか、三井っちの依頼ならただで描くよ」

「いやいや、労働の対価はちゃんと払わせてください」

白い子と細身眼鏡はごちゃごちゃと話をはじめた。寝たいのに声がどうにも煩わしい。起き上がって、背中を大きく丸めて欠伸をする。ついでにソファに前脚を押しつけて、バリバリと爪とぎ。このソファの布、けっこういい感じかも。

ドアが開き、いつもご飯をくれる小さい人間が「どもども〜」と喋りながら中に入ってくる。

「あれ、和樹さん。どうしてここに？」

白い子が小さい人間に話しかける。

「光がミャーを捕獲して二階の控室にいるって祐さんから連絡あってさ〜。こいつ、脱走してたの？」

小さい人間がこちらを指さしてくる。

「そうじゃないかな。下の郵便受けのトコにいたから」

「ったく、油断も隙もないな」

喋りながら、小さい人間がソファに座る。小さい人間も、白くて四角いものを食べはじめる。お腹はいっぱいだけど、人間が食べてる白いものはどんな味なんだろうと段々気になってくる。もしかしたら、たまに運がよかったら食べられる人間の食べ物、白くて細長くてもちもちしたアレと似た感じかもしれない。

ソファの背からそおっとテーブルに近付く。白い四角の塊に前脚をそっと伸ばしたところで「あ、ダメですよ」と細身眼鏡の手にガードされた。

どうして食べさせてくれないの〜と文句を言っている間に、小さい人間はこれ見よがしに、白い四角を半分、一口で食べる。ちょっとぐらいくれてもいいのにーっとソファの隅でふて寝。そしたらぐっすりと眠ってしまって、小さい人間に抱き抱えられて目がさめた。

「ごちそうさま〜三井っち。俺、上に戻るわ〜」

「あっ、僕も芽衣子ちゃんのとこに行く」

小さい人間と白い子が並んで部屋を出る。上がる途中で、皺だらけの人間とすれ違った。人間も若いのと年寄りがいるからねーと思っていたら、目の前のドアがバタンと大きく開いた。びっくりして体がビクビクと震える。

「あっ、光」

キラキラが、顔のキラキラが少なくなったキラキラが、部屋の外に出てくる。

「白い髪のおじいちゃん見なかった？　この紙袋、忘れてったんだけど」

「その人、階段ですれ違ったよ。まだ間に合うと思うから、渡してくる」

白い子がキラキラから何かを受け取り、ダッと階段を駆け下りていく。その後ろ姿を見ながら小さい人間が「中学生、めちゃフットワーク軽」と呟く。

「細胞が跳ねてるってぐらいパワーあるよね。ってあんた、ミャーを連れてどうしたの よ？　猫の検診にでも行ってたの？」

「いや、こいつ脱走してたみたいでさ。たまたま見つけた光が捕獲してくれたんだよ」

キラキラが「ミャー、あんた外をお散歩したかったの～」と顎下をこしょこしょして くる。キラキラとは毎晩一緒に寝て、よくこしょこしょしてもらってたけど、ある日急にいなくなった。今はたまに現れて、こうやってこしょこしょしてくれる。やっぱりキラキラのこしょこしょは絶品で、心地よくてうっとり。尻尾が勝手にパタパタと左右に揺れる。

タッタッと軽い足音がして、白い子が戻ってくる。「おじいちゃんに渡してきた～」

とニコッと笑う。

「ありがと光。助かったわ」

キラキラが白い子の頭を撫でる。白い子ははにかむようにニッと笑ったあと「あ、そうだ。これ渡そうと思って来たんだ。松崎ママが、これ芽衣子ちゃんにあげてって」と何か差し出す。

「えっ、ありがと。いつもいろいろもらっちゃって悪いなあ。何だろ。見ていい？」

白い子が「うん」と頷く。キラキラが袋から取りだしたのは、黄色の小さな塊。キラキラの顔がぶわああっと明るくなる。

「えーっ、えーっ、めちゃかわいい！　かわいい！　かわいすぎてクラクラする〜」

「松崎ママ、編み物も好きなんだよ。芽衣子ちゃんの予定日の話をしてたら、どうしてもベビー靴下が作りたくなったって。若い人は、こういうもの嫌かもしれないけどどって言ってたけど……」

「編み物系が苦手だから、マジ嬉しいんだけど」

小さい人間が前屈みになって「こういうのって、人間の手で編めんの？」と聞いている。小さい人間の胸に頭が押されて窮屈で、体を捻って下に飛び降りる。そうして開いているドアの向こうへと飛び込んだ。

「ちょっとミャー、あんたマッサージ店には出禁なんだって！」

キラキラがちょっとうるさい。美味しいものを食べて昼寝もしたから、これからは運動タイム。……んっ、ここって前によく散歩してたとこ？　奥のほうにいつもキラキラの寝ている部屋があった。

椅子の上にポンと飛び乗る。そういえば壁際の時計の下にいつも「何か」いたのに、今は見えない。いなくなってる。あれはいったいどこへ行っちゃったんだろ。

思いっきり走り回って、細い隙間から中に飛び込む。するとそこにはのっぽの人間がいた。朝にご飯をくれるのっぽの人間に、いきなり首の上を摑まれて、ぐううっと引っ張り上げられた。この持たれ方は嫌だから、手足をバタバタ動かす。そうしてるともっと持ち上げられて、目の前にのっぽの人間の顔が見えた。のっぽの人間は、いつからか片方の目が白っぽくなった。

「うみゃあ、うみゃあ、うみゃあ」

その持ち方、嫌なんだけどと必死に訴える。のっぽの人間は意地の悪そうな目でこっちを見ていたけど、そのうち首で持つのをやめて抱っこしてくれた。背中をちょっと乱暴にポンポン叩かれる。変な持たれ方をしたし、むうっと腹が立ってきて、しがみついてる前脚の爪をぐううっとたてたら、のっぽの人間が少しだけビクンと震えた。

「あっ、白雄。ミャーがそっちに入ってかなかったか……ってもう捕獲されてるじゃん。早っ」

脇下を持って抱っこされ、小さい人間に引き渡される。のっぽの人間が嫌だったので「あいつ、変な持ち方するし。それにちょっと乱暴なんだけど」と何度も鳴いて訴える。

「お前さあ、うちに来てもうすぐ五年なんだし、そろそろ家猫様になってるって自覚を持てよなぁ」

小さい人間が何か喋りながら頭を撫でてくる。

「んっ、白雄？」

のっぽの人間が、ぐうっとこっちに手を伸ばすと、小さい人間の頭に触れた。そして手を引き戻す。その手には、薄っぺらくて、丸くて、白っぽいものが摘まれていた。

「あぁ、髪についてた？　ビルを出てすぐのトコにある桜が咲いてたからさ、それかなぁ」

のっぽが摘まんだ白っぽいそれを口の中に入れる。じっと見ていた小さい人間が「花びらって、美味いの？」と聞いている。のっぽの人間は笑っている。笑っているだけ。

ああ、そろそろいつもの部屋に戻りたい。そっちでのんびりしたくなってきて「うにゃあ」と大きな声で一声鳴いてみた。

初出

第一章　日野芽衣子の失恋　「ｗｅｂ集英社文庫」二〇二二年十二月
第二章　間山和樹の苦悩　「ｗｅｂ集英社文庫」二〇二三年二月〜三月
第三章　間山白雄の幸福　１　「ｗｅｂ集英社文庫」二〇二三年六月
第四章　間山白雄の幸福　２　「ｗｅｂ集英社文庫」二〇二三年十月
エピローグ１　松崎光の未来　書き下ろし
エピローグ２　ミャーの日常ＰａｒｔⅢ　書き下ろし

本書は、右記の作品を加筆・修正したオリジナル文庫です。

本文デザイン／目﨑羽衣（テラエンジン）
登場人物イラスト／穂積

木原音瀬の本

捜し物屋まやま

放火に遭い家が全焼した引きこもりの三井を助けたのは、不思議な〝捜し物屋〟を営む間山兄弟と、ドルオタ弁護士で……。ちょっと不思議で怖くて愉快。四人（と一匹）のドタバタ事件簿！

集英社文庫

木原音瀬の本

捜し物屋まやま2

和樹の担当編集者・松崎は、自宅の心霊現象に悩まされていた。〃捜し物屋〃の力を借りて無事引っ越すも、再び怪異が。部屋にいる霊を成仏させるべく奔走するが……。シリーズ第二弾！

集英社文庫

集英社文庫

捜(さが)し物屋(ものや)まやま 3

2023年4月25日　第1刷　　定価はカバーに表示してあります。
2023年5月23日　第2刷

著　者　木原音瀬(このはらなりせ)
発行者　樋口尚也
発行所　株式会社　集英社
東京都千代田区一ツ橋2-5-10　〒101-8050
電話　【編集部】03-3230-6095
【読者係】03-3230-6080
【販売部】03-3230-6393（書店専用）
印　刷　凸版印刷株式会社
製　本　凸版印刷株式会社

フォーマットデザイン　アリヤマデザインストア　　マークデザイン　居山浩二

ISBN978-4-08-744517-6 C0193